经典写作课
WRITING

穿睡衣的作家

Journal d'un écrivain en pyjama

〔加〕达尼·拉费里埃 著

Dany Laferrière

要颖娟 译

人民文学出版社
PEOPLE'S LITERATURE PUBLISHING HOUSE

著作权合同登记号　图字 01-2017-3771

Dany Laferrière
Journal d'un écrivain en pyjama
© Editions Grasset & Fasquelle，2013

图书在版编目(CIP)数据

穿睡衣的作家／(加)达尼·拉费里埃著；要颖娟译.
—北京：人民文学出版社，2017(2023.1重印)
(经典写作课)
ISBN 978－7－02－013182－2

Ⅰ.①穿…　Ⅱ.①达…　②要…　Ⅲ.①散文集-加拿
大-现代　Ⅳ.①I711.65

中国版本图书馆 CIP 数据核字(2017)第 191252 号

责任编辑　卜艳冰　何炜宏　郁梦非
装帧设计　高静芳

出版发行　**人民文学出版社**
社　　址　**北京市朝内大街 166 号**
邮　　编　**100705**

印　　刷　**山东新华印务有限公司**
经　　销　**全国新华书店等**

字　　数　**166 千字**
开　　本　**889×1194 毫米　1/32**
印　　张　**12**
插　　页　**2**
版　　次　**2018 年 1 月北京第 1 版**
印　　次　**2023 年 1 月第 4 次印刷**

书　　号　**978-7-02-013182-2**
定　　价　**59.00 元**

如有印装质量问题，请与本社图书销售中心调换。电话：010-65233595

无刃亦缺柄之刀。

——利希滕贝格 ①

---

① 利希滕贝格（Georg Christoph Lichtenberg，1742—1799），德国思想家、讽刺作家和政论家。"无刃亦缺柄之刀"又名"利希滕贝格之刀"，它展示了一个悖论：当一把刀既无刃亦缺柄，刀便不存在了。常用来评论那些初看严谨、细看却不合理的主张。——编者注（本书注释如无特别说明，皆为编者注。）

致阿兰·马邦库 ①

致艾德薇姬·丹蒂卡 ②

致敬他们激动人心的文学开端

致玛丽·亚伯拉罕–德潘特 ③

她如此热爱阅读

---

① 阿兰·马邦库（Alain Mabanckou, 1966— ），出生于刚果的法国作家。

② 艾德薇姬·丹蒂卡（Edwidge Danticat, 1969— ），出生于海地的美国作家。

③ 玛丽·亚伯拉罕–德潘特（Marie Abraham-Despointes），出生于法国本土的记者、作家和文学教授，后移居瓜德罗普岛。

目录

首部小说的承诺

1

缘 起

那时，我住在蒙特利尔，一间暖气过热、家具齐备的房间里。为了从远郊手工工场那些周而复始却微不足道的活计中解脱出来，我尝试创作小说。邻居是一些年轻的流浪汉，没有足够的钱买可卡因，终日沉迷啤酒。当时，霹雳可卡因还没有在这座城市最贫困的街区肆虐。每个星期六晚上，我和工厂的伙伴们在一个夜总会见面，那里的常客，是一些年龄足以当我们母亲的女人。这就是美洲给这些人的希望，他们天不亮就出门工作，晚上回家，在电视上一部烂片的陪伴下，吃掉一份面条。而我想要的希望，是美洲给那些富人区孩子的希望，那些家伙集万千宠爱于一身。在工厂里，我一无是处，我的双手什么都创造不出来。除了写作。人们忘记了写作也是体力劳动。如果跟任何文学圈子都没有交集，甚至从来没有参加过任何阅读俱乐部，突然就投入一本书的写作，这可能吗？我阅读了手边所有的文字。但是，写作和阅读全然不同。作家和读者完全处在链条的两端。

2

打字机

　　我去街角买了一台旧打字机，我在旧货商的橱窗里看到它已经有段时间了。我并不想手写这部小说。我生活的这个地方是靠机器发家的，我想当一个现代作家，而不是那些尚处于车马时代的第三世界农民中的一员。这是一台旧的雷明顿22型打字机，状态良好。我把它摆放在餐桌上，水果篮旁边。我保持着对水果的热爱，这是加勒比人的天性。我酷爱熟透的香蕉和黄色芒果散发出的令人窒息的气味，一开门，它就扑鼻而来。几天后，我坐在打字机前，准备写下我的第一个句子。整个下午，我都在期待接下来的进展。那时，我还不知道，没有其他任何事情比第一个句子更让人绞尽脑汁。第一个句子一出现，整本书的剩余部分就会接踵而至。靠着水果和蔬菜充饥，我度过用一根手指敲字写作的夏天。我成为一个真正的写作运动员。一个月之后，我发现，自己是短跑选手，而不是马拉松运动员。

3

痛　苦

　　我下决心在这部小说的写作过程中，不让自己太费劲。作为工人，我当时以为写作不过就是一种消遣。人们总在我身边谈及作家的痛苦，但这对我来说，根本不算什么。广播里，一档文学节目中，一位著名作家断言，如果没有承受痛苦，就无法写作。另一位补充道，写作本身就是痛苦。那天，他们一直谈论的只有痛苦。我感觉他们所了解的，更多的是这个词本身，而不是它所包裹的现实。在这点上，我拥有不二的发言权。我刚刚逃离狂热的专制政权，置身于北美的工人阶层，在这里，黑人依然是下等公民。工人阶层的贫民窟里，只有灰蒙蒙的早晨和低沉沉的天空，如果阶层再高一点，日子就过得去了。生活已经很艰难了，我想创造一个像香槟酒一样熠熠生辉的世界。因此，我钦佩像司各特·菲茨杰拉德这样的作家所表现出的风度：即使生存情况糟糕透顶，他给人的印象始终如一。就好像有一天，他做了决定，做一个传奇人物。这，正是我想成为的样子。

4

沉睡的城市

我在浴缸里阅读，在小餐桌上码字。空间虽然狭小，但感觉自己如神仙一般。这里能听到的，只有三伏天里苍蝇的嗡嗡声，它们被挥之不去的水果味吸引而来。天气太炎热，空气里飘荡的都是硫磺味。我不停地溜去冲澡，但一出浴室，马上就再次汗流浃背。在房间里，我团团转，好像被打字机催眠一样，仿佛它给我许诺了全世界。我知道，打字机的肚子里装满了我小说的所有句子。我要做的是把它们从机器里一句句拽出来。这不是件简单的事，但是，我有的是时间，也只有时间了。我的日子都是和这个世界上最棒的玩具一起度过的。每当置换掉平庸句子中的一个词，灵感就蜂拥而至，源源不断。当我完成一页文字，而且这页文字拥有我喜欢的节奏和音乐感的时候，我就去户外呼吸新鲜空气，像一个梦游者一样穿行在城市中。漫步一个多小时后，我回家，有时候淋着雨，然后又回到工作台前。写作继续，直到夜深。有时候，我半夜醒来，记下一个灵感或者一小段对话，很长时间，我呆坐在黑暗中，任思绪天马行空。然后，写作开始，我小心翼翼地轻触键盘按键，确保只发出最轻的声音。片刻之后，情不自禁，我把键盘敲得飞快，直到邻居吼我，让我停止制造噪声。在沉睡的城市里写作，内心满是愉悦。我的头脑里只有它：写作。对我而言，这是永恒的节日。

5

物质生活

　　不知道为什么，当时我确信这本书会把我拖出那个黑洞。为了写作，我被迫停止工作。本来就困难的经济状况更加糟糕了。我不得不写得快且短。我没有像那些年轻的美国作家一样的财力，他们可以把第一本小说的故事拖到六百页。我孑然一身，在一个陌生的城市。我把我的日常消费降到最低，并且开始着手引诱我容身的那座大楼的房东的女儿。房东，一个意大利人，根本瞧不上我。我刻意安排每天在楼梯上偶遇他的女儿几次。有一次，我和她在我房间里共度一晚。从那以后，我就不用交房租了。缓解了这个麻烦，我还要解决吃饭问题。我注意到，每次我去贝拉斯超市买蔬菜和水果的时候，那位年纪不轻的收银员总对我抛媚眼。她最后告诉我，她其实有着非洲血统，尽管外形上不像。事实上，她是金发女郎。小的时候，她读过一本关于非洲的书，从那时起，她就梦想去那里生活。那本小说中有她的影子，我对她说，白人姑娘跟一个黑人睡觉，醒来的时候搞不好会在塞内加尔。于是，我与她之间，只有她想帮助我的欲望了。她让我支付我购买物品的十分之一，而与此同时，帮父亲管账的房东的女儿正在抹去我的欠款。杜度·伯塞勒，"日出"爵士酒吧的老板，在我初来乍到的时候就告诉我："去女人们身边，她们能帮你。"于是，我毫无后顾之忧地开始了我第一部小说的创作。

6

形　象

　　有些形象牵引着读者促使他们埋首书中，并让他们相信，他们并不是在读一本书，而是在阅读作家。一想到普鲁斯特，人们就看到一个整天窝在床上，用毛皮大衣紧裹着自己的人；海明威，端着猎枪，或者在他的渔船上抽着一支硕大的古巴雪茄；老米勒和他的脱衣舞娘们打着乒乓球；赫特鲁德·斯泰因，下颌高高抬起，叉着腿，盯着听众的眼睛，告诉他们她讨厌自己的小说；三岛由纪夫让他的同性情人用军刀砍断他的头颅；君特·格拉斯的大胡子使他显得头脑愚笨；快乐的詹姆斯·鲍德温在马龙·白兰度的怀中；弗吉尼亚·伍尔芙，疲倦的眼神；博尔赫斯，孤身一人坐在酒店大堂，盲杖在他的双腿间；托尔斯泰，永远套着他俄罗斯庄稼汉的大罩衫。无名作家，正如人们说的"无名战士"，穿着睡衣。

7

希 望

一九八五年十一月，我的第一本书面世，我的命运改变了。我并没有因此变得阔绰，离阔绰还远得很。但是，从那时起，我过起了梦想的生活。我做了正确的选择，把我的全部身家和所有精力都赌在了这张牌上。我一直相信滋养童年的那些寓言故事，尤其是穷光蛋在魔法棒的帮助下变成王子的故事。有个仙女就足够了，对于我，仙女就是写作。让我难以置信的还有，四分之一个世纪以来，旅行如此之多，我却从来没有支付过哪怕一张机票，一间酒店房间，甚至饭店里的一顿饭。金钱的问题，从来不在我的考虑范围之内。吹着口哨，穿越世界，我放任自己，随遇而安。不要忘记，从一开始我就知道，我要与金钱保持距离，不能让它把我拖进漩涡。要是想帮助别人逃离黑洞，自己首先不能身陷其中。你看我，口袋里的全部家当，就是字母表的二十六个字母。从句子到段落，从段落到篇章，最终垒成一座大山，山下涌动着的是感官、感受和感情。我把全部这些一股脑地堆到读者面前，他们非但没有生气，反而亲切友好地接受了。我还写过很多其他作品，但是，没有任何一部可以与第一本书的幸福感相提并论。它有黄色的封面，摆在一间书店的橱窗里，在莫拉维亚和海明威之间。还有另一种强烈的幸福，无与伦比，那就是，当你经过时，听到一个年轻的女孩凑到朋友的耳边说："就是他，我跟你说过的作家。"确确实实，正是在下。

8

穿睡衣

如果有人穿着睡衣给你开门，你马上就会感觉亲近，即使他看起来像十一月的灰色天空一样阴郁。他走在前面，把你带到厨房，边走边抱怨些你听不懂的东西。独居太久的人，总是有这种含糊不清的表达方式。——他们有时候会自说自话好几天，但并没有发出任何声音。来访者明白得太晚了，刚才应该给他递一下那个年轻邮差刚扔到门边的报纸的。他们坐好，并不着急开始谈话，而是一起喝杯滚烫的咖啡。滚烫的咖啡，这是单身人士的另一个嗜好。他们天南海北什么都聊，但是对写作却避而不谈。乡巴佬才聊业务呢。他看起来时间充足，却一直对我说他活不了多久了。"我将不久于世"，他对我说这句话，语气就像聊到将要下雪一样平常。我瞥见了桌角上厚厚的手稿，像极了等待被投喂的怪物。在把我送出门口的时候，他轻描淡写地说，那是他最后一本小说，已经写了十多年了。他不会马上投入写作，他会为自己煮一杯咖啡，他原本就打算一个人喝，这会使他最大程度地静下心来。他在这间阴暗寂静的公寓里缓慢地走动着。自从他女儿摔门离开之后，他再也没有拉开窗帘。他对我说起这些的时候，丝毫不带感情。最终，他将会坐在打字机前。或许将毫无进展，我的到访扰乱了他的一切。但是，正是在这种停滞中，写作正在酝酿。他将回到床上，靠着两个枕头写写画画，为什么我能够如此清晰地想象到他正在公寓里踱来踱去？坐在车里，我这样揣测。仿佛我熟识这个穿睡衣的男人。更糟糕的感觉是，我好像曾经在这阴暗的走廊上来来往往，来过这间小客厅和这间拥挤的厨房，见过这件蓝色条纹的黄色睡衣，这副胡子拉碴的倦容，这张脸比我苍老很多。在电话里，我已经感觉他的声音很熟悉了。在他工作台上瞥见的这部丰满的手稿至少有九百页，我希望至少知道手稿的标题。为了创作这部作品，他避居在这间公寓，远离所有社交活动，几乎从来没有脱掉这件布满星星点点咖啡渍和面条渍的睡衣。他一定以为像其他衣服一样，睡衣也可以作为工作服吧？

穿睡衣的作家

1

开　篇

　　这些是我写给自己的笔记，但终究为时已晚。那时候，我是一个无精打采的年轻作家。终日穿着睡衣，在我的雷明顿22型打字机上敲敲打打。经历了八年沉寂之后，我依然继续写作，却已经没有最初几年精神饱满的状态了。现在，必须写作几个小时之后，我才能找回那种如有神助的感觉，感到各种形象从指尖跃然纸上，仿佛茎秆上开出朵朵鲜花。我过去曾经幻想，经验将会使我的创作更容易；也想过，随着时间的推移，我学会了规避障碍；还想过，我会变成一个职业老手，熟悉行业中的所有诀窍。从某种意义上说，是这样。但是，不知道为什么，我一直试图找回最初的那种自发状态。写作是一种奇怪的激情，如果不想以后承受激情燃烧后的空落落的感觉，需要尽可能推迟这种热情的爆发——一个作家去世前很长时间就创作完成了自己的作品，没有比这更糟糕的了。因此，需要在进入墨水长河之前就在自己的口袋里装满像石头一样沉甸甸的笔记吗？如果不能确定自己拥有弗吉尼亚·伍尔夫的才华，请避免这样做。不幸的是，这种才华常常伴随着难以忍受的焦虑恐慌。这里，我谈论的是更低一些的层次，这个层次上有一些作家，他们完成一天的工作后，还能喝一杯红酒。事实上，我是说给自己听。

我给自己一些建议，对于已经深陷这个黑暗隧道一般艰难时期的我，已经没用了。我太清楚我给自己安排的那些困难所在了，我让困难呈现出来，方便解决。比起行驶途中不知道会给我创造何种惊喜的新车，我更希望和我的旧车在一起，我清楚它所有的小脾气。如果您已经处在这种艰难时期的入口处，那么请您带上这本教科书。如果您天赋满满，那么这本书对您毫无用处，如果您缺乏天赋，它只会使您前进的速度慢下来，但是请带上它，这样，至少您将来不用再写同样的一本书。一件苦差事……我再简单说一下，关于篇末的小贴士，应该把它想象成亚洲餐馆在每顿饭结束时给您提供的幸运小饼干。您需要撕开外包装才能读到里面的内容。某次，正好是您喜欢的；下一次，不喜欢。就像生活，我们只能等下一趟列车。

　　每月一天，不阅读也不写作，保持一只脚踩在现实中，这可以使您在梦想中前行一步。

2

不穿睡衣的作家

这家伙在药店碰到我。他上前跟我聊天，这不是第一次了。我想不起来他的名字。他习惯向我提出一连串的问题。"我随便写写。"每次，他都抛出这句话，为随之而来的连珠炮式的盘问奠定合理基础。关于我的生活，他什么都想知道。我的书单，我的健康问题，性生活的状况，甚至饮食习惯。这一切，都是为了最后问到我正在写的东西。我不爱聊我正在写的书。

"至少跟我说说题目。"

"睡衣作家的创作笔记。"

"那你的书不是写给我读的。"

"为什么？"

"你是跟穿睡衣的作家说的，我不穿睡衣。"

"去买一件，如果你强调这一点作为认同书名的必要条件。"

他没有料到我会如此回答。通常，我都很客气地回应那些给我的写作提出看法的人。但必须指出，对于已经出版的书，这很容易。但现在这种情况，我感觉更敏感脆弱。

"我认识一些穿睡衣的作家，但他们并不需要你的建议。"

"他们只要别买这本书就行了。"

"你的出版商不会喜欢你刚刚所说的话的。"

"他只要别出版我的书就行了，大家各自选择。"

这种读者很让我生气。他们可以拦住你很长时间跟你交谈（要注意的是，他们的问题从不跑题），而往往最后承认，从来没读过你的作品。我并不执着于只跟读过我作品的人交谈，但这并不表示，我必须忍受所有这些游荡于邮局和药店之间的滔滔不绝的聊天者。

"一本说教书，不是过时的玩意儿，这种书？"

"我六十岁了。"

"你写不出真正的书了？"

"我从来没写过'真正'的书。"

"哦，好吧。"

"全部都是我。"

"什么意思？"

"我所做的一切，让我仍然是作家。——或者是我没做的一切。"

"对我来说，你太哲学了。"他边离开边说。"在书里，希望你至少真能写出几条建议。"

"想知道的话，需要去阅读。"

他只是耸耸肩，没有回头。

最初的写作尝试经常用语谄媚，再写一个用语恶毒的版本，当您到了可以随心所欲地表达自己思想的年纪，您会出版它的。（荐读：《我的毒药》，圣伯夫）

3

您如何写作？

一本书经常出自另一本。我记得一个年轻人，曾经，他就作家这个职业不停地向我提问——虽然过去这些年里，我写过许多书，但我还是无法把写作看成一种职业。他什么都希望知道。每次，当我试图逃避一个问题（当涉及触碰情感的事情，我总是有些难以启齿），他就会提出另一个更确切的问题。在这里，我尝试回答这些问题中的一个（当年轻的作家遇到稍微入行早一点的前辈时，这个问题出现得最频繁）：您是如何写作的？我总是小心翼翼开始一本新书的创作，仿佛踮着脚尖走进一栋新房子，对房屋内部格局毫无头绪。直到第二稿，我才开始知道自己在哪里。因此，我好奇地探索一个新世界，条条走廊通向那些阳光充足或是阴暗的房间。现在，我知道自己在哪里，但还完全不知道要去向哪里。故事可能写在书里了，但是，所有这些仍然缺乏可以赋予句子生命的热情。我经常重读我写出来的句子，需要的正是某种强烈的情绪和有感觉的小元素，才能最终使人感到篇章鲜活起来。否则，这不过就是一个气态世界，随时消散。这一切说明，当我的外甥（就是那个年轻作家）用他的担忧盘问我的时候，我被疑虑吞噬了。然而，今天，为什么我愿意回答这个问题了呢？我还是确信，最好的写作学校是阅读。正是在阅读的同时，我们学习写作。那些好书培养人们的鉴赏力。我们的感官因此敏锐化。因为经常读到精美的句子，我们知道一个句子什么时候听上去恰如其分。句子的节奏和音乐最终会流淌在我们的血液中。评判者是无形的，因为他潜伏在我们的身体里。他很无情。毫不留情地批判了我们对于阅读的选择、我们的鉴赏力、我们的想法、我们的意图。没有什么能逃得过他的法眼。这是一个新身份。才华渗入了我们的身体而不为我们所知。剩下的，就是坚持了。但是，要知道，我们是作家。写作之前，我们已经是作家了。

这位女读者（百分之八十的读者都是女性）说，她正在大致浏览某个流行作家的第一本小说。好书不应该被囫囵吞枣地阅读，它渗入读者的内心，用小火点燃他的激情。

4

为什么写这些笔记？

这本书中，我汇集两种人。一位还是年轻人，不停地描绘着他周围的世界，他是我外甥，生活在太子港。另一位，是成年人，他认为无知是蔑视的根源。两位都想参透小说创作。一位是为了写作，另一位，为了更好地阅读。这两种特质共存于小说家身上（虚构和思考）。在这本小书中，希望有一些技术性的建议，可以回答我外甥各种各样的问题。一些离题插叙的部分，我也希望可以娱乐我的朋友。另外，我自己总是琢磨——这与我刚刚说的事情有些矛盾——为什么有些人，读了如此多的好书，却写得那么差（我不是说我的朋友诺曼·贝雅赫荣 [①]，他已经用才华横溢的政治随笔证明了自己，也不是说我外甥，他终有一天会写出他的作品），当然是因为他们没有发出自己独特的声音。发生这种情况，原因是他们从来没有尝试去充满回声的房间里，找回自己丢失的独特声音。对此，需要坚持不懈，就像孩子们那样，在芭蕾舞课、钢琴课、长笛课、古典舞课、民族舞课中，他们焚烧了自己童年和少年时期的所有星期六。他们不一定会成为音乐会乐手或者明星舞蹈家，很简单，这些

[①]　诺曼·贝雅赫荣（Normand Baillargeon, 1958—　），加拿大学者，随笔作家，哲学家。

学习使他们学会去欣赏演出。在文学上，并不能完全类比，所
有对写作有兴趣的人，都自认为必须尝试小说创作。大部分人
失败了，从此再也不写小说了。要说明的是，这些零零散散的
笔记，是写给那些喜欢写作，但并不想变成作家的人的。

　　如果您在浴缸里阅读，带上您的闹钟，避免错过下一个约
会，因为水有利于幻想，让您感觉不到时间的流逝。

5

这是小说！

写下"这是小说！"就像护士对母亲宣告这是男孩一样。注意，如果这是女儿，她也一定同样激动。重点是，这个孩子很健康，那么母亲肯定会欢呼。我，我所写的东西是小说，这对我而言，很重要，我以此激励自己在写作中前进。去写随笔，我缺乏足够的严密性。当然，我有一些观点，就像所有其他懒汉一样。但仅仅只是想到需要在最合适的时间把他们呈现出来，我就觉得寡然无味。然后，还需要捍卫它们。因为，只要提出一个哪怕最简单的观点，大批刚刚认识不到十分钟的人，就会迫不及待企图摧毁它。而且，公众期待我们竭力捍卫我们匆忙扔在纸上的思想，仿佛这些思想是我们的私有财产一样。可是，我换观点就像换衬衣一样频繁。光是想象这些，我就已经筋疲力尽了。每次他们讲到这句话，都让我不知所措："您说的可能是正确的，但是并不适用于所有人。"这句话的语气，还总是充满挑衅的。对此，应该如何回应呢？然而如果是一本小说，最重要的是故事的魅力。我知道越来越多的作家在他们的小说里介绍科学概念，但如果不希望并不都是专家的读者打开另一本书的话，他们不能忽视故事魅力这个要素。既然当下我们可以用任何题材创作小说，为什么不能以穿睡衣的文学爱好者的感悟为主题创作一本小说呢？一个没精打采的作家的焦虑，这样的小说。

　　博尔赫斯："如果说一本书是一部小说，确切地说，就是说这本书是一本装订成红色封面、被放置在书架顶层左手边的书。"

6

羊　群

　　羊群，这正是被其他人称为作品集的东西——作家是他的牧羊人。我们有点分散地出版书，到达一定年纪的时候，我们感觉到一种需求，想把他们聚集起来。当其中一本试图离开羊群的时候，我们很容易被激怒。必须要把它安置在羊群中。我们思考把每部作品联系起来的纽带是什么。我，或者如果您愿意，可以称为作者。这些长篇小说的主人公，就是我，人生的几个阶段。我的情况是，这是一个持续将近三十年的独白。这些年间，我从事的是把字母表中的二十六个字母组织在一起的工作，借此尽最大可能坦诚地表达我对事物的看法。需要确认的是，这个我与这个虚构的自己毫无关联。这是牧羊人带着他的牧羊犬（词典）。我的绵羊被盖了戳（我的出版商）。我不太能感觉到这本书（你们正在读的这本）。然而，这是我作为读者和作家的体验，两种体验相继呈现。今天早上醒来，我自己思考，我的书缺少一种很难形容的东西，这样东西会使我无论在何处都能认出它。但是，是什么呢？我需要给它注入个人情感这剂药品。占有这本书。为了这件事，我要马上投入这本书的写作。

　　写作，首先是一场私人庆典。

7

面　粉

　　小说不会魔术般地出现在书店的桌子上。出版人和书商，在这个故事中，扮演着决策者的角色。我总是想象书是面包。出版社就像面包房，人们在那里彻夜工作，为了早晨陈列刚烤出的美味面包，给每个顾客送上食物。作家需要提供面粉。为了这件事，他们时刻准备着接收空气中弥漫的各种讯息。故事弥漫在各处，依附在生活中最普通的行为上。需要找到一个角度把四散的它们串联起来。这时，从酒店房间的窗户，我注意到一辆白色的老克莱斯勒汽车，在超市空旷的停车场，它不断往返。这激发了我创作一本新书的欲望。新书，不会因为一个想法而开始，而会因为一个小冲动开始，并不知道这个小冲动将带我们走向快乐还是焦虑。磨坊在静静地转动，磨坊主仰面躺着，看着云朵飘过，等待着面粉雨的到来。

　　我们在一个小房间的昏暗中写作，房间的窗户朝向生活。

8

准备工作

开始写一本新书之前，有两种方式准备。

1. 一个故事已经在心里构思好很久了，这种情况下，各种征兆让我们感觉到不久就要开始写作了。首先，必须从各种束缚中解放自己的思想，别的事情都靠边，准备迎接这本呼之欲出的书。义无反顾冲进像黑暗隧道一样的写作过程之前，先告知亲朋好友，在未来的几个月里将会比较忙。好好睡觉，保证精力充沛，因为一本新书需要一个自由的身体和精神饱满的灵魂。还要精心安排一场亲密晚餐，便于给自己的新伴侣解释，从明天开始，您有可能听不到他（她）跟您讲的话。您的肉体会在，但您的精神会经常缺席。有些作家改变饮食习惯。如果不想下午昏昏欲睡，必须减少酒精的摄入和避免调味复杂的菜肴——水果和蔬菜优先考虑。这一切都是为了人们可以明白，写作不是一件可以随时开始、潇洒进行的活动。一个恐怖故事酝酿了过长时间以后，一旦创作开始，会感觉无比激动。但必须克制情绪，便于保留一个空间，潜心创作。加西亚·马尔克斯能够创作出《百年孤独》，正是因为他妻子处理了日常生活中所有琐事。因此，他可以避居在院子深处的一间小房子里，和他一起的是他的手提打字机和一令纸。如果没有这样的空间自由，这本书可能将只有五十页，而不是五百页，书名也将会是《十年孤独》。加西亚·马尔克斯很早就明白，从他初期的短篇小说到后来的大部头小说，就像从百米比赛到马拉松赛跑，这需要在生活方式上有根本性的变化。就是说，有一些短篇小说，比杂乱的长篇小说更简洁精悍。但是一本厚重的长篇小说要求占有更多的空间。

2. 空间问题之后，是时间问题。众所周知，如果故事发生在当下，想要对它进行改编，就很困难，也很缓慢。这种情况下，坐下来创作之前，应该不慌不忙从容等待，让时间沉淀故事。我们必须知道，这个故事是不是值得我们投身于这样一场探险。有些故事在夜里闪闪发光，次日凌晨便消失得无影无踪了。同时，还必须分析故事的潜力。从各个角度研究它，确认这个故事是否过于线性。事实就是，好玩的奇闻逸事无法成为一部小说。通常，一个好故事会安排很多讲述入口。那些只有一个入口和一个出口的故事，需要避免。至少新手作者需要避免。在厨房，最简单的菜肴的烹饪是留给经验最丰富的大厨的。在文学上，最简单的菜肴就是那些非黑即白的平淡的经典故事——结局一定是正义战胜邪恶。这种故事是中篇小说的结构，随着时间的推移，其中的人物总是脸谱化和类型化。而长篇小说经常充满意想不到的情节，在故事进行的过程中，一个人物总是可以完全改变。对于南美洲的人民来说，那些家喻户晓的故事，点亮他们的夜晚，在这些小说中，文化只是一种口述形式，几个世纪以来，这种口述文化也只能宽容一些细枝末节的改变。

　　烹饪和写作的关系是什么？为了烧出一种独一无二的味道，把完全不搭的食物泡进热水中。烹调的艺术和写作风格的艺术相去不远。然而，最终要记得，做一个好厨师并不能使您成为一个好小说家。

9

时　间

最初，作家（穿睡衣或不穿）感觉到关于时间的一些困难。他还没习惯这种工作节奏，这种节奏需要额外的努力。他很快就对此感到厌烦，本能地企图在当天晚上结束的时候或者月末就结束这本书。就像一个孩子，他无法想象一整年都这样工作。一想到需要如此长时间地保持如此高强度的注意力集中的工作，就忧心忡忡。因为写作的首要要求便是集中注意力：我们必须同时思考世界和感知人生。平衡精神和感官。如果想描写这个世界，就必须思考这个世界。于是，年轻作家匆忙结束一本书，逃离这个火圈。他坐在椅子上，仿佛坐在灼热的火上。就是这样，他们曾经渴望创作的长篇小说变成短篇小说；短篇小说，变成寓言故事，寓言故事，变成诗歌。诗歌很有优势，因为可以早上开始创作，黄昏降临时，便写完这首诗。长篇小说的创作时间仿佛一匹疯狂的马，作家无法控制它。它可以耗尽作家身体里所有能量——以普鲁斯特为例，他在床上度过了写作的一生。这是一件使人全神贯注、耗尽心力的玩具。它包括所有其他的文学类型（诗歌、戏剧、短篇小说和寓言）。因此，在街上偶遇的那位女士，不停地絮叨，声称她的人生就是一部小说。和电影一起，作为通俗创作的类型——这两种形式实在太相似了。对于某些人来说，没有创作过长篇小说的作家就不是真正的作家。长篇小说需要一种我们这个时代忽视的东西：耐心。这是短跑运动员的时代，人们用秒计时，而长篇小说要求马拉松运动员的品质。如果我们写得过快，全速前进，很有可能与一些重点擦肩而过，这些重点若隐若现，却是故事发展必不可少的。为了找到这些重点，需要专心致志地大量阅读和修女般的耐心。时间还有另一种形式，小说中的时间。这是小说自身的构架。突然说"十五年以后"，用这种方式推进时间，是不够的。应该让人物不慌不忙地从容老去。我们可以通过一个离开多年的人的归来让读者感受时间的气息。新生儿。祖父的去世。季节的更替。家族老屋的斑驳。荒芜凋零的花园。人生的不同阶段：婴儿的蹒跚学步，青少年的叛逆，旅行，婚姻，疾病。成千上万的方式可以呈现时间的流逝。不过，在短篇小说和简洁短小的故事中，在时间上做文章不是个好主意。这是一种艺术，初学者很难掌握。写作最基本原则之一是，认清自己能力的可能性，避免尝试自己能力把控范围之外的事情——至少在刚开始写作的时候。有时候，通过其他道路也可以殊途同归。应该研习前辈的写作技术，就像学习绘画和音乐的方式一样。在关于时间呈现方面，胡里奥·科塔萨尔给我们做了一个卓越的表率，故事集《秘密武器》中的中篇故事《追求者》让我们看到他是如何在一篇短小的文字中掌控时间的。但是，时间的钟表匠还是家族小说的作者。尤其是，在那些大段大段对环境的描写中，世界是那么的安静，您感觉时间完全静止了，而且，这些经验丰富的作家成功地使您经历着这种静止的时间观念。应该在笔记本上记下他们的写作方式。

　　只是单单因为您对故事的主题感兴趣，就急急忙忙写本书，这是不可取的。对于即将到来的三年的焦虑和这里那里的几天欢庆，可能这并不足够。

10

离题插叙

这点很重要，因为它可以使文字喘口气，但是应该掌握好回到主轴线的时机。节奏问题。有些人会说这是感情事件，其他人会说这是音乐事件，在我看来，是两者的融合，两者都是掌控节奏的要素。公式为：情感＋音乐＝节奏。如果你没有跟上节奏，那就完了。那些优秀作家，即使在最晦涩的篇章中，也能找到节奏。只要竖起耳朵听就行了。为了使故事不要太机械化，应该在小说情节的节奏中周密安排一些意想不到的戏剧冲突。把汽车零件一个个嵌套在一起，像这样机械地串联章节，不可取。就是在这种时候，离题插叙的角色很重要。只要各种感官保持戒备状态，一定终究会知道在哪个时机离开高速公路，取道延缓行程的乡间小路，在那里可以欣赏其他风景，而不是只能看见车水马龙和行色匆匆急于到达目的地的人流。离题插叙是一扇窗户，打开窗户，新鲜空气弥漫在房间里，或者，哪怕只是简单地看向窗外。它的重要性在于，当读者处于茫然无措不知道该对故事的发展有怎样的期待时，它可以使作家再次抓住读者。当故事的进展看起来好像不着痕迹地脱离了作者的控制，这是成功的离题插叙。现实，充斥着生活气息的无数小细节，好像已经侵入故事的发展一样。作家像一个在玩具店的

孩子，眼花缭乱，不知道该走向哪个柜台。这个踌躇的时刻引
起读者轻笑。建议（我不是药剂师）不要在故事的最开端尝试
离题插叙这种手法。应该要等到故事的基本框架牢固地建立起
来的时候。离题插叙好像充满创造力，这是为了使读者从另一
个角度去解读叙述者。才华横溢、从容不迫的叙述者有能力突
然抄小路——但是这点，我已经说过了，千万不要混淆离题插
叙和重复。事实上，离题插叙首先是用来切断故事的主线，避
免某种单调乏味。这是一项很难运用自如的艺术，这项艺术和
独特的个人性格密切相关。有种形式的离题插叙，作用是伪装
成小说人物的真正想法。对话中的离题插叙，在侦探小说中运
用频繁。电视上，神探可伦坡这个人物经常看似思想混乱，提
一些不着边际、与调查毫无关联的问题。事实上，他正在下钩
钓鱼。我的离题，目的是，为了避免谈论一件事而谈论另一件
事。唯一能让人们说出来他们并不想说的事情的办法，那就是
离题。这种充斥在小说中的离题，在生活中也并不少见。

　　选择一位您喜欢的作家，阅读他写的所有的书，以及别人
写的关于他的书，彻底了解您的巡航鱼。

11

没影点

概括地说，至少有两种欣赏风景的方法。西方的方式是：没影点在画作的深处。我们感觉被带入了一个世界，它那么惬意舒适，使人有种水平眩晕的感觉。一旦置身于画作前面，便无法再后退：仿佛被抓住。我们很想一直前进，直至画布的深处。自身聚集所有吸引力的小点就隐藏在那里。西方思想是基于好奇感的，其中大部分可以概括为对于探索新风景的邀约。德·基里科[①]的作品就是完美的例子，呈现的是对于流浪的邀请。我们充满焦虑，在这些稍显冰冷的建筑间漫步，不知道这些僵直的柱子后面隐藏了什么。这让我想起一个年轻的男孩，在机场玩着任天堂掌上游戏机。这款游戏提供的无穷无尽的景物场景让我痴迷，孩子本身也让我很有兴趣，在我看来，他好像被蜘蛛网困住的苍蝇。每一扇门打开，新的景色呈现眼前，然后又带领人们走向下一个场景。难以满足的好奇心仿佛牵引着归属于这种文化的人们。原始派[②]画作是完全不同的。这类型画作中，生物和物体好像都急急忙忙，推推搡搡，冲向画作的最前面。然而，他们看起来并不需要逃脱危险。这和西方观

---

① 乔治·德·基里科（Giorgio de Chirico, 1888—1978），意大利超现实画派大师。
② 20世纪产生于法国的画派，又称稚拙派，主张返回原始艺术的风格。

点不同，西方画作中的人物期待人们来看他们。原始画派作品中的人物对他们面前的世界更感兴趣。可以想象画中的人物是话剧的观众，而我们是话剧的演员。当我们在谈论他们的时候，看起来他们也在观察我们。吸引力的中心不再是他们，而是我们。这种奇迹是如何产生的？第一个原始派画家把没影点设置在看画者的身体中心，而不是画作的深处。而这些将改变我们感知事物的方式。我们观察事物，同样也被观察。这当然是双向的。当我们欣赏一幅原始派画作的场景时，我们倾向于倒退。而对于一幅把投影点设置在画作深处的西方画的场景，我们做出相反的动作。在博物馆中我感兴趣的是人们和作品之间的关系。他们的观察方式，还有欣赏同一幅画作的不同人之间表现出的关联。在南边或北边，人们身体的移动是不同的（我认为在东边也会不同）。这表明了人们不同的视角。总之，这些作品并没有任何稚拙，值得我们用创作它们的艺术家的角度去欣赏它们，而不能用审视它们的西方批评家的角度，好像看世界的方式只能有一种似的。从我的第一本书开始，我就深知，我是一个原始派作家。我的目的是，用滋味、气味和颜色使读者中毒，消除读者的批评精神，直到他感觉，在他深入我的作品的时候，我同样也深入了他的内心。

瞄准读者的内心，即使我们都知道，他们是用大脑阅读的。

12

叙述者

首先得知道，叙述者不一定是作家，实际上，他不可能是作家，因为写作是骗人的把戏。读者经常会混淆两者，尤其是当作家故意把源于自己生活的故事分散嵌入故事叙述者的生活中的时候。读者认真查询维基百科，搜集他喜欢的作家那些让人津津乐道的轶事。甚至像卡夫卡这种严肃刻板的人物，在认真阅读他的作品之前，为了定位他私人生活的足迹，人们迫切想了解他的未婚妻们，他生命中错过的约会，他的强迫症，他的帽子，他的大衣，他和父亲紧张的关系，他在布拉格的行走轨迹。只要人们寻找，他们就能找到，但是毋庸置疑，陷阱就在那里。因为有些作家喜欢和读者玩猫捉老鼠的游戏。但是在这个游戏中，最终结局总是作家输，因为对于作家来说，改变作为原型复制品的叙述者的性格非常困难，甚至是毫无可能。由于屡次穿梭时间的长河，作家不再知道现实在哪处岸边。路上遇到的读者主动跟他谈论的，多是他虚构的自我，而不是真实的自我。女士们很自然地跟他提起叙述者的各种行为对她们的魅惑效果。我认识一位作家，他本人只会让女性对他无动于衷，他非常嫉妒自己创作的叙述者可以游刃有余地诱惑女性，如果不是出版商阻止，他应该早就把叙述者杀死了。塑造了一

个跟他们很相似却更鲜活的主人公，这样的作家并不少见：布
考斯基，米勒，海明威，桑德拉尔 ①。随着时间的推移，这些作
家的创作空间越来越小。读者已经非常了解叙述者了，期待他
在相似的情况下用相同的行为方式。为了不让书迷失望，布考
斯基无论何时何地都在喝酒；为了让读者相信他从《性爱之旅》
开始从未改变，80 岁高龄的米勒还在和脱衣舞舞女一起打乒乓
球；海明威总是在一条船上或者扛着一杆枪，即使扳机已经动
了手脚；卡夫卡带着迷失天使的神情在布拉格散步，让人们揣
测到底是他本人还是他的叙述者；由于人生不能总行驶在西伯
利亚大铁路上，桑德拉尔在诗歌中一再提及它。莫迪亚诺的故
事最终几乎全部都发生在纳粹占领时期，雾气蒙蒙、有毒的环
境，而这个时期，对于作者来说，是幻想多于亲身体验。面对
这些偏差，有些作家更喜欢一个有距离感的叙述者，他看着主
人公像木偶一样行动，这种类型的叙述者完全接近于那种脱离
躯壳的声音，只能在先锋文学的客观小说中找到。就仿佛是在
房间的角落安装一台摄像机，捕捉拍摄范围内发生的所有事情。

　　在您手稿中，把所有的"但是"和"可能"找出来（把它
们标成黄色），您的作家性格就因此跃然纸上了。

---

① 　布莱斯·桑德拉尔（Blaise Cendrars, 1887—1961），瑞士法语诗人，随笔作家。

13

结　尾

　　你们喜欢为故事写结局吗？答案是肯定的，我知道。多么致命的爱好啊！一个故事的讲述过程中，好像只有两个时刻属于作家，就是开头和结尾。至于对中间部分的掌控，作家无能为力。为了确信自己知道故事将走向哪里，有些作者甚至在创作小说的开头之前，先写好结尾。结尾有很多的可能性。结尾的方式很大程度上反映了作者的性格。喜欢和解还是分开？相聚的拥吻还是分离的死亡？最好的结局是那些顺应故事发展走向的结局，水到渠成，哪怕因此缺少一些悬念。经典的大作家都避免让人过于震惊的结局。人们更喜欢径直走向结局。经常是一个生命的终结，比如爷爷的生命。此刻，最自然的悬念是新生命的诞生。关于死亡（开端）和随之而来的新生（结局），雅克·路曼①的小说《统治泉水的人》是一个很棒的例子。尽管全书直到结尾都没有任何悬念，我们却对这本书很感兴趣，这种情况就是加西亚·马尔克斯的《一桩事先张扬的凶杀案》——书名已经说明一切。另一方面，看到作者为了给我们展示一个汇集性或者戏剧化的结局而在最后几页竭尽全力，这使人厌烦。

----

①　雅克·路曼（Jacques Roumain, 1907—1944），海地作家。

然而让故事缓缓推进，走向"画面渐隐"，这可能更有吸引力。当没有任何可以自然爆炸的点（我想说的是跟故事行文息息相关的爆炸性的结局），柔和平淡地结束是一个很好的选择。运用最多的结局是哪种？言情小说中总是拥吻或和解。还有，与开头呼应的结局，使故事首尾呼应、结构圆润、情绪完整。但是，结尾让叙述者从噩梦中惊醒，这就很业余了。一个非常简单的结局往往更好，没有悲剧，也没有大起伏。主人公隐没于人群中。

下午五点到七点，混迹在酒馆，周围人声嘈杂，喝酒聊天，当人生这样度过时，您成为一位已死的作家。

14

白　纸

开头总是很艰难。那么重写最后一页，添加几个以后也未必会保留的句子。这样，些许内容可以涌上新的一页，使其不再是白纸一张。应该学会弄脏一张纸。坐在一张白纸前，开始随便涂涂写写。例如可以描写眼前看到的一切，或者写前一晚做的梦，或者记下在脑海中闪现过的那些最微不足道的想法，就像我现在正在做的一样。这样，可以在开始写作之前，放松过于紧张的精神。就像田径运动员做热身运动，或者钢琴家做音阶练习。在进入正餐——正在创作的小说前，海明威总是以写信开始。凯鲁亚克尝试避免这个问题，他的方法是，用一卷打印纸创作第一部小说。在写完这卷纸之前他绝不中途停下。为了消除焦虑感，我以阅读我特别喜爱的作家开始。我有一个朋友，开始写作之前，他需要阅读一个非常差的作家，他感觉自己至少可以比这位作家写得好。归根结底，这张白纸象征的，正是焦虑，也正是因为这样人们如此害怕它。这种焦虑，让人恐慌，作家面对一个只存在于自己脑海中的世界，而他要尝试把这个世界呈现于世，这就是这种焦虑的来源。而且，没有人可以帮助他。因此，如果您感觉到某种空虚感，这很正常。我们都感觉过这种空虚。在中篇小说《中年》中，美国作家亨利·詹姆斯比其他人更好地表达了这种悲剧的情感："我们生活在黑暗中，做我们能做的，剩下的就是艺术的疯狂了。"这是写作不为人知的一面，亚哈船长（赫尔曼·梅尔维尔《白鲸记》）的强迫症正是这一面的象征，他穿越海洋追随这头白鲸，深知无法从这场追捕中安然无恙地归来。没有人强迫我们这样一而再再而三地接连付出情感。究竟是什么促使我们这样做，我们自己也无从知晓。

不要试图去过度思考您正在创作的那本书，因为您的思想将永远无法汇聚足够多的点点滴滴，使故事鲜活。多次重写同一页的内容，直到情感凝固时间，这样才可以使它鲜活。

15

清晨的自言自语

多年以来，每天早晨如此，一成不变。有个家伙总站在我面前，质疑我所做的一切。不给我一丝一毫喘息的机会。他猜到我争辩时的论据，甚至还没有听到论据被说出，就已经否决了。有时候，在我最坚定确信的东西中，他逐步灌输质疑，撼动我的思想根基。作为批评家的我和作为作家的我，坚持不懈地对话，有时甚至濒临决斗。今天，他尝试颠覆我创作一部小说的想法，一个星期以来，这个想法让我激动不已。但是，这不是小说，他马上反驳我，在我们这个唯利是图的时代，无论什么东西都可以被称作小说。首先，需要人物。我平静地反驳他，我至少找到两个人物。这个问题，甚至我自己，内心也有些怀疑。谁？叙述者和我。您的人物太相似了，他干笑着回答我，笑声让人绝望。但是，他们并不同，我没底气地又回答。他用简洁的模式开始了攻击：激情创造小说，理智创造随笔。这种二分法没有任何意义，还有，我不知道还有比写作更挥之不去的激情，这本书正是基于这种激情。它使您夜不能寐，甚至剩余的时间也在吞噬您，使您焦虑。正在写作的作家是最游离在真实生活之外的，无人出其右。大部分时间，他用"嗯"回答问题，甚至连为什么人们要问他问题都觉得奇怪。探险？

探险，探险，我们不是处于大仲马或者史蒂文森的时代，不再为了发现新大陆而乘风破浪。探险，可能是期待发现内心的新景致。我重复一遍：探险？对于我，写作就是一场大冒险。在这个星球上某些国家，写作这件事可以把您送入监狱。更积极的方面是，我们创作，并被一些我们不知道的语言阅读。一种纯粹的思想征服。我能说的全部就是，把小说强加给一本看起来不像小说的书，您不是第一个。说得非常好，您也说，看起来不像小说，挑战就在这里。通过激发读者的想象空间，让幻想和思考同时发生，使这本书变成一部小说。

有时候，请假装不喜欢您自己正在做的事情，否则，经常对自己那么失望，实在太痛苦了。

16

精　力

全身心投入工作四小时以后，卓越的想法开始涌现，火花四射。这也正是感觉疲惫或者濒临疲惫袭来的时候，故事的创作因此进入困难的阶段，竭尽全力祈求尽快走出这个时期。当这种感觉来临时，应该记下脑海中闪现出的有趣想法，为第二天的工作做准备，而不是执意继续故事创作。这种情况下，即使感觉仍然有足够的精力继续工作，最好是进行修改。我酷爱修改，这是我最钟爱的时刻。有时候，只要在句子里替换一个词就够了，就可以使句子因一处闪光点而熠熠生辉。写作的我们，只有一双手，不像坚持不懈清理杂草的园丁，他们拥有一副不怎么好看的黄色工作手套。如果我们并不想置身于过度干净的空间，就不必花费大量时间去替换重复的词语，它们微不足道。只有永不停歇地辛苦工作，才可以把精神上的真实感受清晰地呈现在纸上。这些感受的画面强烈地刺激我们。得知自己敬仰的作家为了文体的新鲜也从不停止修修剪剪，我们一定感觉很惊讶。简而言之，有些作家在写作，而有些作家认为只要频繁周旋于文学界，就一定可以打入这个圈子，从而获得晋升。或许吧。但是我认识的出版商，没有一个会拒绝好手稿：一个写作风格和细微情节完美配合的故事。作家不需要认识过

多的人——我说的是那些可能会对他有所帮助的人。他更应当
保护自己离群索居的一面。真正属于他个人独有的，是一种精
力。这种精力使他在半夜醒来，只是为了记下一个没头没尾的
想法。相信我，这种精力并不是取之不尽用之不竭的。

　　如果刚刚还是坐在椅子上写作的我们突然开始快乐地与椅
子共舞，这一天就完美绝伦。

17

母亲的信

不要像暴发户似的写作，卖弄他知道的一切。应该让读者自己去发现我们真实的样子。这就需要通过个人风格，才有可能实现。您越少进行文学性的渲染，您就越真实地处在写作中。应该尽量贴近自己的生活，这是保持独创性的唯一方式，哪怕我们感觉自己的故事不足以引人入胜。当我写第一部小说《如何跟一个黑人做爱而不疲累》时，我犹豫了几个月要不要把书寄给远在太子港的母亲。我还是这么做了，因为这本书已经在蒙特利尔的书店上架了，我想象太子港的一些人已经在读这本书了，我不希望母亲是通过她的熟人得知我写了本书。还是个这样的书名。我通过一个回海地的朋友给她带了这本书。一个月以后，在蒙特利尔我收到了母亲的一封信。她在书中寻找并且找到了所有在我们以前的通信中我没有讲述的事情。以前我对她说的都是她想听到的。大家都这么做，我原以为随着时间的推移母亲们一定都对这个小花招心知肚明了。但我母亲并没有。她耐心地指出我所有不良行为。没有任何读者可以比一位正在阅读儿子的母亲更专注于一本书。在她看来：整整一个夏天，我没有去理发店。我蔬菜吃得不够，胡萝卜吃得更少。从来不喝牛奶，然而牛奶营养全面。我睡觉太晚，同时起床也太晚。更有甚者，耶稣的名字在书中一次也没有提及，而我却在跟她的通信中不停地重复说我每晚都祈祷。所有一切都被放到放大镜下细细审视。工作做得跟出版商一样审慎，甚至更胜一筹，因为出版商感兴趣的事情是整体的，更确切地说是知识层面的，所以根本无法指出这些疏漏。对于日常生活和生存的必要衍生细节，我们无法对一位母亲撒谎。多年后，重读自己的文字，我明白了，如果当时我能够注意到母亲指出的那些令人不满的细节缺失，我的书应该可以更好。因为正是这些细节使一部小说灵动。我当时过于重视想法的重要性了。别跟母亲说你正在创作一本书，但跟日常生活有关的问题不妨咨询一下她。

作家的母亲，如此频繁地被利用，她应该向出版商要求一份个人合同，因为这已经成为职业了。

18

基　调

应该给人这种印象，我们讲述的故事是来源于生活的，而不是来自一个抽象的想法，即使我们觉得正是这些想法支撑整个故事。不要过快地宣告故事的色调，而要从容不迫地推进。开始讲述一个故事的时候，马上声明它是独一无二的，这种做法剥夺了听众的评判权。这使人很不悦。写作，也是如此。那个人在那里，在纸的背后。你可以无视他的存在，但不应质疑他在那里。没有这位看不见的读者，就无法考虑书的创作。吹嘘粗制滥造的作品，这种方式无法吸引读者。如果希望准确找到正在创作的作品的基调，需要保证自己和书之间有一定的距离。而且尤其是应该在写下第一句话的时候，就建立全书基调。第一句话并不需要惊天动地。为了保证故事接下来的铺陈，开头的时候，保持恰如其分的基调总是很好的。如果我们以过分高昂的基调开始，就会给人过快达到故事高潮的印象。没找到基调的书是无法创作的。

写作是一场非常奇怪的仪式，作家深知同一个房间里有一群他既看不到也听不到的人，却假装独自一人。

19

书写人生

我总是对人生和文学之间可能的关联饶有兴致。我们编写虚构的故事，希望它能够对我们的生活方式有所影响。青少年时期，为数不多的几次去看话剧的经历，那些演员在日常生活中并不戴和舞台上一样的羽毛翎饰，这让我很失望。演出结束后，我看到那个正在大口啃三明治的男人是那么乏味，他刚刚扮演的角色，能量满满，才华横溢，足以使他的现实生活少一些灰暗，可他居然没有很好地利用这一点，我觉得很惊讶。甚至今时今日，我也总是思考这个幼稚的问题：为什么不充分利用我们的经历来改变自己的人生呢？我希望我的人生沿着影响我的事件的发展而前行。我拒绝成为河流中心纹丝不动的一块石头。为此，需要有小爱丽丝的勇气，毫不犹豫追随一只兔子向洞穴中去。

这一切是真的吗？面对一部虚构作品的时候，如果提出这个问题，那一定是读者而不是作家。但是有时候，让作家非常不快的这个问题，正是促使人们去读这部作品的原因之一。

20

如何开始一个故事

从头开始的顺叙故事，并不总是讨人喜欢。这让人恐慌。我们感觉到人们快不耐烦了。尤其是如果故事以景物描写开始。最有效的做法是，如果是二十多页的短篇小说，就删去前两页；如果是一部长篇小说，就删去第一章（我在药店实习过，养成了给所有事物定剂量的习惯）。这样，我们可以直奔主题最重要之处。哪怕到故事后面一些再把刚才删去的部分插进去。阅读一些您喜欢的作家，看看他们是如何开始长篇小说的。马上来做一些练习。戴维·赫伯特·劳伦斯的《查特莱夫人的情人》："我们根本就生活在一个悲剧的时代，我们却因此不愿把时代看成悲剧。"第一句话便两次使用了同一个词，悲剧，我们感觉到作者对此非常笃定。本哈德·施林克的《朗读者》："十五岁的时候，我生了黄疸。"平淡却有效。罗伯特·穆齐尔的《学生托乐思的迷惘》："开往俄罗斯的铁路上的一个小车站。"很有画面感。果戈理的《彼得堡的故事》："最好的地方莫过于涅瓦大街了，至少在彼得堡是如此；对于彼得堡来说，涅瓦大街就代表了一切。"令人感动。雷让·杜拉姆的《暴力冬季》："恶毒、尖刻、反动，没有人喜欢这样。尽管如此，我们却浪费时间讲别人坏话。"讽刺的拷问。各种风格都有。我再说一次：不要犹

豫，去经常翻翻您喜欢的作家作品，看看他们是怎么做的。在
某些方面咨询他们。如何开始一个故事？怎么结束一部长篇小
说？他们也一样，也曾经对他们的前辈做过同样的事情。既然
这在绘画领域很平常，为什么文学领域不可以也这样做呢？在
绘画领域，为了更好地研习绘画方式，人们会督促学生去临摹
名家作品。我们应该完整地抄一本喜欢的书，直到耳边感受到
作家的气息。一个平淡的没有丝毫神秘感的开头，比一个让人
感觉作者为了引人注目而用力过猛的开头，更讨巧。

　　国家应该向书中产生的消费征税，这样可以使作家知道物
品的价格。

21

景物描写

　　避免大段的景物描写。今天的读者不像上个世纪的读者那么有耐心，上个世纪的读者还没有如此多的娱乐方式。但是，关于一个人物或者景色，假如您有很多想说的，而且坚持要全部说完，最好用一些内心思考把长篇描写分割开。如果长时间感觉不到叙述者的在场，读者会不知所措。一段充满内心思考的描写可以让读者觉得不那么千篇一律。叙述者看到了景物，读者也感同身受，他们因此对叙述者了解得更清楚。我和描写的关系是一直发展变化的。当我还是孩子的时候，母亲让我喝一种对我脆弱的支气管有好处的混合物（鱼肝油），这东西给我带来的效果和描写带来的效果是一样的。最近几年，我愉悦地重读了一些景物描写，从前这些描写让我觉得无聊至死。对话这种形式看似可以表达更多，但相比而言，在景物或者人物描写中（为阐明某种观点做出的选择）我能更彻底地理解作家。读者认为，通过在故事中无处不在的对白，他们可以了解作家。其实，作家却是通过对景物和如隐若现的背景的细致描写，更好地呈现自己（比如西默农、莫迪亚诺）。不用事无巨细地倾吐。描写景色，仿佛我们驾车从其中穿过一样（比如莫兰德）。

和博尔赫斯生活在同一个时代，这让我受宠若惊，就仿佛
当年某人跟您说，他刚刚在街角遇到了荷马。

22

内心独白

.

如果您对于描写无法信手拈来，那么最好运用内心独白。加缪的《局外人》几乎通篇都使用这种模式。短句。快速行文。仿佛给叙述者——那位默尔索的大脑中植入一个摄影机。人们与他看到的东西有一种即时的联系，并能在同一时刻与他的情绪接轨。这种方式的好处是，景物描写不是客观的——完全不会让人觉得无聊，不像某些时候的巴尔扎克的小说。叙述者永远不会从读者的视线中消失。这种方式的坏处是，只有一个视角：叙述者视角。他的个性需要非常丰富，才能掩盖单一视角的不足。内心独白这种情况，声音需要停留在叙述者的头脑中，这与演讲正好相反，演讲要求声音从身体中发出。想要运用内心独白这种方式，就需要找到好理由。加缪小说《局外人》的叙述者，没有人可以跟他说心里话。同时，他仍然处在一种情感冲击中。他不说话，直至故事的结尾，他要把自己封闭起来，保持绝对缄默，所以在这之前，他需要在脑海中反复思考。我们因此更好地听到了他内心的声音。

所有那些您没有记下来的想法，将来某天，一定会以突如其来的灵感这种形式回到您身边。

23

美式对话 vs 法式独白

在美国，对话很受欢迎。读者因此感觉自己直接出现在书中。对话中经常充斥着直接来自街头的问候、口头禅和表达方式。这就是为什么侦探小说在美国大获成功。人们看见人物在生活。在欧洲（主要在法国），对话通常出现在电影中，表现为作者陈述和倾倒众人的对白。观众希望牢记这些对白。很长时间以来，人们去看电影和话剧是为了提升自己。剧中人物总是充满智慧，观众在脑中记下他们的对白，希望在适当时刻想起这些话。但是，这些对白往往过于文学化，很难把它们安插进日常会话中。比如，在法国电影中，最重要的是对白的鲜活性（思想表达）。在美国，对话与动作节奏紧密贴合。法国小说强调包含景物、精神状态和人物欲望的长叙事。而在美国，小说人物更像是为了随心所欲生活而迫切想要逃离家庭庇护的青少年。当然，即使给人感觉他们是随着个人意愿创作，但其实美国作家也需要严格遵守规则。这就是为什么美国人对于翻译法国小说总有一些犹豫。同样也解释了很多法国学者对美国小说的不屑，认为其总是充斥着没有起伏的动作和对话。有些法国作家认为找到了解决方法——把法国主题嵌入美国结构来创作小说。

　　"他马上走到书店深处，偷偷地拿起一本书，小心翼翼地打开，读了几行或几页，当他听到身后有咳嗽声时，吓了一跳，第二位正好相反，他专心致志，拥有坚强的神经。"角落里的书商，就是这样区分囊中羞涩的读者和偷书贼的。

24
诗

假诗就像假币一样，和原型极其相似，但一文不值。人们认为，如果想赋予诗篇价值，需要用最艳丽鲜花的花环装饰它。真正的诗是看不到的。它产生于读者继续阅读下去的欲望，哪怕没有任何因素推促他读下去。有时候诗栖身在贯穿整个故事的那种力量中。这一切都说明，诗经常是突如其来的——"艺术发生"，惠斯勒曾说。永远意想不到。一个词组的置换，可以使诗篇鲜活起来。诗无处不在，并不总是在诗篇中。它是一种不断攀升的激情。

如果不马上记下这个刚刚出现的灵感，有可能忘记它，因为记忆是一位随心所欲请假的秘书。

25

好小说

　　我认识一个家伙，他觉得生活中的一切都很好。昨晚他看了一部好电影，看完电影，他和好朋友们进行了一场很好的讨论交流，之后回家喝了一杯好喝的牛奶，然后带着一本好小说爬上床。在和他接触之后，每次我使用"好"这个词，都忍俊不禁。还有一些人，他们极自然地写作，不求打动任何人。一切进行得很顺利，直到他们开始思考小说里缺些什么。他们觉得小说一丝不挂，需要给它穿戴整齐，要使其芳香沁人。这就是他们的文学想法。在我看来，诗歌并不是一串戴在年轻女士脖子上的项链，在参加社交晚宴前夕才挂上。在写作的时候，不应该倾注过多注意力。要尝试忘记正在写作这件事。我一直记得那一天，暑假刚刚开始的时候。那时，我大约十岁，和小伙伴一起踢足球。黄昏降临，我们仍然在黑暗中继续踢球。甚至，我们都看不到足球了。我们感觉在做一些以前从来没做过的事情。这件事情发生在我身上，也发生在其他伙伴身上，我原本已经忘记了。在自己内心深处寻找的，就应该是这样的画面。它们是天然璞玉，在记忆中深深的草丛里耐心地等着我们。我们也应该保存它们，保护它们的自然光芒。别尝试抬高嗓门。因为在这种背景中，嗓门抬得越高，人们越听不到你的声音。

我们生活在一个噪声和厚颜无耻的文化中，认为只有大声叫卖、全力展示才能吸引顾客，然而，我们缺少的好像是一些纯朴。在这个意义上，一部好小说和一首诗极其相似，任由乡愁般的亲切感沿着航迹在读者记忆的轨迹中蔓延，他们停留久久。就好像是，刚刚看到一个我们认为已经消失许久的回忆又浮上了水面。

我们写作，因为我们忘记了，某天我们可以是雨果、荷马、莎士比亚、塞万提斯、福克纳，或者但丁，但也可能是随便哪个仿佛从来没存在过的平庸作家。

26

如何在小说中表达观点

人们都希望表达自己的观点，但是很快发现操作起来并不简单。需要非常精确地拿捏尺度。有些说唱乐手发表过于冗长的政治演说，最终葬送了自己的演唱会。他们忘记了，来听演唱会的观众，不仅了解他们的观点，而且因此仰慕他们。尽管如此，观众并不是来开会的。他们来欣赏一位艺术家，这位艺术家能够带来另一种世界观。但他们所期待的不仅仅只是演说，更重要的是：演唱。适当的演说与演唱交织在一起，他们并不反对，就像依附在大树上的攀缘植物一样。我们必须明白，是大树在支撑攀缘植物，而不是相反。更直接确切地说：避免过于冗长的演说。甚至老托尔斯泰，有很多东西与读者分享，都曾经掉进过这样的陷阱。他在世的时候，已经有七个版本的《战争与和平》了。因为希望与他同时代的人直接交流，有时候还希望鞭笞以唤醒他们，他差点毁了自己伟大的小说。当他清醒过来，自己意识到的时候，开始在句子的森林里闭着眼睛地胡劈乱砍，找寻通向出口的小路，直到觉得演说不再羁绊行动，他才收手。理想状态应该是找到完美的剂量配比，因为思想本身拥有强大的能量，足以引发行动——托尔斯泰很清楚。如果没有想到动作的先决条件，就不能做出任何动作（甚至从床上

爬起来）。行动的绝对形式——战役，这是托尔斯泰在《战争与
和平》中的主题。如果没有战略，战役无法进行。战场上的战
略，指引上千人的怪物——也就是军队的行动；战场外的战略，
与这场战争利益攸关的人在宫廷中对峙。前线的将军操纵战士，
而宫廷里的王公贵族操纵这些将军。然而，不仅是战争，欲望
同样也是强有力的原动力。有时候对于一个女人（海伦）的情
欲，可以出动一支军队，这是荷马在《伊利亚特》中讲述的故
事。另一个女人（坚守的佩涅罗珀）也有这样的吸引力，她向
一位骁勇善战的将军示意，到了该踏上归途的时候了。（安托
万·布隆丹用五个字概括了《奥德修斯》："尤利西斯，你妻子
在等你。"）这两种情况下，思想幻化成女人的形象。我们也可
以使用这样的隐喻，但是不能滥用过度。无论如何，女人不再
是诱饵，也不再是石头，她们也有思想和行动。需要总是给读
者一种作家掌控大量观点的印象，哪怕其实谁都不知道最终会
走向何处。观点与行动交替轮换，方式不要过于生硬。叙述者
不必总是正确的，因为我们并不是在写随笔。在生活里，我们
总是不停地思考，这些想法反映在我们正在写或者正在读的小
说中，再正常不过了。

　　文学和权力激烈争斗的漫漫长夜里，每本书都是一个新赌
注，试图阻止思想的破产。

27

科学碎片

　　现在的世界，在所有力所能及的范围，人们都试图加入科学性，那么，过于浅显的描写，仅仅只是由叙述者目光所见做支撑，这种描写能够让人满足吗？对于一种疾病，我们没有任何可说的，读者可以很快上网查阅到疾病的来源、病因和后果。因为科学笔调流行，今天的作家需要更加注意他们的描写。因为不熟悉一些事情，我们最终是重写维基百科提供的内容，然后在书出版的时候，面对随之而来的剽窃的谴责。今天的作家不能无视公众对科学的迷恋。因为嫉妒摇滚歌星的名望，爱因斯坦及以后，科学家着手进行一种全方位展示魅力的行动，他们的方式是，让人们相信几乎不需要启蒙知识就可以理解最复杂的科学现象。我们都知道，战争以来总结我们生活的公式可以被概述为：$E = mc^2$。还有更简单的吗？我们不需要知道爱因斯坦这个诡计多端的家伙是如何推出这个公式的。每年都会出现新的科学小说家。那些失败的生物学家、被他们同辈嘲笑的数学家都到小说领域去分一杯羹了。当然，部分读者感觉惊讶，他们曾经认为小说是过于轻率的载体，无法入这些严肃的科学家的法眼。我无法预测这些某个时期让读者大吃一惊的小说将会留下什么。我总是想起网络之前的那个手工时代，那时候，一些作家想描写一位拥有美丽眼睛的女性，他们去百科全书中查询眼睛的自然状态。为了创作《魔山》，托马斯·曼不得不经常出入疗养院。作家们扫荡专业书店，为了寻找一些解释原子、细木工场、机械或者甚至是园艺的基本概念的丛书。在他们的工作台上，堆满了时尚杂志和室内装修的册子，这些书籍杂志可以帮助他们丰富小说人物的职业（不能全部都是公务员或者女佣）。这些也有助于词汇的更新丰富。为了避免过于枯燥乏味和过于功利的文风，只要我们不过分滥用来自其他学科的借用，这就是件好事情——不是每个人都像司汤达一样，有能力写得既流畅又精确。现在，有了网络，一切都加速了。

我越来越喜欢在流动场所写作（机场、飞机和酒店房间），但是，阅读的话，我更喜欢我的床和我的浴缸。

28

剽窃的正确用法

如您所知，问题的症结所在并不是剽窃，而是谎言。只需要说明点亮您文字的那个熠熠生辉的想法是从哪里获得的就足够了，一切就烟消云散了。而且，就像鼻子长在面孔正中间一样，想法和表达方式不是出自您之手，这昭然若揭。人们一定能够明白，您是如此的仁厚，吸纳了一个在布满尘土的角落里已经奄奄一息的想法。一个想法，过长时间呆在一本无人问津的书中，最终会以发霉而告终。您给它带来些许的阳光。而且，人们必须承认您谦虚的品质，因为有些作家自视地位非常高，绝不会卑躬屈膝去采撷别人花园里的精华。不过很不幸，这些品质还不足以洗脱您的剽窃行为。我们生活在一个无比骄傲的社会，如果人们觉得他们被当作无知者，就会火冒三丈。比因剽窃而撒谎更严重的是，对自豪感的伤害，这使人真正产生反抗心理。当剽窃者被人指指点点的时候（他被抓了现行），有些人假装自己在某个地方已经读过这条引用了，而且在那里就已经忘记加引用符号了。我一直觉得很好奇，调查通常无法深入，因为人们很快发现被剽窃者自己这段文字也是剽窃另一个人的。好了，现在怎么办？大家都知道，原创想法的数量是有限的，也知道小说的数量越多，剽窃就越可观。就像大麻，需要考虑它的合法化。随着时间推移，出版的书籍数量越来越多，原创想法将不复存在，当人们明白这种状况的时候，剽窃的合法化将会成为必须。所有您能够写出的句子，已经被写过成千上万次了。而且，古代最早的那些哲学家已经占有了所有肥美多汁的主题。想象一下，奥维德宣告对于爱情主题的版权；荷马，战争的版权；但丁，地狱的版权；欧里庇得斯，复仇的版权（《美狄亚》）；《新约》，启示录的版权。还有其他很多。正如您所见，没有哪怕一个有意思的主题没有被写过。我们还能借助什么另辟蹊径？几乎一无所有。我们开始追捕句子。一旦发现一个闪闪发光的表达，我们把它输入互联网，它的原文出现了，大喊抄袭。如果所有作家都拒绝使用哪怕一丁点的抄袭，文学的传播将会岌岌可危。想到那些过去没被发现的抄袭，我们一笑置之。只有不到百分之十的抄袭被发现了。就是这样，那些思想和词句不动声色地从远古时代流传至今。

人们总是想知道他们在书中读到的非比寻常的思想来自哪里。觉得思想全部来自于自己独创的这些人，想法永远不会眷顾他。没有这种阅读者的谦逊，文学也就不复存在了。

29

加西亚·马尔克斯的酱汁

加西亚·马尔克斯总是让我想到寻找曾经流行的美味菜谱的大厨。他的饭店声名远播也在于此。食物的分量很足。人们来自四面八方，拥老携幼，来品尝他的厨艺。加西亚·马尔克斯在后厨，他的妻子，在收银台。当您去看起来乱七八糟的厨房见他，他会热情地欢迎您。用他的方式，详细地向您介绍做酱汁的方法："我从来不知道我可以写多少页，也不知道我要写什么。我等待想法出现，当有想法成形，可以付诸纸上时，我让它在我脑海里斟酌，再斟酌，使它成熟。我感觉想好了（有时候，我斟酌很多年，比如《百年孤独》，我思考了足足十九年），当想法成熟了，我坐下，开始写作，最困难和最无聊的阶段就是这里了。因为最有趣的是构思故事，精炼故事，从各种角度反复琢磨故事，而当坐下来开始创作的时刻到来时，故事就没劲了，至少我觉得没那么有趣了；故事在创作者的脑海中翻来覆去。"——摘自《我不是来演讲的》(格拉塞出版社)

有两种收拾行李的方式（写作方式也有两种）：从容不迫地收拾整理好，或者乱七八糟地把东西扔进箱子，期待它们最后自动找到自己的位置。归根结底最重要的是，成功关上箱子。

30

对　话

还有，不要过度滥用对话。句子还没结束，人们就能知道这是谁说话，这才是好对话。人物的语言表达前后风格是一致的。不应该让人物说出不符合他性格的话。说话，不是为了解释阐述。说话经常是为了表达心里藏不住的事情。最难写的对话是这样的：尽管读者觉得自己能从作家试图安排的空洞对话中感受到更深层的东西，但这对话却是一副平庸的样子。适当地避免过于引人注目的漂亮句子，因为它给人不真实的感觉。生活里并不这么说话。我知道，我们并不是在生活中，但是既然要假装，就必顺像点儿样子。如果非常机智，应对自如，并且保持从容自然的语气，把魅力展示得恰到好处，那么好对话水到渠成。不必用粗线标出刚刚写出的好词好句：最好是不着痕迹。不用担心：读者已经注意到您那些漂亮的表达了。不着痕迹，不着痕迹。不要反复斟酌。请继续前进。让坐着的人说话，这很危险，会让故事戛然而止。如果两个人物交谈，最好让其中一个动起来。请从容不迫地略过卓越的回答、过度思考的论证，以及一些叽里咕噜不明所以的话语。生活中，人不可能一刻不停地出众。如果有个人物比其他人出色，为了让他不至于变成完全抽象的生物，请给他安排个接地气的消遣爱好。

关于对话，请读狄德罗。《宿定命论者雅克和他的主人》给我们上了关于速度、创造力和好性情的一课。他挑战了非常冒险的事情：主题小说。关于事物的宿命，有点像他的朋友伏尔泰在《老实人》中对决定论的做法。尽管道路上充满荆棘（不是小说中人物的人生道路，而是作者自己的），但是他俩最终创造了一些文学典型。众所周知，寻求证明某些事情的小说是不长久的产品，但如果是伏尔泰和狄德罗来制造，那结果就不同了。他们熟知写作道路上的所有坑坑洼洼。把宝更多地押在文体上，而不是论证上，他们觉得即使表达的观点丧失了合理性，后人要把如此完美的机械装置扔进垃圾桶也会犹豫。保留一件在地上捡到的、明知道毫无用处的东西，这种事情在我们每个人身上都发生过。

有两种类型的作家：任由书中人物说话的作家和代替他们发声的作家。民主主义者和独裁者。海明威是民主主义者，普鲁斯特，独裁者。说到底，不是这样：海明威假装任由他们讲话，普鲁斯特假装代替他们表达。这一切是为了说明，没有规则，只看本质。

31

恶是主题，而不是目的

　　如果说作家虚荣心很强，读者也不差。读到精巧的段落时，他认为是来自于自己敏锐的洞察力，而所有他觉得愚蠢的部分必然是作家的原因。相反地，小说中如果某个人总是十分精明，那是魔鬼。魔鬼般的十足精明，是狡猾的化身。在布尔加科夫的《大师和玛格丽特》中，我们可以看到他所做的，最糟糕的时候，他以会说话的猫的形象出现。但是，如果说魔鬼的化身已经过时了，恶依然占据重要地位。希特勒的德国引发了大量的这个主题的优秀长篇小说。不幸地，诺曼·梅勒失败了，《林中城堡》企图用这部希特勒的传记展现这个魔鬼真实的面孔。在西奈山，上帝命令摩西背过身去不要看他的真容，梅勒没有听上帝的建议。以下是这个书单上三本卓越的小说：本哈德·施林克的《朗读者》，乔纳森·利特尔的《仁人善士》和威廉·斯泰伦的《苏菲的抉择》。这些小说都达到了它的效果，使读者走近恶。在《仁人善事》中，正是纳粹魔鬼自己在忏悔，他以一个普通男人的形象出现，他的人生阴差阳错地巧妙脱身，整部小说中，他自己都为此很惊讶。这仿佛在暗示，这一切有可能发生在任何人身上，也因此牢牢抓住了读者的注意力。《朗读者》，是一个青少年与恶的身体接触，这恶的呈现形式是他对一位在路上偶遇的女性的爱欲。读者一秒都无法离开这个男孩坦诚的忏悔，他年轻到可以做他们的儿子。在路上遇到纳粹魔鬼是罪恶的吗？能够避免这样的相遇吗？有足够的力量对抗魔鬼吗？这便是施林克的书引发的询问。令人焦虑。斯泰伦的故事发生在纽约，而不是德国。一片没有发生过战争的土地上。在一个年轻的波希米亚艺术家居住的安静小区里，充满对光芒万丈的未来的期待。人物并不是虚构的，因为我们可以轻松地认出作者和小说家玛丽·麦卡锡。斯泰伦给那里带去战争的恐怖——更准确地说，是战争的共鸣，通过刻画这个极富魅力的有着动听的波兰口音的女人，我们得知她曾经生活在魔鬼的洞穴中。小说开头，斯泰伦什么都没有揭示，跟我们讨论的更多是作家生涯的开端。逐渐地，一切呈现在我们面前。尤其是，当发现现实和谎言是如此紧密地交织在一起的时候，我们无法知道真正发生了什么。无论如何，凭借叙述的智慧，与读者的互动被建立了。当魔鬼在某处出现时，他提高了对于人性思考的程度。善使人精神沉睡（我的意识很平静），恶使人精神觉醒。在第三世界国家的小说中，表现恶的作品很少（丹蒂凯特在《露水破坏者》中尝试了这个主题，东加拉在《疯狗强尼》中做了尝试），更多地是揭露恶。于是，人们丢失了通过深入灵魂深处拷问道德舒适的可能性，而恶正是蜗居在那里。

我们害怕那些在书中回避一切暴行的作家，就像我们害怕那些戴着黄色橡胶手套永不停歇地擦拭房子中最隐蔽角落的家庭主妇。

32

莫拉维亚的时间

作家阿尔贝托·莫拉维亚非常喜欢思考他的职业。他的职业生涯开始于《冷漠的人们》（一九二九年），这部作品使他在意大利文坛立刻崭露头角。他的小说风靡全世界。他是帕索里尼的密友，艾尔莎·莫兰的伴侣。生前，他的小说非常畅销，如今在书店已经很少能找到了。在外省，他仍然有些许读者。这是他与让·杜弗洛的谈话：

杜弗洛：在叙事中，您是如何区别散文和诗歌的？

莫拉维亚：我认为，艾田蒲有个定义可以回答这个问题。我们可以把目光聚焦在它们在小说叙事中分别体现出的价值上：一个取悦眼睛，另一个取悦耳朵。眼睛指景象，智慧和理智；耳朵指声音，音乐和节奏……当然，这个定义只涉及散文和诗歌的最重要特征。现实中，这两种语言形式的优点互为补充、相互融合。另一方面，我认为，散文和诗歌最大的差异在于时间和期限的层面。诗歌是超脱于时间期限之外的。如果取消时间期限，小说就不复存在了。（让·杜弗洛《与阿尔贝托·莫拉维亚的对话》，贝尔丰出版社）

这种对抗只持续一场梦的时间，谁先醒来，谁就输了。

33

智　慧

　　作家的眼中绝对不该没有读者——这并不是说作家需要千方百计取悦读者。即使他假装注意不到读者的存在，他也知道，如果一切顺利，终有一天，他的书一定会出现在读者手上。这是它的最终归宿。读者并不只有这件事可做。他脑中纷纷扰扰。所以，应该加强他的记忆力。在整本书中，作家要不动声色地插入故事概述，四到五次，间隔规律。想让读者感觉他自己的记忆力非常好，可以记住一切，必须做得低调。有些读者喜欢学习。但这并不是让他们感觉自己一无所知的好理由。有一些学者型作家。贝尔纳·韦尔贝尔知道关于蚂蚁的一切，但是没有一只蚂蚁知道谁是贝尔纳·韦尔贝尔。他必须有自己的办法让读者看懂，同时，还要让读者知道，他并不会因此被当成一个不懂任何蚂蚁习俗的傻瓜。人们期待快乐地学到知识，而不是用说教语气讲解的沉闷学问，仿佛作者笃定自己是唯一了解那些事情的人。最初，读者对这个无所不知的叙述者充满钦佩之情，他叫得出在路上遇到的所有植物的拉丁语名字。不久之后，读者开始厌烦。在他眼里，作家变成一个好为人师者。只有在普鲁斯特小说中的那些沙龙里，才可以宽容那些附庸风雅的人。为了平衡，您有理由塑造一个并不是无所不知的人物，他甚至可以去嘲笑那个卖弄学问的人。您给读者打开一扇门，让他们可以进入您的世界。相反，读者也不太喜欢那些把什么都叫做"玩意儿""东西"的小说。这种类型的书只有在知识分子那里才能获得成功，因为他们脑子里已经装了一本字典了。有时候，为了休息他的头脑，知识分子更喜欢肥皂小说。普通读者更喜欢感觉到作家费了些力气——感觉到他们并不是不费吹灰之力就写成小说。别忘了，读者是买了书的——在世界上一些地区，这意味着一笔不小的开支。金钱就是能量。至少给他一种您也是靠辛勤劳动写书的印象。本篇主题是智慧，必须承认，我读过的最显著证明这一点的书是肖代洛·德拉克洛（这个名字！）的书：《危险关系》。拉克洛是一名军官，他像组织壕堑战一样，组织了一场爱情征服战。这部书信体小说的主要人物，是思想。为了碾压人生道路上的其他所有人，两个思想互相勾搭。当再无人可迎战时，他们转身朝向对方，发起一场无情的决斗。战争中没有胜利者——这或许就是拉克洛想要说的。

不要总是对智慧充满信心，因为有时候些许蠢笨可以帮助我们从另一个角度看问题。（参见福楼拜的《布瓦尔与佩居歇》）

34

一堂写作课

我记得，大概三十多年前，我经常去纽约的一个朋友家。她主持一个沙龙。每周六晚上，一些作家，尤其是一些诗人聚集在她家。她女儿被迫参与这些聚会，偏偏她视此为苦差使。她无法理解这些人为何对词语如此沾沾自喜。我走过去坐到她旁边，她很惊讶我居然跟她意见一致。我们取笑这些夸张的语气和浮夸的诗人。诗人们有时候过于自以为是，让人觉得他们的诗句是从天而降的。但他们不会被冲昏了头，毕竟他们还要监视所有在他们朗诵时闲聊的人——然后在剩下的聚会时间里对这些人摆臭脸。因为她讨厌阅读，我希望把拉尔博"不受惩罚的罪恶"的奥秘传递给她。在那个星期创作的一个短篇中，我把她写进了故事里——她的名字、性格和她的外形轮廓都在里面。她开始阅读，带着像小猫看下雨一般的轻蔑神情。我没有丝毫不悦，因为我知道对于出现在虚构的故事中，人们总是很敏感。当她读到她的名字，她开始咯咯地笑了，然后就一发不可收拾了。最后，眼睛亮亮的，她对我说，她以前从不知道可以使用真实的人物作为虚构小说的人物。像她这样不喜欢阅读的人，她原以为被这个阅读的世界抛弃了。"关于那天发生的事情，你什么都没有修改！"她惊呼，惊呆的样子。"我喜欢捕捉空气中的点点滴滴。""全都在那里，像施了魔法一样。"说着，她跳进长沙发里。她迫不及待。"你也是，你也可以写下你的想法，关于这些年来让你感觉厌烦到死的人。这可以是你的复仇。"她冲我不好意思地微笑。"但我不是作家。""如果不写，你怎么知道？而且，你的观察和评论往往非常准确。你不需要写出漂亮的句子。只需要每天晚上睡觉前，记下你的想法。"她兴奋极了。"我有很多想说的。"我一秒都没有怀疑。"真诚地去做，不要像这些无趣的诗人，大谈特谈美，眼里却充满仇恨。""仇恨被允许吗？""当然。有时候，对于唤醒这个沉睡的世界，这是必不可少的。"因为预计到一定会有这样的结果，我给她带了一本小小的黑色笔记本，她匆忙接过去塞进了口袋里。过了一会儿，我去了趟洗手间。等我回来的时候，她已经不在那里了。她应该是在自己房间里，正在嘲讽这帮出入沙龙的人。第一个就是我。

等待饥饿感，在开始创作前。

35

您为谁写作？

　　众所周知，这是无论哪个时代的读者都尝试解决的难题（大学生最喜欢的问题）。人们揣测您写作是为了自我表达。或者是为了物，如塞利纳①所说。但是，在写作结束后，有读者在终点等我们。没有读者，书就不存在。书是联系作家与读者的纽带。您认识这位读者吗？关于这个问题，答案是否定的。每次，我们总是搞错。在创作一本书的时候，我们想到某个人，自认为这本书完完全全是他的茶，然后，往往发现，我们完完全全搞错了。写《咖啡的味道》时，我觉得我母亲一定会喜欢这本书，但是她从没有对此书发表过哪怕只言片语的评价。她本应该对这本书感兴趣有两个理由：故事讲述我人生中她缺席的一个时期，因为我的童年是和外婆一起度过的，不在母亲身边。同时，故事也讲述了她深爱的母亲的生活。然而，沉默。很久之后，我才明白，那是一段她痛苦生活的时期，当时，她感觉自己抛弃了我。我并不知道那个年代的成人世界里发生着什么。让她回忆起人生的这段时期，这使她陷入悲伤。还有，我们也喜欢那些跟我们不一样的事物。一位上流社会的男士会

---

① 路易-费尔迪南·塞利纳（Louis-Ferdinand Céline，1894—1961），法国作家、医学家，代表作《长夜漫漫的旅程》。

为一个名声不好的女人耗尽资财。品味不总是理性的。您是为读者写作，这毋庸置疑，但是您并不知道是哪位读者。最愚蠢的事情是，武断地认为过着简单生活的人们喜欢现实主义的世界，数学家喜欢推理小说。更有甚者，也就是更蠢的，认为穷人喜欢读那些详尽讲述他们的苦难的故事。为什么他们要对这些感兴趣？他们正在经历的就是这些。我认识一位夫人，非常优雅，无比虔诚，却疯狂迷恋萨德侯爵。就是我的母亲。

不考虑他正在写的东西的时候，作家才能认真工作。

36

艺术的朦胧效果

应该知道在生活中我们想要的是什么。我们总是听到这句话。这种说法有其正确的地方。细木工匠会做桌子。田径运动员为金牌而训练，并在所有电视屏幕上激动欢呼。如果您问一位男士是不是管道工，而他马上开始给您无休止地解释，毫无疑问，您不会放心地把您的卫生间托付给他。那么同样，如果您写作，求您别拐弯抹角兜圈子，就说您是作家。作家，就是主要活动是写作的人。他的一切都可以归结到写作上。那么，当有人问这个问题时，直截了当地回答他，这样就可以成功地把话题转向其他事情了。在沙龙里，向您提问您是不是作家的那位女士，并不打算整晚都跟您讨论这个话题。我写作，但我不能说我是一个作家（您这么说就糟了）。为什么？我不会写作。所以您是一个烂作家？她这种归纳事情的直接方式，让您感到惊讶且受伤。您沉默了。我必须搞明白您自认为是一个好作家吗？不是。那么您是什么？我写作是为了学会写作。先生，您的事真复杂。有人及时把聊天话题转向了体育。

面有愠色，眉头紧皱，小眼睛狡黠闪烁：这是一位正在找寻思路的作家。

37

世界的歌唱

很奇怪，宣称自己写作是为无法发出声音的人发声，这样的人越来越少了（埃梅·塞泽尔《还乡手记》）。在我的青年时期，对于这个发人深省的问题，这是首选答案：文学有什么用？放大那些只能喃喃自语的人的声音（我有一个阿姨，只有在家才能听到她的声音），这种想法让我神往，而我当时不明白的是，对于缄默族群的定义是什么。与此同时，街上的噪音使我麻痹，小贩刺耳的叫卖遮盖了我的声音，邻居的互相谩骂使我无法入眠，教堂的唱诗班使我晕头转向。人们总是在竭尽全力表达自己，通过所有可能的方式：绘画，音乐，谚语，街头临时话剧，挑衅的对话，私人会谈，舞蹈，民间创作，狂欢节，性，辱骂，笑容，眼泪，猥亵。所有形式汇集成一个独一无二的词：文化。所有的文化，像农作物一样，都是来源于大地。植物和人是一样的。无处不在的毫无休止的言语声，恰恰就是这个世界的歌唱。

他手里的这个小学生札记本，事实上，是一支火把，能够照亮一段道路，或者焚烧殖民地的农田。塞泽尔知道这些吗？

38

独特的声音

人们试图最真实地描述自我，却往往结束于描述他人，尤其是同代人。并不是只围着自己转，而是观察生活在他人中的自己。这些年来，我们自我剖析。这种经验应该被用于揭露生活的写作计划中。我们一开始讲述自己生活中发生的事情，马上就有成千上万只手举起来，声称他们身上也发生过一样的事情。应该怎么理解，这些刚刚在您的作品中找到了自己的人，同时却在竭力逃离这一切？人们对于把自己和群体联系、但不会因此失去自己的独特性的事情很敏感。通过借助某个族群写作和为某个族群写作，我们剥夺了这个族群的阅读权利。他们变成了简单的主题。为他们打开一扇朝向世界的窗户吧，好让他们对现实之外的其他东西产生兴趣。至于您自己，有时候，阅读只是为了放松。对于所有人来说，也是一样。我认为，是时候严肃地思考这个本质问题了：您为谁写作？这个问题局限了我们小说主题的选择，这并不奇怪。我们知道，总有一些主题，会触动某些人，但对其他人来说，无动于衷。还有，如果我们不坦诚地解决这样严肃的问题，我们有可能会长期处在谎言中，迷失自己。整个文学都只讲述谎言，而其中的头号谎言就是假装知道谁将会是读者，就好像这可以由作家决定似的。

作家这个职业中，已经有很多责任了，为什么还要增加这项责任？我们尽可能诚实地书写自己，正是在最大可能地靠近别人。如果文学变成简单的机械操作，或者如果文学能够预测到即将发生的事情，那么我找不到它的价值所在。当然，我明白，文学也有社会责任。但是，其他文字类型更适合这种责任：随笔、檄文、宣传新闻、传单。但不是艺术，艺术中神秘的部分需要被保护。这是一座尚未开发的岛屿，作者不知道最终会有怎样的情感堆积。独特的声音淹没在集体的大合唱中，变成融入其他声音的一部分，这样的事情，时有发生。

如果您感觉自己作读者比当作家更好，那么为什么不去阅读而要写作呢？您不会有任何损失，因为重要的是书，而它存在于以上两种情况中。

39

毒　瘾

有朋友邀请我在他们家共度一晚，在湖边。我们游泳，聊天，吃吃喝喝。夕阳徐徐消失在隐约起伏的山峦背后。我沐浴在余晖中，喝着红酒。吃着消夜，宾主尽欢，小飞虫在周围萦绕。客厅中的谈话缓缓地结束了。湖中进行着最后一波游泳活动。昏暗中，大家裸泳。窄小的房间里，困倦袭来。醒来的时候，写作欲望涌来。低矮的床头柜上，既没有纸也没有笔。大松树绿意盎然，在风中轻轻摇曳。水声汩汩。什么都无法浇灭对于文字的饥渴。阳光中，我们午餐。我感觉平静一些了。聊天，避开文学的话题。对于作家来说，这太难了。看着午后平静的湖面，出现在眼前的，是那些在骚动的青春期让我们犯困的景物描写。写作生涯。大家谈论自然，却使我犯困。我来这里，是为了逃避文学，可是才过了两天，我已经开始想念了。我只想回家，坐在打字机前。

习惯对我们的影响最大，顺着它工作，而不是唱反调，就能取得最后的胜利。

40

阅读，阅读，阅读

一定是阅读在先，写作在后。并不是所有的读者都必须写作。但是所有作家一定首先是读者。正是由于酷爱阅读，他才希望可以写作。他写作的首要目标也还是阅读。他去写那本他想要读到却找不到的书。面对阅读，有几种态度。有些作家，当他们着手创作一部小说的时候，以蔑视的态度看待他们阅读过的小说。他们担心重复其他作家的写作方式，或者重复刚刚读过的一个故事。他们感觉自己在承受模仿别人的痛苦。一种真正的恐慌。然而，自从写作产生以来，大家所讲的一直都是同一个故事（不同版本的陈述），明白这些以后，应该不需要为重复创作而感到奇怪了。几乎没有故事是全新的。新的东西，是这个故事在您的感觉中激起的漪涟。您不仅仅只是个体，也是一个时代。最终出现了我所称的读者作家，博尔赫斯就是其中最杰出的。他实践了一种非常困难的艺术，可以称之为"奇迹般的博学"。他遨游在书籍的海洋中，为了撷取其中最为闪亮的金块，这些金块叫做但丁、柯尔律治、克维多、塞万提斯、惠特曼、王尔德、切斯特顿（他最喜欢的作家之一）、德·昆西、卡夫卡、济慈、雷亚孟，当然还有莎士比亚。在他才华横溢的《探讨别集：1937—1952》中，可以欣赏到这些大作家的

肖像。博尔赫斯说，有一天，他进入父亲的书房，从此就再也
没有出来。他的作品中充满了作家，也充满了对堆积在他床头
柜上的那些书的思考。令人惊讶的是，这位孜孜不倦的读者是
位盲人——一些年轻的朋友帮他阅读。他给我介绍了英国作家。
因为他，我发现了威廉·贝克福德的《瓦泰克》和约翰·多恩
的《论暴死》。还有阿根廷作家（博尔赫斯，他就是阿根廷人，
一八九九年出生在布宜诺斯艾利斯），其中有卢贡内斯（国家级
诗人）和艾南德斯（阿根廷最有名的诗篇《马丁·菲耶罗》的
作者）。他是一个写作的读者，还是一个阅读的作家？无论如
何，他仍然是一种读者类型。我总是幻想，他以一本书的形态
重返我们的世界（他于一九八六年去世）。我建议年轻作家去重
点阅读经典著作，同时对自己周围发生的事情保持关注。这是
形成自己品味的唯一方式。不幸的是，人们装作读了几本书的
样子。只要知道主题，人们就很满足。这并不够。风格是最基
础的部分。需要去看贺拉斯是怎么用很少的文字传递复杂思想
的。荷马是如何做到特别接近日常生活的——我们看到尤利西
斯也会饿，也会去找东西塞牙缝。在这些作家的作品中，呈现
了我们认为很现代的思想和行为。塞内克 ① 的作品教会我们三思
而后写。塔西陀 ② 帮助我们很好地理解我们的时代。但是，需要
去阅读他们。我记得有一天，我想弄明白他们作品的主题。那

---

① 塞内克（Lucius Annaeus Seneca，公元前 4 年至公元 65 年），古罗马帝国哲学
　家、政治家、剧作家。
② 塔西陀（Publius Cornelieus Tacitus，公元 58 年至 120 年），古罗马历史学家、
　政治家。

是一个初夏。我去买了二十多本古代作家的书——这些书比其他书要便宜（烂书总是很贵），我把书都带回家，就像收容一群流浪狗一样。我当时紧缺精神食粮。我走进卫生间，整个夏天都没再出去。贺拉斯曾经是我最喜欢的作家。然后，我找到了精美绝伦的维吉尔——这也是博尔赫斯的意见。关于阅读本身，我建议读一读普鲁斯特的小文章《关于阅读》，它是约翰·拉斯金①的一本书的序言。他说，因阅读而流逝的时间属于生命的一部分。那是童年时期最值得记忆的时刻。永远别忘记，最重要的事情是快乐。

我们知道，如果写完某章，我们想去厕所，说明这章写得非常棒。

---

① 约翰·拉斯金（John Ruskin, 1819—1900），英国作家、艺术家、艺评家，著有《现代画家》、《建筑学七灯》等。

41

藏　书

　　作家总是会被问到来自哪里。个体来自他出生的地方，但公民可以选择他希望生活的地方。作家的故乡就更复杂了。首先，他来自一个地方，这个地方可能是他度过人生最初几年的地方。对于很多作家来说，童年是一个完美地点。通过了解作家曾经拥有怎样的童年——幸福的或者不幸的，有时候，可以理解他们对某些主题的选择。童年经常对以后的人生有决定性的影响。作家还会住在那个没有移民警察的地方，当现实过于痛苦的时候，他习惯避居于此。理查德·布劳提根有一本很棒的小说《巴比伦梦想》，小说描写了一个微不足道的私家侦探（他不得不借把枪），因为花费过多的时间呆在巴比伦，他破产了。在一次调查期间，他逃向了巴比伦。巴比伦，当现实的一切过于痛苦的时候，我们便去向此处。当我们在学校觉得无聊的时候，某些下午，我们也是躲去了巴比伦。但是如果想真正了解一位作家，就需要去了解他的藏书——数量不必很多。若要称之为藏书，需要多少本？十本书起。在小戈阿沃①的房子里，我头顶的小书架上的书，正是这个数量。也正是在那里，

①　小戈阿沃（Petit-Goâve）是海地西部的一个沿海小镇，作者童年居住的地方。

形成了我对于作家的全部感知。那时，我喜欢平躺在小屋里的
小床上阅读。九岁时我已经像作家一样阅读了。因为我迫切地
想知道作家是怎么创作的。像作家一样阅读，每次读完故事，
总是思考作家是如何做到的，做到可以让我承受了三个小时的
暴风雨，身上却滴水未沾。水漫过商船底舱。船长在桥上大喊。
我听到所有。我看到所有。我经历所有。他怎么做到的？这个
小问题促使我暗下决心提高职业素质。我是通过读书成为作家
的。我是那么强烈地想知道作家是怎么操作完成这样的戏法的：
让我相信，在那个狂风暴雨的夜晚，我就是一个水手，而事实
上，那时是中午，我在太子港。我如此好奇，因为我想做得和
吉卜林一样好。那本书是《勇敢的船长们》。

　　打算再次去窗边，看人来人往，在这之前，如果您喝的已
经是第五杯朗姆酒了，那么，这注定将是漫长而没有收获的
一天。

42

某个东西蠢蠢欲动

　　无论如何，这个东西已经在我身上蔓延，仿佛一株藤蔓植物一样，千方百计束缚我的内心。那个晚上，我敲下第一句话并对自己说"出发"，自此就再也没有停下来。我曾试过一次想停下我的打字机，但没能成功。事实上，它会以更强大的力量反弹回来。就像人们尝试用过于脆弱的大坝去阻止一股洋流一样。常常有人问我这个问题：你什么时候成为作家的？不会有答案的。我认为，作家生来就是作家，而不是成为作家。在我看来，这不是一个职业。这是自然延续生命的一种方式。就像一些人举杠铃是为了保持身体健康，一些人提出想法和表达情感是为了使精神不至于萎靡不振。不过，仅仅只是这样，并不足以成为作家，就像没事举举哑铃肯定不足以使您成为卓越的田径运动员一样。有些人书写得很好，但并不是真正的作家；另一些人写笨拙的书，却是真正的作家。只是笨拙而已，并不是烂书。笨拙是一种无法控制的力量，不要用过多的技巧企图去控制它。技巧是一种技能，可以慢慢学到。去漆黑一片的井底寻找金块，如果金块压根儿不存在，那么我们所做的就是徒劳，根本不可能发现它。我们所做的决定并不总是对的。不过，莫名其妙，有些日子，跟那么多别的倒霉日子相反，我们感觉身体里住进了另一个人，自己不再是孤独一人感觉这个故事能够出现在我们的脑海里并不是偶然的。应该是那些思想以及情绪，它们找到我们的大脑来栖身。要不然，怎么可能从大半天的灵感空白突然走向精彩情节文思泉涌的状态呢？我们感觉兴奋异常。我们按兵不动。突然，我们连通了作家的频道，这个频道尝试说些其他人没法明白的事情，已经持续很长时间了。那些事情别人没法明白，尽管是用别人能接收到的语言表达出来的。那么，既然什么东西都学不到，为什么还要写书？写作时直接跳过开场白，既节省时间，又节省精力。然后，读者就可以像读战场简报似的读这本书了。写作是一场战争，敌人从来都看不到。

因为一行都没有写出来，罪恶感折磨了您三天，这种罪恶感将像火花一样，使您的打字机重新开动。

43

道　路

　　一位六十多岁的女士写信给我，她刚刚写完一本书，希望得到我的看法，"可能的话，写个简短的前言。"她用了"简短"这个词，希望不要太过浪费我的时间。我感觉这是一个腼腆却坚决的人。这个决定一定花费了她几个月的考量。终于，一天，她坐下来，写了这封信，她甚至不知道地址，因为她把信寄给了我的出版社。哪个作家没收到过这种信件呢！尽管如此，这种勇气让我感动。她想知道我对她的书的看法（书是我在世界上最关心的事情），因为她喜欢我的书。她相信我可以感受到她的感受。即使两个人共享相同的心理空间和情感空间，有时候作家和读者也是不同的，应该明确指出吗？我们并不是一定会喜欢那些看上去为自己量身定制的书。经常是恰恰相反。为了说服另一个人读一本书，有些人会说："这是为你而写的。主要人物和你简直完完全全是双胞胎。阅读的过程中，我感觉在听你说话。"听到这些，我总是觉得很惊讶。谁渴望在这么多页的书中听自己啊？博尔赫斯对于用另一个我来定义朋友的观点提出异议："因为朋友不是另一个我。如果他是另一个我，那一定非常无聊，他应该是拥有自己特点的人。"我特别欣赏博尔赫斯，但我并不希望像他一样写作。还有，这也大大超过了我的能力范围。我有勇气给博尔赫斯寄一份手稿，希望得到他的看法吗？绝不会。两个原因：首先，他是一位盲人（所有的阅读都要花费他很大精力），还有，在我看来，博尔赫斯振翅飞翔在我们头顶的天空（就像荷马之于但丁）。我既没有去云层上与其相遇的力气，也没有足够的才华。更何况，只要离地十米，我就有可能犯恐高症。我在角落里，修修弄弄我写的东西，远离世人的眼光，满足于阅读他的作品获得的愉悦感。他的作品，涉及角度如此之广，在其中找到我问题的答案绰绰有余。这位眼盲的长者一生从未停止满足文学记者的好奇心（他出版了许多对话集），那么，为什么我还要因个人原因纠缠他？出于偶像崇拜？为了享受他也许正在读我写的东西的这种感觉？我太害怕会耽误他在自己的道路上前进了。马格洛伊尔·圣·奥德的诗歌三部曲之一《灯的对话，禁忌和堕落》）是以这句话结束的："一路顺风，朝圣者。"这正是我们应该对我们所爱的人说的。

您注意到了，人们在书中不再互相打招呼问好了，因为担心拖慢故事情节，他们不再互相说早上好、晚上好、再见了。

44

欲 望

　　欲望并不总是来自于对性的渴望。有时候，是那股贯穿作品的强大力量，它把读者卷进它的轨迹，从而产生了欲望。这股能量可以表现得非常温和，使人们忘记它的存在，但它始终拥有引人振奋的力量。它有可能在人们最意想不到的时候猛地出现。有时候，感觉突然被一段安静的景物描写带走。像慵懒的蟒蛇一样的句子，身体修长，伸着懒腰，读者发现全部的肉欲负荷迅速蔓延其中，直到最后一行。因此，只需要轻微的性暗示，文字便会燃起熊熊烈火。

　　什么都别扔，因为，不适合这本书的东西，可能非常适合另一本书。巴尔扎克就是这么做的。看到人们就这么抛出一个著名的名字来为一件平淡乏味的事增加分量，这很有意思。巴尔扎克也撒尿吗？

45

为什么之谜

首先，为什么希望讲述一个故事？希望操控日常生活中不和谐的事件，使其变成结构紧密的故事，这种癖好来自哪里？是因为希望把这个看起来缺乏条理的世界整理好。我们对宇宙的真正起源一无所知，对于它的最终命运也是一无所知（达尔文不知道，上帝也一样）。我们花费时间尝试解码一个谜团，却被它带向更多谜团。在这里获得了进展，在别处却倒退了，因为如果"医学进步，意味着疾病也一样进步"。当科学给这个黑暗的故事带来些许光明时，有些地方仍然一团模糊。我们总在想：心脏必须把血液运送到全身各处（一个非常繁忙的器官），当看到一条黄色长裙时，为什么它还能找到时间那么兴奋地跳动？或许，寓言得以成功的秘密并不在于它的内容，而是取决于讲述寓言的方式。用几个简单的词，成功地使大家相信他所讲的都是事实，这样的人甚至可以马上变成"上帝的对手"，马尔罗这样认为。问题是，和文学相比，人生好像少一些规律，多一些意想不到的事情。换句话说，比起小说，人生经常更不可预测。但是街头巷尾，人们还是津津乐道这类问题。为什么这个男人讲述刚刚发生在他身上的那个乏味的故事，讲得饶有兴致？这个女人希望她的人生变成一部小说吗？对于孩子，为了入睡，为什么他经常坚决要求听同一个故事？最后，当书店和图书馆里塞满了永远也不会被阅读的书籍时，人们为什么还要继续写作？这种激情有什么意义？如此多的问题，也许永远也找不到答案。法国超现实主义诗人习惯在巴黎的一个咖啡馆聚会。一位男士，总在吧台边上，好像对他们的谈话有很大的兴趣。有位诗人，挑衅地走向他（我凭记忆写）："为什么您一直这样听我们讲话？您是警察吗？"窘迫的沉默后，男士最终回答："不，我只是无法理解写作中让你们如此狂热的东西是什么。你们为什么写作？"这是个有趣的问题，超现实主义者把这个问题寄给他们熟识的所有作家。很多人尝试用个人方式回答这个问题，好像在现实的日常生活中，这个问题独一无二地触动了他们一样。然而，在我看来，如果说这个问题确实有意义，那么这个问题关注的更多是写作，而不是作家本身。在巴勒斯①看来，不是我们把毒品卖给吸毒者，而是把吸毒者卖给毒品。哈德良皇帝②注意到"那个东西想要来临"，猜想那个我们不敢命名的"东西"有自己独有的生命。这很奇怪。因为在地震结束后不久，太子港的市民街区，人们用"东西"指代地震。我们总是有问为什么的欲望，即使非常清楚答案永远不会出现。更谦虚点，我更倾向语气缓和许多的"怎么"，或许，只是需要静静等待东西来临。

---

① 威廉·S·巴勒斯（William Burroughs, 1914—1997），美国作家，代表作《赤裸的午餐》。
② 哈德良皇帝是罗马帝国安敦尼王朝的第三位皇帝，号称"勇帝"。他在文学、艺术、教学和天文方面都有造诣。

　　有种时刻，我们正在阅读一本让人心潮澎湃的书，同时，猛烈地摇头并自言自语："这样的书，我也可以写。"

46

您心里的批评家

有一位需要当心的人物，就是批评家。您心里的批评家。这是一个经过千锤百炼的读者。他读了数百本书。他对于每本书都有自己的看法。经常是没有深思熟虑的，不过也没少想。他习惯评判那些最伟大的作家。他的意见是终审判决。有一次，他觉得《包法利夫人》令人厌烦。他毫发未损。警察也没有突然到访他家。甚至连最轻的违规都算不上。生活就这样继续，仿佛什么都没有发生。他变得大胆了，批评了《伊利亚特》，他觉得字里行间充斥着明星，但在明星们的两部传记之间，没有足够的故事性（阿喀琉斯、赫克托耳和海伦，这帮人）。这不是一本书，而是一本年鉴。可以说无论跟谁交流，他都是平等的。那么好吧，他现在面对的是一个狂妄的初生牛犊，正是他本人。当然，这位初出茅庐的作家，没有能力与一位如此严苛的批评家抗衡。这种级别的批评家拒绝睁一只眼闭一只眼。他不知同情为何物。当手头的猎物是他自己的时候，怎么办？作家的解决方式是自我催眠——晚上，他不重读自己所写的，这样可以避免整夜失眠——好在早上醒来时觉得自己不过是个微不足道的蹩脚作家。他倾向于第二天早晨撕掉前一晚写的东西。这些东西全部都一文不值——我们都很清楚一位作家在创作期间那种像坐过山车一样的精神状态。也许确实如他所想，但这并不是把所写的东西全部销毁的理由，更何况是在这种狂怒的爆发点。或许写得不好，肯定是写得不好，但是，找一种办法继续重新写作，找寻那种深深埋藏在污泥下的激情。在这种狂怒中，有很多虚荣心。需要先冷静下来。问题是，我们总是自以为非常强大，而现实并非如此。但是这也不是真正的问题。真正的问题是过量的经典作品。人们读过太多，严苛地批评过太多，这些怪物现在来复仇了。它们在暗处嘲笑，就像奥林匹亚山上的诸神嘲笑尤利西斯遭遇的挫折一样。问题是什么？古典作家的问题是，人们永远也不会看到他们工作的样子。人们不知道，他们是不是有过和我们一样的精神状态。我很想听维吉尔讲讲他在《埃涅阿斯纪》的创作过程中遇到的和他的老朋友贺拉斯之间的困难。我也想听听果戈理和普希金的创作对话——果戈理说，是普希金塞给他《死魂灵》的主题。注意，托尔斯泰和他年轻的朋友契诃夫之间可能并不是毫无互动。在这样惶惶不可终日的状态中，应该给年轻作家什么建议呢？首先，对他说，所有人都是这么过来的。然后，最好妥善保留这些草稿，因为在他的晚年，可能会有令人惊讶的发现，可能会发现他其实一直在重写这个故事，并且一次比一次才华横溢。正是在这幅绣布上，他刺绣了自己余下的人生。随着时间的推移，我们可能获得更多的经验——这不是优点，我们也丢失了清新感。坚持下去，如果付出足够的时间和精力，一定会有收获。无意义的词语，根据阅读的模糊回忆创造的句子，词语和句子组成的一堆毫无条理的思想，正是这些，使作品的灵魂闪耀。三十或者四十年后，我们找到了它。蚂蚁搬家一样的工程。无数的不眠之夜等着您。保留第一篇文字，四十年后，您将会惊讶于它包含所有一切。日子一天天过去，您所做的，只是改进了那结结巴巴的三十页文字，这些文字当时并没有得到您的垂青。无论如何，别听您心里的这位批评家，对于一个想要离开温暖巢穴闯荡的年轻作家来说，这位批评家读了太多，他太强大也太强硬。让他闭嘴。捂上您的耳朵，顽强地继续追捕猎物。大家都是这么过来的。成为一个作家，首先就要战胜一个毫不留情的批评家。这是您的第一个对手，也是最可怕的对手。

整个夏天，您把自己关在这个超级热的房间创作这部关于欲望的随笔，而此时的街上，是感官的大爆发，您觉得这样正常吗？人总得干点活儿，先生。

47

形容词

一定要特别注意，不要堆砌形容词（这是很贵的调味料）。如果一条床单已经用"白色的"来形容它了，就不需要再添加"发亮的"这样的形容词了。您叠加的修饰语越多，读者就越不信任您。人们会揭穿那些为了说服别人而过度努力的骗子。过多的论证反而引起怀疑。应该让人感觉到的是，您所说的事情的重要性。两个长句子中间，您可以不动声色地插入一个短句。这是为了作品的节奏。读者感觉到您对事物的把控。对于空中杂技运动员，没有比在表演现场发抖更糟糕的事情了。面对要迎战的危险时，他必须首先让观众安心。人们对于很少使用技巧的作家总是印象特别深刻。简洁才是真正的丰富。不需要说服您——他是对的，这显而易见。但也别太过吝啬。读者需要一个空间使其能够进入书中。如果关闭得过紧，他只能呆在门口了。但是，如果过于茂密，他想进入就更困难了。拿把大砍刀，闭上眼，挥刀砍向这些荆棘。两个形容词中，删掉一个，您将会更清晰地看到眼前的景色。还要避免总是使用合适的形容词。这造成一种过分适度的笔调。一个循规蹈矩没有惊喜的格式，没有比这更糟糕的了。我收到过一些手稿，写得如此之好，以至于我仿佛看到一位语法教授。让几株不知名的植物在

花园里随意生长，这样更好——否则，人们会觉得无聊，就像
置身于我一位纽约朋友的诗歌朗诵会上一样。听起来有点儿复
杂，但是，只要认真寻找，就一定会找到恰到好处的尺度。找
到讲故事的正确方式和必要的平衡，这项永恒的工作就是风格。
如果您什么都找不到，一切总是十分平庸，您一无所获，那么
请乖乖地回到阅读中去——比起写作，您可能更擅长评价但丁。
要知道，做一个好读者，也是非常值得尊敬的。真正的读者越
来越稀有了。得知一个对手回归阅读，是一件喜闻乐见的事。

　　打开您书房的任何一本书，摘出您喜欢的一个句子，把它
原封不动地写进您的书里。这种做法叫做："物尽其用。"

48

真实性

不要混淆生活中真正发生的事情和书中读到的故事。两者很相似，但是近距离观察时，会发现这是两个拥有不同规则的世界。现实总是不断地躲避我们。每当我们觉得自己掌控了现实的时候，意外就发生了。还有，我们不是独自生活的。有时候，他人会在我们的生活中，毫无预兆地突然造访。我怀疑，比起现实生活，我们对正在创作的故事更有掌控力。当然，写作中也会发生一些意想不到的事情，但比起那些现实生活中威胁我们的意外，写作中的意想不到就无足轻重了。在句子中，一切都是技巧：字母表里的字母和语法。借助这些，我们讲述那些扣人心弦的事情，这就是生活。当一个读者说他不相信您所讲的故事的时候，不要这样回答他："但是，现实生活中就是这样发生的啊！"这并不是现实，这是文学。应该知道，真实性并不是真实的。您的工作是使这个世界可信，这是用您的感觉严格审查筛选过的世界。我们是用词语写作，而不是用行为。我们可以成功美化一些不足之处，借助图像、隐喻和比较。这样的经验和一些技巧有助于掩盖我们写作时的狂热。开始讲故事时的语气，最好平静而有分寸，不要一开始马上就显得极其兴奋，您会吓跑读者的。避免过于频繁地偏离那条您亲身经历过的路。您有可能触碰到故事的内在逻辑。我们可以做这件事，正如我们什么都能做，但它需要的技巧未必是初学者所能掌握的。千万不要企图复制现实。

一旦见过真电话机后，孩子就会本能地拒绝玫瑰色的塑料玩具电话。孩子大概懂得很多作家并不懂的事情。

49

幽　默

我们非常喜欢逗人发笑。认为一旦读者阅读您的作品时微笑了，您就抓住了读者。如果他笑了，一切皆大欢喜。我们希望使读者保持这种心绪状态。但是笑并不是事物的最重要之处。人们可以在读一本书的时候，从头笑到尾，但并不妨碍他们认为这是一本资质平平的书。笑和泪一样。如果读者感觉很刻意，努力就白费了。需要有其他隐秘的赌注。一些人认为，讲笑话就可以使故事有意思。为了真正行之有效，幽默需要与文字融为一体。有一些人，无论做什么，总是使人发笑。他们有自己独特的语言，总是有点轻巧地活在状况外。这让人忍俊不禁，继而开怀大笑。有些读者，不喜欢嘲笑他人——他们更希望这个引人发笑的人同时也是个善良的人。我有个朋友，他总是在状况外，总让人觉得很好笑。偏偏他还不明白为什么人们会笑成那样，这种反应又会引发新一轮的大笑。他的天真使女孩极为着迷。自嘲也非常有效：它通过揭露自嘲者非常隐私的事情来引人发笑。伍迪·艾伦便是此中大师之一——《安妮·霍尔》，这部他最棒的电影是温和自嘲风格的代表作。文学界可以与之媲美的只能是菲利普·罗斯——除了《波特诺的抱怨》，我想不起来还有哪本书可以让我读的时候笑成那样。讽刺也是极有杀伤力的宝藏，但是它随时可能反作用在自己身上。如果您过度嘲笑某个弱势的人，读者极有可能站到他那边去。运用讽刺这种手法的人，需要特别聪明，且游刃有余。由于这是像手枪一样的危险武器，不要过多地拔枪——剂量适当很重要。讽刺经常用于对抗那些武器装备更好的力量。在一些贫穷的地区，留给人们最后的空间是匿名发言，讽刺这种手段被广泛使用。它的力量愈发强大了，因为使用它的人正冒着生命危险。这种危险的感觉赋予讽刺更多的力量。布尔加科夫卓越的小说《大师和玛格丽特》就是例子。他嘲讽斯大林，方式是如此隐晦以至于独裁者无法让这本书消失。我们可以想象布尔加科夫的微笑，他的书是去世之后才出版的，因此，俄罗斯统治者只能把怒火撒在一本书上。就好像是，书的销量成倍增长（这本书以数千本的数量流通），但布尔加科夫已成为一个抓不到的人。在独裁统治下的地区，这是作家常用的一种方式：死后讽刺。

并不是一定要和手稿的心情保持一致。如果您今天早上很开心，您正在创作的那一章并不必一定是快乐的。

50

独一无二的角度

　　线性的叙事包含一个严重风险：从一点径直走向另一点。没有别的任何出口。如果在行程的一处踉跄，叙事就无法继续了。一位熟悉所有叙事技巧的老作家可以进行这样的冒险并最终获得成功。他的声音（不是风格）是如此丰富，人们可以听他讲几个小时而一点儿都不觉得厌烦，而且在结束时，觉得仿佛被施了魔咒。但是如果没有有效掌控职业诀窍，而且还这样做的话，可能变成一场无聊的学究式讲话。最好是从多个角度进入故事的讲述。三个人用不同情感讲一个相同的故事。声音也可以来自不同阶层。比如，为了探究一对情侣的分手，读者不喜欢只知道一方的观点。听到双方的观点更有意思。他想知道为什么当一切顺利的时候他们是两个人，而当问题出现的时候变成了某一个人的错误。这时，他们关系开始的时候那些曾经充满魅力的事情，突然变得令人无法忍受。那种无忧无虑，从前被理解为给对方的生活带来轻松自由，而现在被视作冷漠。往往不是一方变了，而是另一方看待他的方式不同了。别忘了，读者非常喜欢从锁眼里瞄一眼。他们怀疑人类复杂且深奥的灵魂。那么，让两个主角中的一人承担斥责，企图以此简化事件，这不可取。小说不是技术规范。如果您希望控告某种不公的状态，请您移步法院。读者不是法官，小说也不是人道主义组织。读者千方百计去镜子的另一端，为了看看毫不掩饰的人类。

　　您最近一次为了使自己高兴而阅读一本书并且没有把它的作者当作竞争对手是什么时候？如果您丢失了阅读的趣味，您将无法知道您为什么写作。

51

地　点

首先，是人们写作的地方。它从来都不确定。文本的主体
也是个有生命的机体。它可能会要求作家在一个固定地点创作
它，作家认为最终确定了他的创作地点。他打算在这里创作，
书却想在别的地方被写。当作家的社会环境发生变化的时候，
经常发生这种事情。终于有一个属于他的空间了，在房子里，
作家的位置上，他非常高兴。但他不明白为什么一走进那个房
间就无法创作。曾经他大肆咒骂环境不舒适，但不曾想到自己
就是一个非舒适型的作家。只有坐在楼道里，面朝墙壁，他才
可以创作。办公桌将独自呆在它的位置上，只是为了表明作家
获得了一些长进，但是写作还得去别处。有些作家，只有当他
们在移动时，才可以创作。飞机上，旅店的房间里，某个城市
短途旅游期间。他们需要这种无时间性的感觉才能找到写作的
能量。有些人需要坐在同一张矮脚凳上，一条凳子腿下塞本杂
志用以固定。有些人必须有只猫卧在膝盖上。其他人，坐在窗
边。当然，还有一些人，冬天的时候，溜进街角的咖啡馆，蜷
缩在暖气旁边。这么多情况中，我们注意到有两种重要的类型：
流浪者和定居者。那些需要移动才能写作的人，和那些躲在房
间里、双脚埋进膝盖创作全部作品的人。就是在那里，每天早

晨，发现他们睡着了，头靠在桌子上。那些定居者非常喜欢家世小说和历史小说，那种书把读者像人质一样整整扣押好多天。流浪者写专栏快报、旅行笔记、短篇小说，以及小长篇，这些作品给读者奔驰的感觉。时有发生的事情是，最终，流浪者感觉到尝试定居者那种长篇小说的欲望，尽管在他的人生中，这种小说曾被他无限贬低，但他觉得，只要他不做创作一本六百页的砖头这种蠢事，读者就不会重视他。这种书是人们在海滩上阅读的书。然而，因那些峰峦交错、高潮迭起的小说而大获成功的作者，最后却希望创作一篇短小的故事，能只凭作者文笔的魅力而经久不衰。再说一次，没有任何事情是确定的。

对于一个作家，居住在一个他不喜欢的城市，往往更好。他可以把所有的时间都用来写作，而不用感觉错过一些事情。

52

名　著

哎呀呀，名著，一走出青少年时期，我们就不断听闻这个
怪兽。对探险小说和侦探小说的狂热阅读一结束，我们在阅读
道路上就只能看见他们了：伏尔泰、塞万提斯、歌德、莎士比
亚、但丁、博尔赫斯、三岛由纪夫、阿契贝、惠特曼、加西
亚·马尔克斯、托尔斯泰，总之，那些最著名的作家都在阅读
范围内。所以，写作的时候想到的，总是他们。我感觉《老实
人》并不是特别难写。加缪的《局外人》，如果认真创作，我也
能写出来。简短的句子，简洁的想法，刻画完整的人物。因为
阅读很简单，人们认为写作也很简单。而搞错的，正是在这个
地方。不是所有人都可以写出《露水的主人》。名著不是被写出
来的，应该把这项工作留给时间。这超出了我们的掌控范围。
将来的几代人在经过参考以后，把它评为一部名著。通常，当
代的评论家总是急于宣称某本当代小说是一部名著，某个流行
作家是经典名家。我们见过一些作家多年来活跃在聚光灯下，
引人注目，某一天，突然就销声匿迹了。有些并不引人注目的
书，却在时间的流逝中坚持了下来。然而，这并不是问题。问
题是，人们相信自己可以写出一部名著——只要遵循了三一定
律。笑和泪的精妙比例，一种细致、永恒的写作（避免用新

词），不朽的主题（爱情和死亡），略微浮夸的语气和几种更为直接的技法的交替使用。把一切用艺术的迷雾笼罩起来，给人一种掌控某种秘密的印象。好吧，忘记这个故事，满足于您在创作这件事。拿起一部名著，却没有阅读的欲望，没有比这更让人厌烦的了。一本简朴的小书，遥遥领先，却不知道它已经把所有这些年来使人耳朵疲劳的复杂配器远远甩在身后，没有比这更让人觉得有意思的了。完美的例子，就是伊拉斯谟①的《疯狂礼赞》。为了逗乐他的朋友托马斯·阿奎那，提醒他疯狂在人生当中的地位，他创作了这本小书，试图把那些已经被权力冲昏头脑的人带回现实。这便是那本轻松穿越几个世纪的小书。在今天的书店里，依然能够找到它，而当时，伊拉斯谟自己对其他雄心勃勃的作品更有信心。所有这些都是为了说明我们不知道哪本书可以经过时间的考验。

什么时候可以认为一本书写完了？当看见某个我们不认识的人在阅读它的时候。

---

① 德西德里乌斯·伊拉斯谟（Desiderius Erasmus，1466—1536），荷兰哲学家，16世纪初欧洲人文主义运动的代表人物之一。

53

回到出发点

感觉疲惫的时候，就不要写了。写一些第二天就需要扔到废纸篓的东西，毫无意义，甚至令人沮丧。仅仅因为游泳游得舒适惬意，就觉得自己前进在正确的道路上，千万别有这种想法。尝试恢复冷静，您将会更清醒。当您释放出过多的肾上腺素时，您再也没有能力做出正确的决定。激情必须处在小说情节的节奏中，而不是在您自己身上。这也是小说和诗歌的区别。诗歌激情澎湃，小说必须像指挥一场军事战役一样掌控全局。我们不会把所有骑兵部队同时放进决战中，需要保留储备力量。永远不要偏离最初的写作计划，即使周围有很多反对的声音。应该经常回到出发点，就是您正在创作的这部小说的主题和缘由。要知道未来几个月需要为突出重围的艰苦战役而吹响号角，这需要非常多的耐心。我尝试使您对时间的概念直观化。当行动持续很长时间的时候，我们还有气馁的机会。永远需要量力而行，否则，将会把一个过去战绩显赫的军队带向失败。在她最重要的小说《哈德良回忆录》结束之时，玛格丽特·尤瑟纳尔讲述了那些年间，她是如何指挥这场战役（书的创作）的，她从未气馁。今天，虽然我不是特别清楚如何推荐您去阅读，但是那篇序言已经成为尤瑟纳尔的代表作之一。在尤瑟纳尔那里，词和句都是确定的，她的作品只有一个领袖，名字叫做哈德良。

　　所有问题的根源都是：随着时间的推移，作家变得比书更重要了。

54

钱

极少的作家写过关于钱的主题。左拉，瓦莱斯，和其他几位作家。直到今天，贫穷作家的传奇仍在稳步前进，仿佛作家在社会上的影响力跟他的经济情况成反比一样。这是非常错误的。当然，如果他很穷，人们至少会给他呼喊的自由。如果他一直很穷，听到他的声音的人会更少，因为靠纸张喂养的机器只认识那些把它养肥的人。如果您的书出版了，书商不能持续销售太长时间（即使书商对您非常仁慈）。这是一个空间问题。书籍总是不断到来，不断离开。就像在葬礼上所说的一样，无论是朋友还是敌人，离开的总是最好的。为了使您的书在书店销售得久一些，您需要有读者。这就是钱的重要性。在这其中，有两个关键人物。作家写作，读者阅读。其他因素（出版人，发行人，书商，评论家，广告）也很重要，因为他们使这两个人物相遇。他们（作家和读者）甚至素未谋面。作为见证人的，是书籍。这种联系的增加，对作家是有利的。这会使收银台盆满钵满。当然也可以促使出版人继续工作，尤其是继续出版那些读者并不多的作品。正是这些读者稀少的书滋养未来大发行量的作品。不要着急下结论说，一本大发行量的书除了糟糕没别的了。我没有研究，但是看起来，从当时起，荷马的书一定是创造了大发行量的，尤其是《奥德赛》，简直是天杀的销量！人们把它拍成了电影，制作成电视系列节目，巨额的钞票进入那个荷马的口袋里。柏拉图，很可惜还没被拍成电影，但他的书销量也非常好。维庸卖得很好，贺拉斯现在销量有所下降，但是很快又会恢复上升的。甚至康德也卖得正好，只有上帝知道（两次提到上帝，大概我正在转向天主教），他的书有多难。您看，大销量等于烂书这个方程式并不总是一成不变。不过，我还是想聊回钱本身，黄色金属，它可以使您邀请伙伴们去喝一杯而不会过度忧心忡忡。我经历过苦难，丝毫不怀念它。它当时对我并不好，我当然不会为它唱赞歌。无论是谁都拥有最低舒适度的权利，但是一旦一个艺术家给人不被房租困扰的印象，他的同行就会指责他写得没以前好了，为什么？写得没以前好是有可能的，因为一个普通人脑子里只有三到四个故事，但是这与他赚了点钱这件事毫无关系。很多人比一些艺术家经济条件好多了，但是正是他们在批评作家的钱。作家也是这种情况的同谋共犯，因为在他的作品中，他花费大量时间去给钱和贪污之间创造联系。我认识一些很穷的受贿人。贪污并不需要巨额钱财的流通才可以表现出来。听我说，我非常清楚，钱在人生道路上引发了奇特的情绪。说它是挑动战争神经的罪魁祸首也不是没有道理。停止哲学上的讨论，我只是想简单地告诉年轻作家，不要玩这个把戏——在贫穷时妖魔化金钱。因为当钱到来的时候，他将很难再重读自己的作品。马克思的《资本论》带来了巨额财富，这您知道。需要冷静地看待它，清醒地使用它。一件事情：当您签第一份合同时，请用您所有的时间从容不迫地读它。就像已故作家让-克洛德·查洛斯对我说的："如果您花费了三年时间创作这本书，您可以花费三个小时去读这份合同，它将在未来数十年间连接您和出版人。把合同带回家，头脑冷静地去读。不要浪费您的时间揣测所有的出版人都是盗贼，所有作家都是圣人。尤其要认真读您的合同，必要的时候标出备注。然后回到您的工作中去吧。"

　　童年的时候，看雨点落下，我学习做梦，所以，当天空下雨时，我写得更好。

55

现在的伏都教

由于过度曝光，这是一个很难讨论的话题。在这个问题上，每个人都有自己的观点，甚至是那些从来没有对此进行过任何研究的人——至少，他们害怕它。这就像一道国民菜，人们可以终其一生享用它，而并不因此感到食用过量。无论如何，总有一千零一种烹饪方式。重要的是，伏都教可以从不同角度被看待。人们可以研究它的宗教意义，也可以研究它的世俗意义。人们不是被迫只能使用它来证明自己文化的根，也不是必须像宗教信徒一样去接触它。叙述者可以反对它，也可以接受它，这取决于人们的宗教信仰。叙述者的信仰并不需要服从于作者的信仰。伏都教有意思的地方在于诸多神、诸多节奏和诸多仪式的汇聚。这便给小说提供了一种情节线索的可能性。有点像西方人数千年来（直至今日）使用希腊诸神，他们使诸神深入大众心里。像扎卡（Zaka）、莱格巴（Legba）、爱斯利（Erzulie）和奥贡（Ogou）这些神灵，他们首先拥有两到三音节的词作为名字，朗朗上口。他们的职能也是分工明确①。我起初使用他们，是因为他们名字的发音。莱格巴是我的最爱——他出现在我大

---

① 扎卡是农业之神，莱格巴是门户、街道和命运的支配者，爱斯利是爱神，奥贡是火与铁之神。

部分小说里，原因是我感觉他的姿态非常现代。掌管现实世界
和虚幻世界的交界的神。如果您渴望从一个世界走向另一个世
界，是他为您打开栅栏。在我看来，他是作家的神。我也非常
喜欢勇敢的爱斯利——一个在强有力的男性神庙里占据如此重
要地位的女人。她有自己的宫廷和仪式。这是一个极其独立的
女人。这不是像圣母马利亚一样的处女——她不会安静地等待
人们走向她。她的性向并不明确——她和男人睡觉，也和女人
睡。绝对的现代性。她就是一个日常生活中的人物。我常常觉
得每次人们想要把伏都教插入小说中的时候，痕迹都过于明显
了。不需要把它做成一个主题，这些人物都被如此明确地刻画，
可以感觉到他们的大众性。不需要中断叙事，锣鼓喧天地把它
插入小说。应该轻松对待。就像我们得到一份财富，想把它留
在身边时所做的那样。否则，这些神灵正在慢慢死去。信仰者
和艺术家用不同方式看待事物。不要害怕较量。伏都教可以承
受这些。我期待看到一个年轻作家出现，他对神灵以你相称，
而丝毫不怕来自神灵自身及其崇拜者的复仇。扭曲是没有任何
意义的。目的并不是对于大众信仰的尊重缺失，而是一种对于
国家宝藏的重新阅读。伏都教属于全人类——属于信徒，也属
于艺术家。这样的继承一定要产生效果。否则我们就把所有话
语和机会都让给了带着愚蠢偏见的好莱坞，以及那些卖伏都娃
娃的小贩，为了赚大钱，这些人创造了一些伏都教中根本不存
在的东西。在海地，自从在《露水的主人》中呈现过一些仪式
之后，我们没有任何其他行动了。令人奇怪的是，这个仪式对
于书的结构本身都有重大的意义（这也是使罗曼区别于其他模

仿者的特别之处)。红地 (Fonds Rouge),这个海地的村子,在干旱中奄奄一息。祈求神灵降雨,这再正常不过了。这个场景的意义在于罗曼的犹豫,企图平衡土著派文艺和马克思主义。我一直幻想由巴斯奎特①创作的伏都诸神的系列形象,他的即兴视角,应该会使诸神更容易被囿于当下的年轻人接受。还可以阅读《巫神》,这部奇特的小说,伊什梅尔·里德在爵士乐的迷狂中,混合了伏都教和超现实主义。

在这个已经有太多容易轻信的人的世界里,不要滥用宗教秘密仪式。

---

① 让-米歇尔·巴斯奎特 (Jean-Michel Basquiat, 1960—1988),"二战"后美国涂鸦艺术家,新艺术的代表人物之一。

56

距 离

建议把文字放到阴凉处保存一段时间。让时间去沉淀，代替我们工作。再次拿起它时，有时候，我们就能及时发现它的缺陷。这些缺陷，有时候来自于这样的事实，我们希望在故事的技术结构上做文章，把自己看起来有意思的次要人物放在故事的主线上过长时间。或者，觉得某张纸写得过于精彩，不舍得扔进废纸篓。可能确实很精彩，但是这会带来问题。应该忍痛割爱，尽管这并不是我们想要做的。我们更想操纵叙事的发动机。时间沉淀的距离还可以帮助我们看到那些弱点，并加强它们，帮助我们切割那些过长的离题插叙内容，带来新的叙事层次。最让人吃惊的缺少沉淀距离的情况发生在诺曼·梅勒身上。梅勒，我们都记得，写过一部关于朝鲜战争的大部头小说《裸者与死者》。这部他二十五岁时创作的小说，是他的处女作，这部小说使他马上跻身于那个时代最重要的美国作家的行列。他想重写一部关于越南战争的作品，《我们为什么在越南》。他写好了开头几章，几年间，他一直想继续这本书的写作，但是没能增加哪怕一段，直到有一天，他发现小说完成了。在《我们为什么在越南》（他保留了这个标题）中，对越南只字未提。尽管如此，人们可以感觉到，正是原始本源的能量，坚韧不拔的粗暴，平凡生活中防线的缺失，终将使生活走向战争。所有这些都是为了说明，如果梅勒客观地重读他的手稿，他肯定能发现他的小说已经完成很长时间了。这本简洁的小说是我最爱的梅勒小说作品之一。

在我们的时代，当我们对书籍的未来一无所知的时候，谁有勇气写一篇文章，要求只有他死后二十五年才可以出版？

57
层　叠

　　丰富的作品由很多层次叠加而成。如果说表面是文字，那么在作品深处可以感觉到整个人生。这与常常流于表面的报刊文章不同。报纸读者和小说读者也不同，即使是同一个人。一个行色匆匆，而另一个看起来从容不迫。伴随一杯黑咖啡，人们迅速浏览日报。一部好小说的目的则是为了放慢这种过度兴奋的节奏。在各个层次之间，有一些静默的部分。在这个建筑中布置令人惬意休闲的空间非常重要，就像公园一样，读者可以来这里沉思和幻想。每次，人们释卷休息，然后再次回到叙事中时，故事就增加了一个新层次。在某个时刻，这种层积创造出某些超越自身的东西。这些情感的总和产生一种新体验。突如其来的感觉。这个世界太过丰富了，轻松地概述是不可能的。因此可以说，有本书在手上，但是请不要让它太重。当我说到报纸读者的爱好和小说读者的爱好不尽相同的时候，我想到了伊塔洛·卡尔维诺的小说《如果在冬夜，一个旅人》的开头。在这个让人难忘的小说开篇中，卡尔维诺详细说明了，在开始读他的小说之前读者必须置身于怎样的情况。这里讨论的不是智力条件，而是物理环境。不要在出发点和目的地之间的路上阅读一部小说。阅读小说之前，要认真地坐好，因为您将要开始伊塔洛·卡尔维诺的一部新小说了。

　　读者，就是无法读完自己母亲的信，但是可以贪婪地看完他不认识的某个人的六百页书的那个人。

58

观 点

我很清楚，人们都喜欢争论。为了吸引所有人的目光转向一个人，他只需要提出一个有点争议的观点就可以。人们想回应他。刻不容缓。紧迫性在哪里？这些未经思考的发言必将在下午结束前便挥发在空气中，为什么还要如此迫不及待？回到自己的内心，分析观点本身，这样更好。当然，这个观点不会自动生成，但是最好还是不要马上设法回答别人。它应该被好好考量和思索。我并不是说应该在大众面前保持沉默，但是说服别人的欲望滋养了这些即兴的争论，这是显而易见的。过于重视这些言语上的辩论，我们变成了追逼人群中的一员而不自知。环境使语言的口头禅、语式和态度发展变化，从而定义了一个时代。我们自以为是独特的，但是只需要看到一张可以追溯到二十多年前的照片，就可以发现，我们跟其他人是一样的。如果说我们穿一样的衣服，吃一样的东西，那是因为我们想法也一样。这可能会很有趣：在一个小笔记本上，记下这天听到的所有观点（别忘了写下日期）。记下什么是谁说的，毫无意义。这个小本子在将来会告诉我们当时的思想状态。

独自一人可以很好地思考，但是，如果想弄明白思考的是什么，最好是跟另一个人讨论一下。

59

朋友们

写第一部小说时，作家绝不是独自一人。朋友们围绕着我们。他们知道故事的每个细节，甚至感觉故事属于他们。有时候，他们把自己的肖像偷偷安插进书中。他们对此很自豪。他们觉得这很好玩，您变成了他们的偶像。有时候，某些晚上，他们也会嘲笑您，但是第二天一大早，他们请求原谅，并让您知道他们对您的书抱有无限尊重。这还不是一本书，只是手稿而已。对于他们来说，已经是一本书了。他们把您和每个文学圈的新晋作家做比较——您总是占上风。一段时间以后，经过沉淀，您将奇怪地发现，所有的赞美都在拖您后腿，而不是帮您前进。您将重新面对一堵墙，您需要其他东西让您进步，而不是友谊的炙热。您注意到，周围没有任何一个人可以跟您讨论相关的事。这甚至是大家的盲区，您感觉越来越迫切地需要遇到一些了解这个职业的人，他们知道究竟有多难（姑且不说不可能）发表一部作品。坦率地说，您迷失了——一个人，您走不下去了。您厌烦了被奉承，您需要知道的是，真相，关于您的工作，关于您的职业，以及关于人生。您需要跟能够推进事物发展的某些人对话。但是您连一个人都不认识。您明白，您应该结束这本小说，把它寄给一个出版人（经常是几个），他有可能拒绝您的小说（绝大部分情况），或者要求您在他的监视下重写这部小说（可以开香槟了），或者热情地建议您出版它（可以去大街上裸奔了）。至此，马上全面投入军事战斗了：首先是媒体，然后是书店，最后是读者。怎样的故事啊！您明白了，为了走到这一步，您需要离开被家人和朋友保护的舒适区。否则，便无法成功地发出自己的声音。所有人都希望听见自己的声音。今时今日，您缺少的，正是清醒。要和身边的家人朋友保持距离。当您的书还没有完成时，您对谁说？不必认为所有作家都是这么做的。作家有多种多样的类型。另一个极端是，沉默寡言者。那些秘密创作自己小说的人。一个星期五的晚上，他们的朋友打开电视，看到他们正在讨论自己的第一部小说。"这个懒汉原来还是个小天才啊！"其中一位的母亲这样说。

这是死后仍然可以活跃很长时间的职业。在今天的报纸上，人们公布了一部大仲马尚未发表的作品。

60

失败的作家

我们说：失败的作家，是指那位总觉得到处都是他的书的
作家。他花费时间研读审查报纸上的评论文章，为了发现所有
抄袭他风格的人，在他的手稿中剽窃了他的想法、表达方式和
他的写作特点的人。什么都逃不过他的眼睛。最终，到处都有
他的书，但是人们没有在任何地方见到过他的名字。他把手稿
寄给当时所有大大小小的出版社已经有十五年了。甚至没有人
回复他。他发现了什么？这些出版社只是把他的手稿非法出售
给了他们的明星作家，这些明星作家既没有想法又没有能量，
目的是让他们抄袭他的手稿，以此取代他的地位，在书店里，
在媒体上，以及被读者爱戴的地位。当然，有些时候，他的朋
友们必须接受他说的是真的。比如，他手稿中火热的爱情故事，
出现在了某人的小说中：极其相似的爱情故事。一个已婚二十
年的教授（我明确一下：有三个孩子）为了一个女学生离开了
他的妻子，这个故事原封不动地出现在他的手稿中，从第一版
开始就有了。这种巧合，不可能！所有的细节（教授，已婚，
三个孩子，女学生）给人遐想的空间。他的朋友们鼓励他去反
抗，何况那本书在销量榜上遥遥领先，炙手可热，人们还提到
了电影、奖项。如果说这不是剽窃，那就是滥用，这一定是一

种罪行，无法命名的罪行。他给出版社写一封狂怒的信要求赔偿。他还是注意留了一扇敞开的窗户：如果出版他的书并给予足够的关注使其成功，他接受保持沉默。出版社对他的要求不置可否。他给给予这本书最多赞扬的批评家打电话。批评家听他说了一会儿，最终对他说，没有任何剽窃的证据，因为，先生，您的书并没有出版。他抬高了声音，为了告诉批评家，他有证据证明他的手稿明确地寄给了这家出版社。什么时候？十五年前。于是他听到了轻微的笑声，为此他将永远不会原谅这位批评家，他以前还觉得这是一位有能力的正直的人。"无论如何，"批评家总结道，"我什么都无法为您做，仅仅是已出版的书，我都已经有很多事情要做了。""已出版的书"这个词，比一把尖刀刺向他的心脏还要糟糕。他请了一位律师，律师让他明白证明这件事将会非常困难。他不觉得这很难：教授，已婚二十年，三个孩子，年轻的女学生。"我知道，"律师说，"但是您可能要花费很多，而且我也不能保证结果。"他给出版商打电话，为了告诉他，他现在有律师，出版商必须回复他，但是，秘书听出了他的声音，把他打发走了。他在房间里踱来踱去，一筹莫展。他翻来覆去说的只有这一件事儿了，这让他的朋友们很烦。他生他们的气。最后，他决定转入进攻。作家可能发表演说的任何地方，他都去，大吵大闹。他当众指责他抄袭，剽窃，各种各样的罪行。因为人们不是来听他喊叫的，保安强行把他赶出大厅。他跟他们扭打。他又回到大厅，又被驱逐。现在，他在自己的房间，独自一人。最后，他打开这位被控告的作者的书。他读，有一刻甚至想到去弄把枪，但是，还是选择在睡觉前把小说撕烂。事实上，他已经将近三个月没有睡觉了。比写本小说时间还长，他需要美美地睡一晚。

　　有某个人，您绝对得用才华说服他，他就在这间您觉得只有自己独自一人的房间里。

61

通　信

　　我总是琢磨两个伟大的作家可以互相聊什么。尤其是关于
风格，这么私人的事情。我偶然发现这封司汤达写给福楼拜的
信。一八四〇年十月三十日，司汤达对他写道："我尝试真实而
清晰地讲述我内心发生的事情。我只看到一条规则：清晰。当
我表达不清晰的时候，我的世界充满沮丧。"我不知道司汤达的
"真实而清晰"所指何物，因为我非常肯定，同样的词放到马尔
罗的嘴里可能有不同意思。知道司汤达愿意向福楼拜吐露这样
的焦虑，让我很感动。我们想象，一封看起来几乎平庸无聊的
信，怎么可以用"沮丧的世界"这种情感表达来结束。因此我
们明白，这封信并不只是一些词语。司汤达交付了他的性命。
但是，最触动我的，是一八四〇年十月三十日这个日期。我非常
希望可以完整地重组这一天，在那个凉爽的日子里，找到司汤
达对福楼拜如此敞开心扉的那个时刻。

　　今天晚上，为什么我们感觉跟这个已经去世很长时间的诗
人如此亲近？如果说诗歌依然使人如痴如醉，那是因为它跨越
了时间。

62
伤脑筋的小玩意

　　必须重新提倡这件美妙的事：思考，且不强迫自己在思考之后总结出一个观点。人们不停地表态，制造令人生厌的噪声。应该早晨很早醒来，赖在自己床上，慢慢地开始斟酌一个主题，这个主题刚刚脱离现实生活但尚未解决。我们可以尝试从多个不同角度去研究它，就像在抽屉里发现了一件无法确定用途的伤脑筋的小玩意。

　　有时候，我们需要的，是不再思考。一个接一个，关掉大脑里那些闪亮的小灯泡，直到处于一种完全的黑暗中。这样，我们更容易发现崭新的想法。

63

苦味和甜味

　　历来就是这样吗？在前进的道路上有可能改变吗？如果把苦变甜，人们会得到什么？那条不知道源头的充满泥浆和鲜血的河流。我刚刚读了魁北克书店杂志上的一篇采访，九十四岁高龄的亨利·凡尔纳接受斯瑭勒·贝昂的采访。采访中，这位《鲍勃·莫若尼》的作者继续用根深蒂固的恨意纠缠他的比利时同胞，埃尔热，《丁丁历险记》的作者——当然竭尽全力避免过于露骨。有一个问题涉及了比利时青少年文学中最著名的两个角色（鲍勃·莫若尼和丁丁），凡尔纳平静地回答："如果您确实想知道我的看法，丁丁很快就过时了。漫画里完全没有女性。如果这个回答让您感觉震惊，我很抱歉。但是，尽管他很成功，我还是觉得丁丁很普通。"应该说，在他漫长的人生道路上，他一定经常听说埃尔热。甚至在他去世之后（已经几乎三十年了），更加变本加厉。或许，在某个时刻，埃尔热也因为凡尔纳的成功而感觉不快。但是，比起鲍勃·莫若尼，丁丁拥有更全面的形象，前者在人们成年后就不受欢迎了。就像广告说的一样，丁丁的受众从七岁到七十七岁，这次，广告并没有撒谎。今天，独自一人，凡尔纳继续他对抗埃尔热的战争。这种情感，如此黑暗和浓厚，没有任何东西可以改变，我思考，是不是正是这种情感使他在寿命上活赢了他的老对手。对于一个艺术家，苦味比甜味更适合？

　　讲述一个悲剧的时候，比起使用通常在这种情况下都会使用的那种夸张的语气，使用一种近乎平淡的风格，最终会更强烈地冲击读者的想象力。

64

大作家

最让人诧异的表达方式之一：大作家。想表达的是他再也不会写出糟糕的作品了？大作家很清楚，这种称谓会带来一种焦虑感，就仿佛胸口压着一个石块一样，无论他写什么，这种焦虑感都伴随他。没有禅宗作家。可以假装自己是。这些人忘记了是什么促使他们如此强烈地想要表达那些折磨自己的东西。讲述他们与世界的关系。关于作家和读者的关系，我们已经谈论了很多，但是，有时候，写作也是一种独白。写作使这种独白持续很长一段时期。一场跟自己的谈话，可以持续很多年，也不会被人强行给套上一件精神病院的病号服。写作不仅仅是为了引起别人的强烈感受。有时候，我们做这件事是为了缓和使自己丧失理智的那种自我激情。为了解决这个问题，应该更加深入自己的内心深处。最终，自认为找到了真正的自己。由于对自己的认识不断深入，我们最终变成了一位先生或者一位女士。大作家或者伟大的女作家。当这一切来临的时候，会发生什么？什么都没有。人们请您给精装版的丛书或者书展的宣传册作序。在高档小区的沙龙里，给挑选好的公众做讲座。所有这些都令您收入不菲。正是这样，您的出版人希望您留在他的出版社。您变成了质量的保障，这让您的作品被阅读得越来越少。人们把您强行推荐给高考的青少年，他们还有很多别的事要做，而且他们对书写他们时代的作家更感兴趣。他们一目十行地阅读您的作品；当家里有客人的时候，他们在饭桌上引用您的话，您的父亲一定会引以为傲，但是他们却小心翼翼地绕开您不去阅读。当代作家也怕您，因为您的话依然会影响那些有影响力的批评家。您后面的一代作家，只是等待您的去世，以便更自由地呼吸。所有人仿佛都认识您。一旦提及文学，人们就列举您。您的名字最终进入一些领域，在那里文学并不比核物理更有名。在街上，人们极谦卑地跟您打招呼，用您大作家的头衔称呼您。然后继续他们的路。他们读过您的作品吗？他们说读过，并列举出您一到两部作品的名字。您知道没读过，因为经典作品的序言比您的作品更赚钱。而且只有上帝知道您写了些什么。人们不再给您讲他们的故事了，他们对您的故事更感兴趣。在新闻界，人们说，把新闻报道变成短篇小说的记者必须被辞退。作家可以被辞退吗？离开岗位？只要有一个读者记得您，您就还有用。即使二十多年来，您没有写过一部配得上大作家称号的作品。您没有任何其他事情可以做了，只能等待诺贝尔奖了，但是或许它永远不会来。但是，尽管这样，您开始设想，从那天您在街上遇到一位老夫人，她对您说她认为您配得上诺贝尔奖。她从来没有读过您的作品，但正是这样她的评价反而有了可信度。这是来自上天的语言。事实上，已经有段时间了，您的名字飘荡在空气中，人们开始呼吸它。几乎是到处都在谈论您，甚至在政治领域。这些最终都会传到诺贝尔奖评委的耳朵里。有些人在顽强地反对，大部分是和您一

个年代的作家。他们竭尽所能把您的作品拆成碎片。站好队的
公众认为他们源于嫉妒。最终他们闭嘴了。但是没有反对，您
周围也没有杂音了。有一天，您的名字几乎销声匿迹了，再次
出现在某天的报纸头版：昨夜晚餐后心脏病骤发，大作家留下
了他的猫和未完成的手稿。最后致命一击：您去世的这天，您
最大的对手发表了一部伟大的作品，这部作品他写了三十年。
这一次，轮到他等待了。没有比做一个大作家更简单的事了，
只需要一些腔调和一些年纪，而困难的是，做一个好作家。

　　别期望变成一个从不自以为是的作家，因为努力尝试做到
这一点的作家都已经被奉上神坛了。

65

强烈的快乐

一旦困了，就应该停止写作。这是精神希望休息的信号。这时从精神那里什么也得不到了。它是那么固执。关上百叶窗，关了电视、收音机和一切外界的噪声。尝试什么都别想。只剩与感觉相联系的具体事情。我习惯睡午觉，可以追溯到青少年时期。我经常跟堂兄弟一起去公墓后面的小河里钓虾。有一次，一条小鳗鱼缠在我的脚踝上。有种让人特别惊讶的感觉，直到今天我仍然记得。我感觉突然被这种强烈快乐的上千种细微情绪全然吞没，这种快乐栖身在我的记忆里，我希望把它不动声色地放进我的书里。就是这样。

不要尽力去说服，而是要去诱导。

66

"年"这本小说

我喜欢把一整年当作一本内容广博的小说来观看。这本小说，使我想起十九世纪那些伟大的俄罗斯作品，阅读这部小说应该需要三百六十五天，通常，出生的手忙脚乱是小说的开端，而死亡的远行是小说的终结。报纸养成了好习惯，刊登新一年最早出生的宝宝的照片。这些耀眼的面容，将会点亮极地的夜晚，在即将到来的春天里，人们将会在公园看到他们，这些面容组成了小说的第一章，阳光明媚。而新媒体，尤其是电子媒体，养成了坏习惯，在十二月末的时候用只有伟大死者的一章结束这本小说，而死亡的首要功能就是提醒人们的籍籍无名和昙花一现。在这本关于整年的小说里，如果说在一月份出生，那么在十二月份只能死亡。一切都发生在一月到十二月之间，在出生和死亡之间。时间和地点的统一。我希望留在十九世纪俄罗斯文学中，是因为我找到了组合一部伟大的关于整年的小说的材料，借助三位作家（托尔斯泰、陀思妥耶夫斯基和果戈理）的作品。比如托尔斯泰的作品，这是一部关于景物对人物的影响超过他们想象的小说。人类是由环境塑造的，托尔斯泰是提出这个观点的先驱之一。我们不行动，但面对季节，我们会有所反应。自以为是中心人物的人类必须认识到，在大自然中，人类只是一个小黑点。人类重新掌握主动权的唯一方式，是团结在一起。根据托尔斯泰的观点，决定性的人物是人民，他们是唯一有能力对环境发起改变的人。为什么？托尔斯泰回答：痛苦。故事的源动力就是这些小人物的苦难。历史学家皮埃尔·米盖尔，《大革命》的作者，直截了当地写道："历史不是伟大人物的历史，伟大人物只是编写历史，而那些小人物和那些被遗忘的人才是历史，他们承担历史。因为历史是用他们的痛苦书写而成的。"当新媒体只是在年末呈现著名逝者的面容的时候，它们与小说渐行渐远了。至于陀思妥耶夫斯基，他深入一个无法触碰的领域，个人神经症、普通凶杀和许多日常生活中的小罪行的领域，这些事情最终到年末就被淘汰了。如果说托尔斯泰给我们呈现了一座森林，那么陀思妥耶夫斯基就是砍伐树木的樵夫，挥着斧子，一棵又一棵。我们进入新一年，就像进入一本新的小说，好奇而殷切的读者，憨厚老实，完全不知道等待他们的将会是什么。跟随陀思妥耶夫斯基，读者离开了拥有宽阔空间和四季变化的外部景物，进入一个相反却更奇特的领域：人类的内心世界。所有的感情都是强烈的：爱情，嫉妒，力量，怜悯，欲望，仇恨，矛盾，欢乐。所有这些的发生，都不影响四季的更迭。我们或爱或杀，春天总在冬天之后来临。面对人类无法停止的躁动，景物的这种从容安详本应该提醒他，他并不是小说的中心主题，或许这样可以帮助他在这个弱肉强食的世界中幸存。这时候，得利的俄罗斯渔翁来了：尼古拉·果戈理。因为不是小说的中心主题而失望，果戈理给其加入疯狂的因素，变成他人或者一个鼻子的能力。果戈理提出，人的精神并不是只局限于情感，即便是跟陀思妥耶夫斯基笔下的人物一样强烈的情感。精神让人可以脱逃，让人可以想象一个世界，比起他们生活的现实世界，这个想象的世界跟他们的梦想更相符。就是这时，又一次，四季的现实追上了他，由于没有帽子，果戈理的主人公冻死了，而果戈理自己，在令人沮丧的灵修中，栽了跟头。我思考：书的阅读也是这样吗？是不是一本书的阅读并不需要花费一年，虽然这本书的作者为了完成它而耗尽了自己的一生？对于我来说，二〇一二年是我只读了《战争与和平》的一年，在作品中，我看到一个没有丝毫滑稽感的男人，正是这种至高无上的自由使他能够写出自己的代表作。

在街上，如果您遇到一位作家，您可以上前跟他聊一聊关于他作品的话题，但是，请避免对他进行过于细节的批评，因为写作并不是量体裁衣。

67

强大的读者

　　往往是在青少年时期，读书的热情最高，在我的概念里，青少年是指二十五岁以前。我们不惧怕迎战怪兽。如饥似渴地阅读，乱七八糟不加挑选地读《堂吉诃德》(塞万提斯)，《魔山》(托马斯·曼)，《亲和力》(歌德)，柏拉图的《对话录》，莎士比亚的几部戏剧，博尔赫斯的《虚构集》，旅行箱里翻到的文学珍品，《三个火枪手》，巴尔扎克和左拉的部分作品，莱萨马·利马①，科塔萨尔，但丁 (是的)，海明威，尤其是还有斯坦贝克，塞林格，若热·亚马多，伊塔洛·卡尔维诺，许许多多的诗人，其中包括聂鲁达，我们避开艾略特，某段时间，我们停留在一些奇迹剧的阅读中，在纪伯伦的《先知》中找到那么多的意义，我们觉得很羞愧；我们无法读完哪怕一本弗吉尼亚·伍尔芙的书；尤瑟纳尔的《哈德良回忆录》让我们印象深刻；我们酷爱伏尔泰的《老实人》；海明威的书，我们只喜欢《流动的盛宴》这一本，即使我们手上也有其他书；读完《百年孤独》时，我们马上投入了疯狂的舞蹈；我们并不理解围绕加缪的《局外人》的所有喧嚣 (以后我们会喜欢这些)；像躲避鼠疫一样，我

---

① 莱萨马·利马 (José Lezama Lima, 1910—1976)，古巴作家。

们躲避这些苍白的北欧人（易卜生和斯特林堡），在俄罗斯作家那里停留了很长时间，最终花费了大部分时间去读他们，我们因此被塑造成了优秀的读者，当托尔斯泰在神秘主义的狂热中失控时，让我们十足地厌烦，对于这样的托尔斯泰，我们有能力拥有一个严肃的观点。二十年之后，我们不再是同样的状态了。我们不再读严肃的书籍，只读报纸上讨论的书。更糟糕的是，读书只是为了可以在咖啡馆或者办公室把它作为谈资。我们的观点不值一文，因为我们变成了平庸的读者。越不懂阅读，想要评判就越困难。我们不再知道如何进入一本书。于是我们只谈论其皮毛。谈论我们喜欢或者讨厌。仿佛我们的喜恶对书有什么影响似的。书根本听不到我们说了些什么。不是关于书，而是关于我们。书，已经在别处了，在其他人手里。其实，我们变成了走向衰老的糟糕读者。

拿起一本对您来说比较重要的书。阅读它。在读完之前，不要把它丢到一边。在这里，您在扮演读者的角色。

68

量身定做的书

为了让懒惰的读者心安理得，佩纳克对他说，丢掉那些他不再感兴趣的书。理由是，有那么多的书籍在等您，那么为什么要在这一本上浪费时间呢？一个作家应该可以说一样的话：已经有如此多的书被创作出来了，为什么还要浪费时间在这一本上呢？如果是卡夫卡这么说（他确实这么说过），我们就完蛋了；如果是莎士比亚这么说（他还稍加掩饰），我们就走进死胡同了；如果是柏拉图这么说（想法不是来自他，而是来自苏格拉底），我们就死了。佩纳克说得好像读者（我了解的读者）需要得到他的赐福才能扔掉一本书一样。当然，在一场签售会上，有一些人轻声表达对著名作家的忏悔（"先生，女士，我很羞愧，没能读完某本书"——经常是乔伊斯或者普鲁斯特），但是如果相信这位读者已经打开乔伊斯的作品的话，那简直是太愚蠢了。这时候，作家是如此骄傲，因为在这位女读者已经满员的心里，他挤掉了乔伊斯的位置，于是为了让整个签售队伍都能受益于这堂免费的课，作家微笑着对这位读者高声说："女士，丢掉令您厌烦的乔伊斯吧。"这位读者还在坚持，因为她引起了这位明星的注意："但是我感觉很罪恶……一位如此伟大的作家。"这位当日偶像抚摸了一会儿这位女读者的手，继续说："我们从不应该感觉罪恶。"错。错。错。我们总是感觉罪恶，并不是因为我们是犹太—基督徒。一个人总是处在艰难的选择面前，而他从不确定自己做的是正确选择。我不谈论简单的选择：当另一个人对我们没做什么的时候，杀还是不杀，背叛还是不背叛，我谈论的是艰难的抉择。在一本让我们感到厌烦的书面前，这种独特的情感是很正常的。我们自问上千个问题：我必须继续还是放弃？我读这本书是在浪费时间吗？您本应该做什么而替代它？读一本好书，先生。这本书，您以前认为它很好啊。所以，当另一本书将来让您厌烦的时候，你也把它从窗户里扔出去。到了某个特定时刻，您将要扔掉的不再是哪本书，而是阅读。佩纳克，在您吹牛的建议下，您把阅读置于危险的境地。就是因为这种矫揉造作的想法，作家总是必须自证清白。"先生，我喜欢过您的书，但是开头太困难了，到了第五十页，我才看了进去。"他在等待回答。"如果你喜欢过，可以重读前五十页。这是反复部分。""反复部分是什么。""就是天生为了被读两次的部分。"沉默。"我以前不知道。我去试试。"微笑。"以后您告诉我读完的新反馈。"不久，您捕捉到一段飞快的对话："这是反复部分，苏珊娜，您不可能第一遍就看懂乔伊斯。"这不是反复部分。这是反复阅读的书。事实上，我想说的是，无论是哪位作者，甚至是托尔斯泰，他也曾经尝试过把《战争与和平》的手稿从窗户扔出去。他是不是已经这样做了，我们无从知晓，因此，在面对小苦难的时候，请更审慎一些。啊，还有最后一件事，每次当某人在一个沙龙里说，上中学的时候，福楼拜让他非常厌烦，是因为他变成了一个受人尊敬的评论家，现在，他每天晚上都是和《包法利夫人》一起度过的。精英总是希望使工人阶层的生活简单化。如果人们过多地读福楼拜的话，他们将不会再读大量其他作家。我对自己说，应该要继续下去，即使很辛苦很艰难。而且还应该对那类看起来是为我们而写的书保持警惕。这是一段光滑无阻的下坡路，过度使用可能是有害的。

认为只需要保留那些好书的这种传统观点是错误的，就像那种过度绝对化的观点一样。

69

怂 恿

可以根据自己的性格写作，也可以通过写作做另一个人。事实并不是最重要的，因为您是唯一一个知道您对于自己是不是坦诚的人。还有就是，写作可以给您超越自己界限的可能性。这些并不是说要不惜一切代价变得可耻。您必须知道，您不是在一个沙龙，观察您的并不是只有那些纯洁敏感的女人，而是处在一个独特的空间里，在那里您对某个人说话，但是他看不到您（您还得费力去想象这个人）。您随时随地可以光着身子开始舞蹈，只要您的天赋使这一切合情合理。发现电影脚本里有一场裸戏的时候（这场戏在合同签字的那个版本里出乎意料地出现了），年轻女演员常常很不安。自然地，这位年轻女士拒绝脱光，"除非是必须的"。因此导演邀请她喝一杯，给她解释是什么使这场戏成为电影中无法回避的部分。两瓶红酒和一些多次提到"艺术"的论据之后，最终她接受演出这场大胆的戏——经常是与经纪人的意见相左，当他们边灌西昂蒂红酒边聊天时，经纪人不在场。到了演上述那场戏的时候，她的演出尺度可能会比导演期望的更大。电影上映的时候，她大为震惊，观众忽略了她在表演中安插的精巧细节，只看到了赤裸裸的性爱镜头。一具美丽的胴体使人的思考能力消失殆尽。当尝试有点罪恶的事情时，不要把它隐藏在智慧的迷雾中，这样必然会更好。因为您最初看起来邪恶的东西，在阅读的时候也必然是邪恶的，尽管很多弗洛伊德学说的分析可以像片葡萄叶子一样贴在邪恶东西的表面，用以遮羞。

只要有烂读者，就会有烂书。

70

远洋旅行

　　我正在读《战争与和平》。我没有说正在重读。我就是现在才读它。就像《悲惨世界》，如果您青少年时期没有读它，当有来自四面八方的各种请求时，就像我现在这样，您几乎就不可能做这件事了。人们推荐您看很多您丝毫不感兴趣的书，但是，没有人打电话催您阅读托尔斯泰。这是一场必须充分准备的阅读，因为如果没有时间的话，您无法阅读《战争与和平》。时间恰恰是我们最缺少的东西。这些作家的作品，过去是带到疗养院去读的。在俄罗斯没有尽头的漫长冬天里，在市郊别墅中写成的这些小说是为了在医院阅读的。那时候，人们可以在医院度过三个月，或者在战争中度过三年。今天，不再有这样的时间，当时叫做康复期的时间。于是现在我们再也没有这样内省的冗长小说了，也没有远洋旅行般的阅读了。作为一个没生病的人，普鲁斯特经历了最漫长的康复期。为了深入理解普鲁斯特，需要重新处于一样的情况。我现在就正在读《战争与和平》，我发现某些已经有点忘记的东西：简单阅读。打开一本书，一个世界呈现在您面前。您渴望了解眼前这些熙熙攘攘生活的人们的近况。起初，他们并不比刻画他们的字母表里的字母大多少。随着阅读的逐步推进，他们变大至真人一样的尺寸。然后，突然，他们变得比我们更高大了。我们看着他们生活。和他们一起经历痛苦，一起欢笑。最终我们对自己说："我以前想做的，就是这些，正是这些。"我们梦想可以用指尖创造一个新世界，并不会和原来的世界如此不同。为此，需要有耐心。不要跳过一些页码。不要听从那些阴奉阳违者，他们告诉您可以放弃阅读。您没有读完他创作的每一行，您就不会拥有托尔斯泰。没有读过那些大段的关于一个节日的描写，关于一种情感的描写，您判定您可以跳过它们。您一定正在给我们呈现一个您阅读方式的概述，但是，您不是正在阅读托尔斯泰。这不是一座您可以不费吹灰之力就攀登顶峰的高山。只阅读您想读的部分，您可能错过这种正在消亡的奢华：无聊感。托尔斯泰使节日和产生无聊感的日常时刻轮换。无聊感或者经历无聊的方式，展现更多的是一个时代，而不是其他事情。如果我们不把它纳入我们体会生活的方式中，我们做的更多的是消耗。以一种不堪的方式，无聊感使处于两个紧张时刻之间的时间暴露出来。这种空虚感引发思索。这是文学可以展示的一种奢华，而不是新闻行业。这是一段贵族式的时间，一段我们并不寻求填满的时间。这就是我在托尔斯泰作品中看到的，这些在今天的文学中不存在了。无论如何，匆忙生活的读者，不会抱怨。这是他对写作最大的影响。

我们走路的方式（游泳的方式，笑的方式，或者舞蹈的方式）可以表现出关于我们写作方式的一些迹象。

71

词语的战争

为了避免大家认为托尔斯泰只是一座无聊感的高峰，我再说说《战争与和平》。阅读的时候，我好奇地发掘他如何在会话中用纷乱代替悬念。悬念只有一个目的：使读者全神贯注直到结尾。但是，这是一条直线。人们知道有一场凶杀案，所以需要找到罪犯。在逮住谋杀犯之前，可能发生很多事情，但在看到杀人犯的真面目之前，读者不愿去睡觉。他们千方百计想找到他，但是，如果真的做到了，也有可能会失望。骄傲感也参与了这种类型的阅读。这是作者和读者之间的决斗。而在托尔斯泰那里是不一样的。当然，读者会走向结局，但比起故事的终结，更是一个社会的尽头。为了描写这个社会，他交叉呈现了景色几乎毫不改变的漫长的安静时刻，在那里情感好像都入睡了。突然，活动的苏醒和新的季节同时到来，情感像春天的绿芽一样爆发了。托尔斯泰非常清楚，想要留住人们的注意力，只有这种节奏（季节交替的节奏）是不够的，他必须找到其他东西。脱离自然的，或者与人的本能相似的某些东西。在一个被充分保护的空间里，比如沙龙，在那里人类具有创造纷乱时刻的能力。哪个沙龙！必须是最有规矩和教养最好的：俄罗斯贵族沙龙。被法国文化滋养的沙龙。会谈的沙龙。这样，托尔斯泰在那里安装了他的摄像机，这是个有很多小圈子的空间，因为不是所有的贵族都是一样的高度，同样，也不是所有王子都是一样的重量。可以来这个圣彼得堡的沙龙里好好卖弄一番，但需要有土地和声名显赫的好祖先。在沙龙里，自然而然，人们不会轻易跨越圈子。每个人都非常清楚界限在哪里。托尔斯泰并不满足于只是展示俄罗斯贵族的组成，他希望呈现更多的是，话语的行动和它对人们的影响。谈话当然不只局限在沙龙中，它还漫延至卧室，还有花园。托尔斯泰借助纷乱让故事向前推进。打开一幕节日的场景（私人的或者公开的），人们在大厅寻欢作乐的时候，作家在旁边酝酿一出悲剧。所有一切都依赖语言的叙事。不是某个刚刚失去知觉的人物，而是语言使气氛色彩发生变化。一切都发生在人物的内心深处。诠释方法不尽相同。甚至有时候，人们听到一直梦想听到的事情反而会感到很痛苦（比如听到安德烈公爵向她求婚时的娜塔莎·罗斯托娃）。但是，在这个还是规矩严格的社会里，尽管伴随着贵族们那么多的心理活动（战争的时候，转瞬之间便可以耗尽资财或者声誉扫地），话语决定一切，这种情节仍然时有发生。表达性的话语和无声的语言。人物不停地在解释那些没有被说出，但如果读者注意的话，就可以听到的内容。读者有种感觉，战争不是在前线进行而是在沙龙里。就在那里，人物的命运就被决定了。托尔斯泰明白某些对于小说而言最基本的东西：地点。地点，是沙龙（或者是话语）；时间，是战争年代；戏剧，是人物内心。

那些从不阅读的人不会知道，比起其他种类的人，他们更频繁地出现在书里。

72

要表达的重要事情

应该当心小说空间。这不是您的私有财产。一本书是一个公共空间或者一定会变成公共空间。当它属于您的时候，还不能称其为一本书。一本好书属于打开它的那个人。经典作品属于所有人，甚至那些从来没有打开过它的人。不能利用它来做政治社会宣传，或者传递个人观点。对，我们宽容一定数量的关于时代的思考。些许的敌意带来活力，但是注意别过量，过量总是致命的。小说可以吸纳一定数量的观点，但是如果走得太远，就成了一部论文式小说，这是最糟糕的事情之一。更为可取的是，去写随笔，读者买随笔就是因为他和作者观点一致。阅读随笔，是为了加固思想。很少有人对一个与自己不同的观点感兴趣。看到随笔的封底，就可以决定买了。经常这是一位已经熟识的作者。对于小说来说，为了给跟作家观点不同的读者一个机会，需要避免表述过于明确的封底。想要说的重要事情，最好在小说中解释。或者，如果您确实很珍视它，请人不知鬼不觉地把它散布在文本中。如果您想呈现自己的情感，我建议写一部《我如是认为》。您直接一步到位，人们便不再讨论了。然后，您就可以继续创作您的小说了。如果结尾的时候，和开头预测的不一样，那么小说就成功了。小说不是一个论证过程。当作者跟他的观点不完全一样的时候，小说叙述者就成功了。这个小差异构成了文学的所有意外之喜。最有名的事件是巴尔扎克。他原来希望用《人间喜剧》向复辟（君主制）致敬。幸运的是，他的鸿篇巨制（九十本书）避开了所有的书籍分类。

阅读和写作是两件不同的事情，好读者成为烂作家，因为他们无法接受这个事实。

73

雷米·德·古尔蒙眼中的风格

穿着睡衣，我阅读雷米·德·古尔蒙 [①]。我又重新回到我中断思考已经有一阵子的事情上。他用一种如此确定的方式讲这件事，我只能摘抄了。他谈论风格谈得如此之好是因为他自认为长得很丑吗？这种天生的缺陷使他远离阳光（他只有夜幕降临时才出门），于是他把所有的赌注都压在了思想上。纪德，一个通常那么有所保留的人，谈到他，说他知道"作品的合理价格"。于是我注意到在《思想的文化》中他关于风格所说的话。他写道："写作是一种职业，我更愿意根据字母表顺序把它排在修鞋匠和细木工之间 [②]，而不是独自游离在各种人类活动之外。独处一隅，以名誉为借口，它可能被否认是一种职业，但是距离所有人类活动那么远，它正在因为孤独而死去；沿着长廊，在象征每种职业的壁龛中，有一个壁龛属于它，壁龛呈现了这种职业要求学会的思想和成套的工具；它避免了临时性任务；非常严格且使人气馁。"

还有："写作职业是一种职业；但是风格不是一种科学。"

[①] 雷米·德·古尔蒙（Remy de Gourmont, 1858—1915），法国象征主义诗人、评论家。

[②] 法语中，作家是 écrivain，修鞋匠是 cordonnerie，细木工是 menuiserie。

还有："写作，与绘画和雕塑有很大的不同；写作或者说话，是使用所有人都有的普遍必须的才能，一种本能且下意识的才能。如果不进行智慧的完整剖析，无法分析它。这就是为什么，无论十页还是上万页，所有写作艺术的规范都是没用的废纸。问题那么复杂，人们无从下手，它有那么多的钉子，是一个充满荆棘和刺的灌木丛，应该从各个方面分析它，而不是一头扎进去；这是慎重的。"记下这些想法的时候，就像一个年轻的学徒拜倒在精神导师的脚下，我自问，我是不是正在锯掉自己正坐在上面的一根大树枝。无论如何，我感觉到和雷米·德·古尔蒙有一些不同。我没有这种来自一种古老文化的谨慎，这种文化中，规则过于严格，最终会使最敏锐的头脑都变得麻木。

我们可以一边写一件事，一边想另一件事吗？您究竟在谈论什么？什么都没有。

74

女性的时间

　　最近，我碰到一位年轻的小说家朋友，她正在进行第二部小说的定稿写作。决定性的时刻。自然地，她的问题，是找到写作的时间。她有两个女儿和一个丈夫，还没算她的母亲。夏末的这天，在这个阳光明媚的小公园，一张长凳上，她给我读了她小说的第一章。天赋在那儿，但是明显感觉到，专心不足。小说并不是很紧凑，这不是它应该有的样子。解决方法很简单：应该加入新的情绪和情感层次。为此，需要时间。我们把她的一天仔细梳理了一遍。她唯一的时间，就是晚上很晚以后。那时，她已经筋疲力尽了。日常生活耗尽了她所有的梦想空间。遛狗的人们并不知道我们在密谋一场革命。一个想写作的年轻母亲的时间重组。我建议她下午开始写作前午休一下（二十分钟）。我的想法是，这样，在写作的时候，可以精力充沛。午休的想法使她不快。这样的奢侈对她来说超出承受范围了。更好的办法可能是前一天晚上准备好三餐，这样，一天中，她可以有一点空闲时间。这个想法看起来可以接受，但是，她觉得很罪恶，因为她把自己的个人梦想放到孩子们的生活质量之前了。我们还提到了在城里租一个房间的想法，这样就可以好好工作而不必每分钟都被打扰了。她哈哈大笑起来，说她还可以借此机会找一个情人。看着她如此不由自主地笑，我知道欲望还是和写作有关系的。革命因此就不远了。

　　写作的欲望或者做爱的欲望无论何时、无论何地都会掀起波澜。让人奇怪的是，这些私人行为竟对集体生活产生了如此大的冲击。

75

秘 密

在一部小说中，过长时间保留一个秘密总是很危险的。如果没有像侦探小说家一样的巧妙手法，就有可能会让读者失望。最好是保持暧昧，直到读者要求得到答案。他想要的，是走出这团迷雾。正好在出口，用一个好秘密掐住他的脖子，一招制服。要不，还有俄罗斯套娃技术。把一个秘密藏在另一个秘密当中。拥有秘密的某个人，不需要看起来忧心忡忡。我认识一个非常喜欢开玩笑的年轻女孩，她曾经保留了那么多的死亡在她心里，可以说她的记忆就是一座公墓。而且大部分都是暴力死亡。她经常哈哈大笑，好像您的话语挠她痒痒似的。一个晚上，她希望给我呈现她的另一面。八月的酷热里，没有空调的房间，但是，我却感觉到寒冷刺骨。不过，并不是所有的秘密都是血腥的，也不都是病态的。也有一些被平淡的文字保护的美好秘密。只有其他人希望知道的时候，这些秘密才重要。

有些人是那么拘谨，他们的生活因此总是秘密的，但这并不能说明，他们的生活没有隐藏罪恶。作家们对于这种类型的人物求之若渴。

76

社会偏见

有钱人不一定就是混蛋。有些人变富有但并没有剥削其他人——我知道，巴尔扎克认为每一笔财富后面都有一场谋杀。有钱人中也分阶层。这个需要重视。"有钱"这个词过于宽泛而不能指明如此多种多样的财富构成。一个穷人也不总是很帅的人。也有一些穷人是卑鄙小人。一个作家首先关注的是人性。生活中不是只有阶级关系。应该要能够塑造一个既不是傻瓜也不是下流胚的有钱人。如果我们能做到，那我们就跨越了神圣不可侵犯的界限。描写一个革命者在群众中如鱼得水，这种习惯也应该重新评估，因为所有在现实中对此深信不疑的人，现在都追悔莫及——首先就是作家雅克·斯蒂芬·阿莱克西。他登陆海地，为了颠覆独裁者"爸爸医生"，认为农民会本能地支持他的想法。结果，他几乎和他第一部小说《我的兄弟太阳将军》中的主要人物希拉里昂·希拉里乌斯同一结局。雅克·斯蒂芬·阿莱克西希望小说和现实同时发生。正是在流氓无产阶级这个多事的阶层中，统治者招募了大部分间谍。用什么？用钱收买。读者期待来自小说家的一点清醒。他应该避免站队，就像是一场在咖啡馆各抒己见的讨论一样。小说青睐细微差别。别为自己的想法而担忧，有的是机会可以让它们被人知晓。它们最终一定会展示出来。关于这个主题，一定会产生激烈争论。总是有显而易见的政治色彩，这会毁灭我们的小说吗？在这方面，是不是必须更谨慎才能使新主题浮出水面？两种主张贯穿海地文学，杜瓦利埃家族独裁以来，这两种主张越来越强烈：政治介入和伏都教。海地作家天然地对抗权力，而且不停地在作品中表达这个观点。伏都教是共同的文化根源。好，五十年来，人们读到的只有这些：伏都教仪式的描写。应该换一换角度。我并不是说要改变政治倾向，只是尝试从新角度去看这些老主题。艺术家的特权是打破固有模式。用一种更为无礼的眼光。反潮流的方式。否则，就老生常谈了，即使大家观点一致，人们也再听不进去。应该读一些向自己的原生文化开枪的作家：维托尔德·贡布罗维奇的《日记》和托马斯·伯恩哈德的小说，即使他对奥地利的仇恨有时候令人窒息。

"因为我很穷，我有权享有天赋"，这是对于神意的一厢情愿的错误分析。

77

聊聊业务

那天，在一个作家朋友家，我度过一个喝喝酒回忆回忆文学界的下午。聊了那些带我们入行的作家和那些仍然活跃在公众视线中的作家。很多八十年代初火急火燎的年轻小说家，已经放弃写作了。幸存的那些并不一定是评论家当时看中的那些。我们数了数那些销声匿迹的和依然活跃的。我发现，每新开一瓶酒，我们就换一次话题。我们聊了电子书，不过马上离开这个赚不到钱的领域。我们转而聊那些随着时间推移书写得越来越差的作家——他们自己并没有意识到。我们承诺会互相告知，如果我们注意到对方的写作水平下滑。我特别喜欢这种聊天，每个人都知道对方在撒谎。对我来说，叫来一个朋友，为了对他说是时候停止写作了，这看起来很奇怪。我们对此也无法未卜先知，因为有一些作家在漫长的困难时期之后，找回了灵感。还有一个事实，有些作家，比起其他作家，我们更难对他们说这些话。我们开了最后一瓶酒，开始聊另一些作家，他们因一本精彩绝伦的书开启文学生涯，在第二本稍弱的书上摔了个跟头，戛然而止。他们的生活肯定是地狱，但这种缄默有时候给了他们的作品更多的重要性。最后，我们开始聊性，聊谁跟谁睡了，是时候离开了，因为我们都醉了。

我们没写的每本烂书都丰富了我们的作品。

78

工人和他们的机器

在互联网上查找一些资料的时候，我和娜塔莉·乐努瓦的一个网站不期而遇，网站展示的是在打字机前的作家们。看到他们，让我觉得特别滑稽，这些人仿佛来自一个古老的世界，一个完全消失的世界，然而，不久之前，我才因为拥有了一台雷明顿22型打字机而相当自豪。我还觉得自己处在用打字机写作的先锋地位呢，即使从开始到现在我只会使用一个指头敲这台机器。照片是娜塔莉·乐努瓦汇总起来的，但是我怀疑并不是她自己拍的，因为某些作家的年龄（萧伯纳可能在娜塔莉·乐努瓦出生前就去世了）。无论如何，多亏了她，我可以看看这一帮在自己机器前面的工人。我发现，摄影并没有能力重现工作时的作家。照相机（一个在摄影师手中的移动物体）很难找到打字机跳动的心脏。所有我们看到的，都是一些没有生命的木头。显然，作家们穿得过于正式了，人们感觉不到辛勤劳动的汗水。不管怎样，谈及当代文学的时候，我们不得不提及这个对风格产生了巨大影响的物件。它之于作家，就如同狗之于主人，我尝试把它们合并到作家的形象中。

1. 欧内斯特·海明威

他，是最糟糕的。我没办法相信那是海明威，那个穿着过紧的紧身裤的牵线木偶。顶着一头抹好发胶的头发，他看起来像一个踢踏舞者，一个蓄着浓密黑色小胡子的贫苦农民。都是装的，甚至有一张白纸在打字机的硒鼓上。他不可能右手拿着杯子写作。要么喝酒，要么做爱，梦想成为海明威的布考斯基说。摆这个造型，海明威想让人相信他可以同时喝酒和写作。他穿着一件纳瓦霍人的新外套。眼睛眯着，聚焦在纸页上，这样可以展示他家喻户晓的专注形象。事实上，能感觉到他在等待相机快门的声音，然后去休息。在他棚屋外的桌子下面，还有揉成一团的纸。

2. 卡森·麦卡勒斯

一条小黑裙，在夜晚稍显清凉。脑袋牢牢地钉在肩膀上，右手夹支烟：她看着镜头，没有假装在写作。已经非常诚实了。人们对她的期待一点都不比别人少，这个有点被扰乱心绪的伟大女孩，她找到了她这个时代最忧伤怀旧的书名：《心是孤独的猎手》和《伤心咖啡馆之歌》。可以喝酒庆祝了，当然她自己也这么做了。大理石桌面上有一个膳魔师保温瓶，当然瓶内肯定不是茶水。哦，对，椅子看起来很结实。这种她身上散发出的坚决，是酒鬼的力量，这种力量使她聚集全身气力穿过客厅而没有跟跄。当内心被削弱的时候，美国人有时候会展现这种健康的神情。她的作品透露出她的惶恐不安。她阴郁的美貌使机器黯然失色。

3. 威廉·福克纳

在看到福克纳之前，我原以为海明威的照片是最糟糕的。没有人告诉他不应该穿戴成这样。可以说是亨特·斯托克顿·汤普森的翻版。即使福克纳出生于一八九七年，而汤普森出生于一九三七年。博尔赫斯在什么地方有过这种理论的表达：一个作家可能影响他的前辈。但是，这是一个有小肚子的汤普森。他裸着上半身，戴着黑色眼镜。羊毛袜子提到半截小腿肚子处，塞进一双鹿皮鞋里。打字机高高地、平衡地栖息在一个坐垫上，特别滑稽，坐垫是从一张柳条扶手椅上拿过来的，就是那种在美国南部的阳台间常见的，结构比较复杂的扶手椅。对于孤独的酒鬼，这里绝佳。我想做一篇关于打字机和酒精之关系的博士论文。机器促使饮酒。显然，没有人会相信这个家伙正在写作。他也没浪费精力去插一张纸在机器上。

4. 约翰·契佛

约翰·契佛有一个酗酒作家的标准面容（他喝酒了，这肯定是事实）。我讨论的，并不是那种为了看到空间迷离而灌自己一杯酒的情况。这个家伙为了其他原因而喝酒。我不知道他是怎么做到在日程里找到一个节制的早晨拍这张照片的。您很忙吗？摄影师问他。是的，我在喝酒。我什么时候可以来拍照？稍等，我看一下日程安排。这个月十五号，中午十二点到两点，您来吧，这个休战点之后，未来三个月，我都会泡在酒里。借酒消愁。契佛甚至没有用这个虚伪的借口。他的手很好看，有点干瘦，但是很有力。一个双腿虚弱但心灵强大的男人的手。他拒绝看他的打字机，但他必定很喜欢它。他双手环绕着机器，仿佛想温暖它。好像看到一个演员，一张不加掩饰、被悲伤笼罩的脸。有节制的悲伤。我想到了鲍嘉在荧幕上扮演他的形象。

5. 田纳西·威廉斯

在田纳西的名字里，所有都是偶数（两个n，两个s，四个e）。他只喝双份的苏格兰威士忌。穿着夏威夷衬衣，带着深沉的微笑，他看起来像长时间流连于酒吧刚刚回来，或者是马上准备去那儿。我选择第二种情况。他坐在破旧的机器前，显然，这台机器已经有一阵子不能使用了。皱皱巴巴的一堆纸，扮演手稿。它们被很快地推到桌子尽头，给打字机让位。摄影师并没有要求这么多，但是田纳西珍视他亲和体贴的男孩形象，竭力让别人忘记他是当代戏剧的经典作家，如《欲望号街车》或《玻璃动物园》。无法相信他在这样一张桌子前，穿这样一身衣服写作。皱皱巴巴的睡袍更适合他的形象。

6. 尼古拉·布维耶

这位旅行家，脾气很不好，经常无休止地抱怨，包裹在这件过大的毛线衫里，看起来很脆弱。让人感觉他对于温情有巨大需求。嘴上衔支烟，桌上到处乱丢着笔记本，一个烟灰缸，旁边一个空杯子。由于他喝得很快，而且不断地喝，杯子总是空的。他喝酒，抽烟，在机器上敲打旅行的故事。或者，他在笔记本上涂涂画画。在这张照片上，他似乎真的在很努力地写作，他沉湎于真实地写作，即使拍照也无法自拔。

7. 帕特里夏·海史密斯

对自己刚完成的一段写作非常满意，她抽着烟。漂亮的粗毛线衫跟她的一头乱发非常配。这是一位习惯于不突显自己的女士，给人一种实实在在的存在感。左胳膊大幅度地靠在一侧，可以看出她并不习惯这个姿势。感觉她习惯于痛苦。而且她肯定觉得任何痛苦都可以靠一杯酒平息。

8. 菲利普·罗斯

在照片上，他看起来四十出头。一个用隐修生活惩罚自己的上流社会绅士。当时，肯定是被一个他尊敬的作家伤害过了。他斜视着自己正在誊写的纸页，仿佛是在斜视生活。这个年轻人有着两条不愿在曼哈顿街头迈步的腿。但人们看见他的次数（特别是在杰奎琳·肯尼迪的怀抱中）足够跟塞林格媲美。打字机在他面前是那么自然，使人想起烟鬼手里的打火机。我刚刚发现，我不知道菲利普是不是喝酒或抽烟。他的身体让我觉得他与严肃性有种盘根错节的联系，这让我还是无法适应。感觉他随时会重重地倒在地上。但是有种骄傲感让他保持站立的状态。这张照片上：他的左手放在小腹上，像西部牛仔一样，准备一脚踹开酒吧的大门。正在这时，有人出来了，他鼻子上被揍了一拳。对这个著名鼻子的描写，是他最著名的小说《波特诺的抱怨》中最精彩的部分。

9. 亨特·斯托克顿·汤普森

这是二十年后的福克纳，这次，他没有戴黑色眼镜。他的打字机看起来像一头白色的鲨鱼，准备张开满是锋利牙齿的血盆大嘴，牙齿就是字母表里的字母。我无从知晓这张照片是在哪里拍的。在一个酒窖里？车库还是谷仓？在那里，亨特·斯托克顿·汤普森正在翻箱倒柜寻找万圣节的装扮。他喜欢吓唬别人。他抚摸着打字机，仿佛那是一把 AK47。他闭着眼睛，扫射这个保守的美洲，在那里，卑鄙小人毫不羞耻地教训正人君子。

随着香烟和打字机的日渐消亡，关于写作这项活动，几乎没有什么标志性的物件了。在这种近身戏剧中，作家越来越感觉到一丝不挂袒露在人前了。

79

杂　草

不要滥用同义词。您有权力重复一个词，或者说"东西""事情""这"这种词。当一个作家害怕使用一些普通词语的时候，人们马上可以感觉到。他的文笔变得过于圆滑。修改者越来越多地指出您各种的词语重复。互联网使同义词词典迅速地归您所用，您不再重复任何一个词。看吧，我刚刚重复了动词"重复"，我毫发无损。当我们不再重复任何一个词两遍（我已经写了"词"这个词五遍了），我们看起来像那些过度除草的园丁，只要冒出一点头，哪怕多小的杂草都要被除去。有时候，跟一个衣冠不整的作者在一起的时候，读者感觉更自如。一些作家因此大发横财，比如：布考斯基、米勒、桑德拉尔，还有我们身边的古巴小说家佩德罗·胡安·古铁雷斯。所有这些作家都打算让市井风情进入他们的小说。我想起了对于"这"这个词的发现。这个看起来如此不起眼的普通词，改革了我的写作方式。这使我接受了一种从容的风格，这种风格更接近我的感受。在写下这个普通的词之前，这使我花费了很长时间。在我的概念里，这不够文学。我觉得它自身很平庸。渐渐地，它驯服了我。事实上，没有任何一个词是平庸的，有可能平庸的是行为。我感觉一种莫名粗俗的狂妄自大。好（"好"这个词也使我快速地过渡句子），我不希望任由人们觉得只有一种风格。衣冠不整的风格并不会使您变成一个更好的作家。诗歌穿戴成自己想要的样子。我喜欢它穿迷你裙，这与别人无关。

像玩耍的孩子一样认真地去写作，这可能要花费一生的时间。

80
隐喻和引用

年轻作家滥用它，甚至忘记怎么简单地说事情。写作技巧是，先用隐喻来表达您所感觉到的，然后删掉它。如果没有这个隐喻，人们也能明白您想表达的意思，就说明这个隐喻没有必要。我毫不反对隐喻，但是久而久之就会让人厌烦。对于一些人，这是一种日常表达方式。他们没法直接说任何事情。每次必须通过一个中介去表达。文学的功能之一（如果存在的话），就是撕开表象的面纱。隐喻就像一层面纱。出现越少，力量越强大。引用也一样（我自己有这个缺点）。表达自己的情绪，把自己藏在一个著名作家的身后。"他比您更好地表达您的观点"这种理由并不总是成立。人们想要听到的，是您的声音。

关于您重复，人们控诉一次，两次，三次，四次，最后，终于，他们明白了这就是您天性的一部分。

81

作家的图书馆

众所周知，您读过的书籍会一直引导您很长时间，并用某种方式塑造您。在您的书里会发现它们的痕迹，这并不奇怪。一个自以为是一座孤岛的作家，值得怀疑。作家并不需要使读者着迷。可以信任读者，当他和你拥有同样的文学口味时，他会在其他作品中发现并提取最细微的影射。看到自己喜欢的一些书被一位欣赏的作家提及的时候，人们总是很开心。一本书是由许多书创造的。有些书的影响痕迹显而易见，而其他书也正在进行一场隐姓埋名的旅行。一本书就是一个小型图书馆。通过认真细致地阅读一位作家，可以知道他的文学喜好。有些作家热衷于给读者展示他们的图书馆。阿兰·马邦库毫不犹豫地特别指出他喜欢的书的名字。他用流畅的方式把它们不露痕迹地插入句子的运行中（《打碎的杯子》）。读者试图寻找它们。我已经在伊托·斯柯拉的电影《我们如此相爱》中看到过这种方法。就是在电影故事中，斯柯拉设法穿插介绍了给他留下深刻印象的一些意大利电影的片段。他没有设法表现得详尽无遗，但是却呈现了一部充满魅力的电影。但是，对于马邦库，这不是简单的游戏，这是一种总是把自己的私人图书馆带在身上的方式。他的大部分作家朋友也被引用。那是一个小图书馆，只

存放那些他希望重读的书，紧靠着一个咖啡馆，他可以跟他的
朋友们在那里碰面聊一聊。

　　每次为了支撑一个论证而引用一个作家，我们假装忘记了
还有数百位其他作家，他们同样才华卓越，表达了相反的观
点。

82

日常要求

经常，年轻的作家是像蝴蝶一样的读者，到处不停采蜜。想写作的时候，最好选择一个喜欢的作家，阅读他所有的作品。这样您会知道，他并没有设法把每本书都写成一部转折性的作品。有像桥梁一样的书，游走在两种写作方法之间。因为有时候作家改变了创作主题。书写童年很久以后，他可能希望呈现他生命中的其他阶段。这时就出现了作为连接两个生命阶段的桥梁一样的作品。有间歇书，作者构思这本书就像娱乐时间似的，经常是在出版了一部他花费了数年写作的作品之后。他想重拾写作的乐趣。因此他写一本书，不对任何人提起，就像一个孩子，花费时间在角落里给自己的作业本涂色彩。他不想证明什么。也不试图说服任何人。他写着玩儿。有时候，这本书，游离于他的作品之外，却比其他书更让读者爱不释手。注意：这样的一本书并不是孤立存在的。可以体会这本书，是因为有其他书的存在。最著名的例子是萨特的《文字生涯》。如果作家想被权势集团重视，有些书是不得不写的。就是一本表现得非常令人印象深刻，但是没有人有欲望阅读的作品。就像一个装饰得过于奢华的沙龙，人们会绕过它去一个更简朴却更热情的小地方坐一坐。我可以列举出上百本这样的书。还有总结性的书，它顷刻之间聚集起作家的所有作品。这种书成功地取悦了教授和评论家，因为他们觉得不再需要阅读作家的全部作品。当有读者想知道从哪本书开始阅读他的作品时，作家会提到这一本。所有这些，都是为了说明，真正的作品会跟随时间的轨迹。对于想成为作家的人，要求是：天天如此，数十年如一日。耗尽一生。读者可以不按顺序阅读这些作品（随心所欲地去读），但是，按时间顺序阅读作品，总是很有意思的。这样可以跟随写作蜿蜒曲折的道路，感受作家那些焦虑的夜晚。

或许，阅读和写作，就像幻想和思考，它们的作用，只是在这个喧嚣烦躁的世界里，降低噪声的强度。

83

杜鲁门·卡波特的鞭笞

杜鲁门·卡波特给人的印象经常是频繁出入社交界的人，从一个聚会赶赴另一个聚会。总是在曼哈顿那个纸醉金迷的地区。他的女性朋友个个又漂亮又有钱：杰奎琳·肯尼迪和她的妹妹李·洛兹维尔，贝比·佩利、马雷拉·阿涅利、歌莉亚·温德比，和《华盛顿邮报》的主人凯瑟琳·格雷厄姆，他为她组织著名的"黑白舞会"……戴安娜·弗里兰曾评价说，他可以不停地聊任何事情，而最终"什么都说了，却什么都没有说"。因此，这是一个奥斯卡·王尔德似的才华横溢的社交达人。接下来的这些思考，摘自《给变色龙听的音乐》的序言，显示了他把自己的热情投入这场作为作家的探险。

"一天，我开始了写作，并不知道我的人生将受一个高贵却无情的主人所奴役。当上帝赐予您馈赠的时候，他也会赐予您鞭笞；所有鞭笞中，最严苛的是自笞。"

"当我明白了写得好和写得不好的区别时，这种状态终于停止了，然后更让我惊慌的是，我发现：写得非常好和真实艺术之间的区别：精细却严苛的细微差别。这种发现之后，鞭笞如狂风暴雨般袭来。"

"我的文学事业占据了我所有的时间：在技术的神坛、才能的神坛前的虔诚学习；起草段落标点和安排对话的魔鬼般的复杂。这还不算小说整体的情节，苛刻的起承转合的脉络。太多需要学习的内容和太多的源泉：不只在书籍中，还在音乐、绘画，甚至简单的日常发现中。"

"在此期间，在我暗无天日的癖好中，我又重新恢复孤独状态，和我的纸牌游戏面面相觑。当然，这是上帝赐予我的鞭笞。"

——《给变色龙听的音乐》，伽利玛出版社

如果您可以选择，您希望成为写出《在路上》的杰克·凯鲁亚克，还是被凯鲁亚克作为自己小说主人公迪安·莫里亚蒂的原型的尼尔·卡萨迪？今天，我们希望同时成为作者和主人公，就像一个小气的商人，在店里既当老板又当员工，只为了不花钱雇别人。

84

记事本

这是一个必要的工具，就像细木匠的榔头一样。必须总是把它带在身边，记录一些小场景、轶事、有意思的对话或者一段景物描写。有一些反应可能再也不会出现在脑海中了。这是现实馈赠的礼物。日常生活是所有虚构小说的源泉。因此可以这么说：不可思议但是真实。当一个记事本被写满，就把它扔进抽屉里，再拿出一本新的。当您觉得什么都写不出来的时候，它可以给您救急。脑中空空如也，怎么回事！应该会记笔记。客观观察。不要尝试创作。就记下看到的东西。原封不动地记录下对话。这种情况下，其他人的观点更重要，而不是自己的。人们总是认为自己是现实独一无二的叙述者。通过记录，可以发现，所有场景中，自己并不是唯一。周围充斥着一切。其他人也在看着我们——与生俱来的不同角度。思考在蔓延。情绪互相渗透。用这种方式学会观察。写作这个职业中，有三个基本要素：看，听，感觉。美国小说家尤多拉·韦尔蒂关于这个主题写过一本很美的小书：《一个作家的开端》。一向尖酸刻薄的 V. S. 奈保尔，用一本宽厚大度的小书，激动地回忆起自己作家生涯的开端：《我是如何成为作家的》。这样，我们可以了解到如何启动写作机器，在词语的密林中，观察这些猛兽（韦尔蒂和奈保尔）。

我们可以思考想要什么，但是，不能写下所思考的一切。当我们做到只思考我们可以写的东西的时候，就是我们变成正式作家的时候。

85

寓言的寓意

非常不幸，人们用一个最糟糕的方式开启了自己的读者生涯：寓言。寓言总是开始于"很久很久以前"，然后用一个一成不变的框架继续讲下去。没有任何事情是一生只会发生一次的。这是一个永恒的重复或者无限的延长（我把这个争论留给康德）。结尾的寓意更是灾难性的，它让人相信，只要遵守规则，就可以从任何不可能的情况中成功走出来。首要规则：公主是王国中最漂亮的女孩，美丽而纯洁。创造这些是为了塑造灵魂，但是，这是一所不能更糟糕的学校。有些人以后写作的时候，过多地回忆起这些缔造性的神话故事。确实，所有作家都梦想可以使自己的经历变得独一无二。用点亮童年的著名的"很久很久以前"开始一个故事，并不在所有人力所能及的范围之内。生活总是那么出人意料，寓意，就像救兵一样，总是姗姗来迟。即使如此，生活日常也无法使人摆脱这些寓言的痕迹（《灰姑娘》），它们浸染了大家的记忆，要求一切都用好莱坞式的寓意结束。尝试把读者带到最后几页，带向一个固定的结束点：正义必然战胜邪恶。然而，贴近日常生活可能会更有意思，日常生活提供给文学那么丰富的结构，不能简化成一个如此初级的小说结局。日常生活的那些故事环环相扣，相继发生。有

时候，故事悄无声息地在我们眼皮底下转变发展，而我们甚至
毫无察觉。

通过书籍，我们通常可以更好地表达自己，而不是通过投
身那些左右时代节奏的此起彼伏的喧嚣。

86

好莱坞方式

人们坐在电影院的放映厅里，不是为了在大荧幕上看刚刚在市井中经历的生活的。他们在那里，是为了给所有这一切找到一个意义。爱情就是答案。观众来黑暗的放映厅像孩童一样放飞思绪。与发生在架空的时间里的迪士尼式的寓言不同，美国电影用一些日常生活中的小事滋养电影故事。在故事结束的前一刻，问题解决。最后的场景发生在主角间一段平淡的对话中，仿佛为了把寓言植根在现实生活中一样。人们看见两个主角在街边的饭店里啃汉堡。一小段平凡的对话，一如既往地，听不清对话中所有的词。人物所经历的一切都是为了走向这里？人们想。于是，大家明白，不做英雄，也不会错过什么。这是普通生活的寓言。

我们也是写书的作家，自知有能力可以写出书但却最终也写不出来的作家。

87

日常的困难时刻

一本书有两个时刻。开端和结尾。最好是像绵羊一样温和地开头，像狮子一样有力地结尾，千万不要恰恰相反。当您过于用力地开始，那么哪怕强度上只是有一丁点儿减弱，读者就会寻思，您是不是放弃尝试举起对您来说过重的重量了。我更倾向于像绵羊一样温和地开始，像绵羊一样温和地结束，保留所有的力量在中间部分，用一种谨慎低调的方式做这些，使读者不要发现他自己陷入流沙不能自拔。这样，他将任您摆布。

您成为读者的原因，是想知道人们在他们的私生活中都做些什么吗？忘记问题，继续阅读。

88

加勒比观念

　　年轻的加勒比作家，通常非常年轻，对现实异常惧怕，这恐怖的现实使他深陷泥沼。显而易见，如果希望详尽地在作品中呈现某种状况，必须与它保持一定的距离。敌人很容易锁定：权力。但是，这一次，我不打算讨论这种合情合理的改变现状的欲望，而是严格地讨论写作这件事。年轻的小说家，我们知道，对他们未曾经历的生活想入非非。原因之一是，他的作家生涯是以诗人身份，或者像我这们，以文化专栏记者的身份开始的。因此，我们看生活的角度，是通过光彩夺目的隐喻，这些隐喻，裹挟在热带自然风情中，扑面而来，结结实实地包裹住我们。在太子港的夜晚，我曾经多少次提及依兰花的味道？黄昏从来不是象征工人们停止工作的时刻，而是一副激动人心的风景画卷。我们期待作家可以呈现藏在这彩色面纱后面的东西，等待他把敏锐的视角投向发生在他身边的故事，希望他停止评论而去揭示真相。他的专栏，充满着反抗政府的狂怒和评判。有时候，他也会触及阶级问题，但经常是用一种粗浅的形式（资产者是一切的根源）。词语"贫困"经常被提及，但是从不讨论是什么造成了这种贫穷。所有这些都很抽象。我们注意到，在这种文学中，日常生活非常明显地缺席。我们期待年轻作家关注那些鲜活的人和事，把这些写进记事本里。在他们的书中，我们感觉不到生活的悸动。过多的评论。我们明白，现状的严重性使他们被迫用写作作为武器直接介入。所有其他的目标在他们眼里都是无法接受的奢侈。问题是，把人们的现实变成一篇篇无休止的社论，这使我们丢掉了读者。我记不起来人们是几点工作的。

我刚刚在电视上看了一部关于诗人约翰·济慈的电影，看完之后，我马上就想读他的《夜莺颂》，就着一杯红酒，这是我这一天做的最舒服的事。

89

侦探小说学院

请用忘记罪恶和最终真相的方式去读侦探小说。请用作家的角度去读它们。这是一所好学校。生活就在那里。看人们吃那些在小饭店就可以吃到的菜。有关于人物衣着打扮的描写。看那些在城市里可以对应找到的地方。让我们来一起感受，捧起来自南美洲的系列小说，在这些书中，尝试找到日常生活中的一些痕迹。举个例子：正在洗淋浴的人，一辆从马路上开过的汽车，一个穿长裙的女人，一个大汗淋漓的男人，在人群中奔跑穿梭的孩子们，或者只是一辆为一位乘客而停下的出租车。那些不为首要意图服务的东西——出租车的乘客不去一个反抗政府的秘密会议。当然，人们看到我的故事里也有对于城市的描写，但是感觉这些城市没有饭店，没有出租车，没有电影院，只有作为背景的嘈杂声。一天，在蒙特利尔，我公寓的窗口，我看见有人走过。我观察了他怎么穿戴。我明白他要去咖啡馆。我没能够观察到他喝了酒还是咖啡。这是第一次，我用一个作家的角度去看一个人。

变得乏味的事情，通过不断地重复，也会是最吸引人的事情，因为如果它不再被重复提起，人们就会琢磨发生了什么。

90

童年记忆

所有故事肯定都是自传，即使故事看起来离你的个人生活很远。这是我们幻想过的事情，也是自身的一部分。有时候，甚至在不知不觉中，我们便伴随着回忆的巨浪悄然溜进其中。我们认为，这是一个刚刚想到的想法，然而，它其实早就刻在我们心里了。常常，它和词语等全部配套用具一并到来——我们不需要做任何努力。为了刻画一个人物，可以在记忆中寻找某个我们认识的有可能和这个人物相似的人。有时候，我们使用的，只是他的一个小怪僻。我们从其他人身上获得其他特点。记忆是一座银行，就在那里，我们总是进行借出和存放。一旦开始写作，记忆就成为一件工具，就像一支铅笔，一台打字机或者一台电脑。为了有效使用，需要进行灵活性练习。人们经常问我：您是怎么做到的，可以回忆起您童年时候发生的所有事情？首先，我记得的，不到千分之一。但是，我能想起的那一点，已经足以让那些没有足够使用自己记忆的人印象深刻了。一切都在那里，潜伏在阴影中，就像一头猛兽一样，准备好一跃而起扑向白纸了。应该寻找那根线，然后逐渐牵出它。我们都有可以追溯到童年时代的令人印象深刻的趣闻轶事。首先，我们的童年有见证人，他们是我们的父母、祖父母，有时候，是兄弟姐妹，如果向这些人提出具体细节的问题时，他们应该可以帮助我们。这是一座寻找情报的宝库，我们没有充分利用（作家不是必须从他的想象中牵出一切的）。然后，对于那些直接跟我们相关的事情，只有当我们花费了必需的时间和精力时，我们才能想得起来（写作也是一项使人筋疲力尽的重复性工作）。那时，每个早晨，我都在那里，在我的记忆里找寻，为了重拾那些特别的颜色和气味，那些令人惊奇的味道。我甚至分类了那些多雨的日子。我用所有的房子和房子里的居民重组了我的街区。那时，我常常去广场。我整天整天地和朋友们一起度过，现在他们中大部分都去世了。童年，我发现，这首先是一道特别的光。我闭上眼睛，一旦觉察到这道光，我知道，我接近我的故土了。应该避免理性地分析童年。一旦我们尝试抓住它来做点什么，一切就立即散开了。这是一个感觉的世界，它好像对思考过敏。我不能理解一些作家，在对于童年叙事的中间，不着痕迹地插入评论。这不是一场我们被邀请欣赏的演出。这是一个居住地点。我们在那里，或者不在。也不要以为，我们滔滔不绝地讲述母亲曾讲过的趣闻轶事，就能抓住童年。这不是童年，这是一种关于童年的柔软角度。这个轶事可以唤醒一种特殊的感觉。所有在家人身边的寻找不仅仅只为了找回童年的氛围。童年的图书馆是无边的。大量的作家都书写过他们的童年。他们以此尝试找回写下第一笔时的新鲜感。个人神话就是从这里诞生的。

童年，这是人生中流逝最快的时间，却也是我们在记忆中珍藏最久的时间。那些没有经历过童年的人，他们写作中关于童年的记忆反而是最多的。

91

动　物

　　我印象中，青少年文学作家总是把动物作为作品中的人物。首先儿童作家知道，历来，孩子和动物之间的联系太紧密了。孩子们说动物的语言：狗，猫，大象，甚至蛇。他们感觉自己跟那个世界很亲近，那里，伪善的水平不会太高。他们还发现，如果说人类的语言是如此的精炼，那是为了让说这些语言的人更好地说谎——而动物的语言很原始。所有这些都是很理想化的，因为谎言在动物中也存在——拉封丹可以作证。整个丛林为了生存都在说谎。老虎隐蔽自己，蹑手蹑脚地靠近它觊觎的猎物。变色龙是一个手段高明的伪装者。发情期设法散发魅力的动物，利用舞蹈，不停地哄骗那些希望引诱的异性。潜伏在网的底部等待猎物的蜘蛛是奸诈的。最后，孩子们喜欢动物，人们建议把动物放在为孩子写的书里。那么，为什么不对成年人做同样的事情呢？对于成年人来说，动物的世界看起来过于简单了。在小说的场景中，动物们几乎消失了，除了约翰·欧文，他从不忘记偷偷在他的小说中塞入一头熊。人们把动物用物品替换了。成年人收集物品，就像孩子们收集动物一样。人们给动物一个功能。狗是朋友或者英雄。猫经常待在作家的工作台上，或者在图书馆里，使自己获得智慧的声誉。关于猫和作家的关系的书，可以塞满整整一个图书馆。苍蝇预示夏天或者死亡。鳄鱼，就像大象、斑马、猴子、老虎、长颈鹿和犀牛，更多存在于一些拙劣的小说中。为了解决这个角色分配的问题，吉卜林一劳永逸地把它们聚集在一本薄薄的代表作里：《丛林之书》。关于兔子，唯一有意思的角色，是在《爱丽丝梦游仙境》里。显然，我们构思的发生在乡下的长篇故事里，总免不了有一头自甘缄默的牛，或者一只狗找回了丢失的孩子。如果避免让动物在拙劣的小说当中当配角，我感觉它们并不会很痛苦。

过度使用自嘲这种合乎道德的自夸形式，您最终将会证实您的敌人们是正确的。

92

新职业

有段时间了，在那些经济情况不稳定的地区，人们开始谈论作家这个职业。这意味着，文学成为一种终点，而不再是可以使作家在社会中快速拥有地位的跳板了。以前，自费出版几本诗集，尤其是在享有盛誉的出版社出版两到三部小说之后，必定会在巴黎或者马德里获得一个文化参赞的位子。跟作家功能一起到来的声望使其可以发表他的看法，评论几乎所有的主题。作家被邀请参加资产阶级沙龙。虽然这位新作家没有因此变得富有，可是无论走到哪里，人们都会热情地欢迎他。然而今时今日，在海地或者塞内加尔，为了成为小说家，至少需要撰写半打书，围绕数个特别题材——并带有强烈个人风格。这个职业，需要严密性、坚强的神经和杰出的工作能力。一个熬夜写作的医生不是作家，而是一个有文化修养的人。我们可以熟练优美地演奏钢琴，但并不自认为是钢琴家或者音乐会演奏家。因此，我们明白，一本或者两本书，即使写得很好，也不能使您变成一个职业作家（布勒东厌恶"职业"这个词），当然，这种情况必然严重损害了一些在私人俱乐部装腔作势的所谓名人作家。作家是这样一种人，他们构思了一个世界，却没料到自己因此被卷入了一个没完没了的故事当中。

喜欢一个漂亮的句子，而不是其他东西，这样的人很少。

93

写作的乐趣

　　我注意到，每次作家在公众面前谈论文学创作的时候，都会提及在行刑室惨绝人寰的场景。当在私下遇到他时，语气就一百八十度大转弯，好像只能回忆起他在写作中获得的极致快乐。两种情况，都很夸张。写作中，有痛苦也有快乐。有时候，快乐来自于尽管痛苦却还继续探寻的行为。无论如何，关系是毋庸置疑的：我们在痛苦和快乐之间游走。一方孕育另一方。有时候，乱翻乱找几个小时，却没能写完那一页。这种情况下，我就一动不动地呆着。如果我坚持完成，情况更糟糕。我等待。给自己倒杯酒，看着路上拥挤的人群，慢慢喝（我懈怠地做所有事情）。又一杯。一无所获。第六杯的时候，空气变得轻盈了。汽车看上去都要飘起来了。我回到工作台前，带着开心的浅笑，我自己也不知道快乐从何而来。我想不起来是不是曾经在这样的喜悦中创作过。句子飞快地鱼贯而出。想法在脑海中喷涌。而我，飞速地在我的老式雷明顿打字机上敲打。因为过于顺利而充满恐慌的感觉，我中断写作，这非常好。快乐让位给黄昏将近时那惬意的忧伤。我起身，开始在房间跳舞，直到扑向床上。

　　选好您的写作工具（手，打字机，或者电脑），您的风格由它决定的部分必将超出您的想象。

94

沙龙中性文学的影响

描写性，有时候，比去做更好。可以删除全部，一切重新开始，想做多少次就做多少次。还可以想跟谁做就跟谁做。只要有足够的真实性就可以。事实上，描写性，并不是真的如此简单。应该清楚您希望在沙龙里获得什么效果。您只是想要让人惊掉下巴？那么，您应该早点起床，因为我们的萨德已经从那里走过了。他已经差不多燃烧了这片领土。一旦读者感觉作家在试图让他震惊，他就会抗拒。没有人愿意被视作一个胆小怕事的人。读者不会放过您："开始的时候，我特别震惊，但是很快就放弃了，因为写得实在太差了。"相反地，当我们不想对一个朋友的电影发表看法的时候，我们这样评价："音乐实在是无与伦比，还有风景，美妙绝伦。"没有比逃避问题的核心更逢场作戏的了。我们想说的是："当您说'震惊'的时候，我们是不是可以理解成这种赤裸裸的描写'激发您的欲望'了吧？"沉默。我用了阴性表达①，因为，很少有男士接受被赤裸裸的性描写"震惊"。描写性的第二种方式，是混合肉欲、性欲和从严肃作家的作品里摘抄的文学引文，比如布朗肖②。这样做，在沙龙

---

① "震惊"这个形容词在原文中是阴性形式。

② 莫里斯·布朗肖（Maurice Blanchot, 1907—2003），法国作家、思想家。

里更行得通。人们讨论，用各种暗示暗指，以避开那些年轻的
白纸一张的女孩。人们重述一些在当时的政治情形下尤其惊人
的引文。直到在这激烈的争论中，有人抛出一句：所有一切都
太矫揉造作了，他认识的人里没有这样说话的。人们笑了，开
始聊别的事情。当然，一定会有一个看起来思考得津津有味的
女孩。她最终吐露，她没有读过这本书。所有男人涌向她，坐
在沙发上，为了给她解释书里讲了些什么。除了一个男人，就
是将要跟她离开的那个。愚蠢的人不明白隐晦的力量。有的小
说探讨社会问题（肯尼亚的饥荒），很突然地，在狩猎远征的过
程中（如果我的信息是正确的话，总有一场在肯尼亚的远征狩
猎），有一位陪她富豪父亲（纽约慈善家）的年轻女孩。这个年
轻的女孩将会在故事里把老虎的魅力和为他们开路的年轻向导
（一句话，他将去迎战危险）联系起来。她并不明白故事是这么
发展的。她做梦，梦见她是一只要被老虎吞食的母鹿。她整夜
奔跑在沙漠中，身后跟着这可怕的老虎，准备清晨的时候抓住
她。她渐渐筋疲力尽了，最后，这一切让她父亲感到惊慌，决
定回去。而她却坚持留下。这种疯狂奔跑之后还是让自己被吞
食的故事，依然卖座。这是那种我们私下谈论的书。因为大家
不会轻易承认做了春梦。有的小说里有阶级或种族等级的矛盾。
这种情况下的谈论很快变得政治化。这不也是一种消费穷人和
黑人的方式吗？即使是反过来，年轻的黑人男性使不幸的白人
女大学生为之疯狂，也是如此。人们甚少承认这样的吸引力。
但是大家都在经历这种吸引力或者等待发生点儿什么事情。恰
好，在厨房里，这个年轻的老虎正在和这个麦吉尔大学的女大

学生谈论叔本华。如果您希望一本关于性的作品能长久（开始的时候，它可以卖得很好，但是，持续下去，是另一件事情），应该写一本这样的书，人们是这样评论它的："归根结底，对于严格意义上的性描写方面，我曾有一点儿失望，但是，书整体却写得很好。"就像在开头一样，我们回到这个谈论性的不可能性的话题上，或许是因为它能被做到。最后一个建议：不要过多混搭性和幽默，这是一种精神视角。这要求特殊天赋，就像菲利普·罗斯在《波特诺的抱怨》中表现出的天赋一样。

在一幕悲剧期间，忍住您的眼泪，让读者感觉自己是第一个为这场悲剧哭的人。

95

坍塌的城市

无论我走到哪里都带着这本黑色小记事本。在上面，我记录下所有我视线范围内发生的事情。我是一台摄像机，拍下经历过的所有事情。写作的时候，情绪自然到来。二〇一〇年一月十二日，我在太子港，地震。7.3级强震之后十分钟，我拿出记事本记笔记。两个月以后，我出版了一本讲述这个事件的书。十分钟的时间里，我被卷入一场集体的混乱眩晕中。一旦开始写作，我便恢复了理智。城市正在坍塌。我周围，房子都正在倒塌。人们在四处奔跑。我甚至有种感觉，无论如何，他们保持了冷静，因为我没有看到任何抢劫的场景。我尤其坚信，应该有某个人，他与事件保持一定的距离，远离所有个人情绪，以便为所发生的一切作证。消防员必须去灭火；警察必须去保护人和财产的安全；作家的第一职能，就是捕捉时刻，用极其个人的方式，这正是作家区别于记者的地方。因为在有些地方，媒体，无论是电视媒体，还是广播媒体，还是纸媒，都无法深入。只有写作，可以到达一位刚刚失去家人的女性的内心深处。与文学不同，为了知道他们的真实感觉，记者必须去对人们进行采访。作家的装备（记忆）运输起来很轻，而书籍对于读者的影响可能很持久（风格）。人们总是问我这个问题：您是怎么做到有本笔记本在身上的？如果说那天这本黑色笔记本在我身上，是因为我一直把它带在身上。如果说它一直在我身上，是因为我尽力捕捉当下每个时刻。如果在那种时刻下写作对您来说仍不重要，那写作就变成无法忍受的毫无意义的事情了。我一直都知道，文学既不是奢侈品，也不是社交媒介。在我眼里，它是生活的基本。

当一出戏演过头了，应该要求主角降低声音，但同时避免减弱对观众的情感冲击。

96

暴露自己的勇气

今天早上，一位充满激情和幽默感的年轻人给我写了封信，想让我读读他写的书，然后告诉他是不是值得出版。我马上回复他我不会读的。"我读了您的信：文笔好，充满幽默感和自嘲。您的主题已经确定了，书肯定也写得很好。请拿出勇气，去找一个出版商。"然后，又说："一旦有人请我读他的手稿，我都迟疑不决，因为我感觉他缺少那个成为作家最基本的东西：勇气。这是一条充满荆棘的道路，我们必须战胜，首先是出版商（拒稿信），然后是批评家，最后是读者。写完这本书的时候，您走完了一半的路程。继续下去，因为写作不仅仅是组词造句。我希望在书店里看到您的小说。"当天他就回复我了："有些事情，您说得很对，我会一直记住的：没有暴露自己的勇气，我们就不能梦想成为作家。"我自问自己是不是有和这个年轻人一样的勇气，收到了那样的一封信后，还可以这么快振作起来。

如果希望您的书比您活得长，请毫无保留地创作，千万别计算投入。

97

第一本书

　　读一些作家的第一本书，是一个很有意思的练习。有些作家第一本书和他之后出版的其他作品的风格一致。他们日后尝试放到阳光下或者藏起来的优缺点，已经初见端倪了。就像有些孩子，三岁看老。其他作家，位列最优秀作家中的一些人，初期的作品让人不忍卒读。写作生涯开始的时候是那么矫揉造作，以后他们笔下的评论却那么辛辣，让人咋舌。对于他们，人生就是每时每刻的战斗。人们看到了他们艰苦却显著的提高。还有很大数量的作家，写作生涯开始于他们最好的作品。没有比这更让人失望的了。在昙花一现的开始之后，有些作家就鲜有新作问世了。迷失在闪光灯里，他们忘记了写作是在黑暗中进行的。有时候，一些咄咄逼人的出版商，逼迫他们重写同一本书，他们认为可以重拾第一本书的魅力。那第一本书曾经是在完全的自由中完成的。那时他没有任何期待——这就是成功。然而成功却把能够帮助作家用与众不同的方式看世界的那种感受力给掠夺了。不过，必须注意，不要把所有的失败都归罪于第一本书。它不是一个收容夭折梦想的公墓。最好的做法，可能是第一本书写作结束的时候，在这种梦游的状态中，马上开始第二本书，不用预先设想主题。然后，把两本一起寄给同一个出版商，听听他的反馈。可能会出乎预料，他对第二本更感兴趣。写第一本书的时候，我们总是很拘谨。第一本小说就让我看到一个新世界，那是村上龙的《无限近似于透明的蓝》。那是一个我不认识的东京。从那之后，他再也没能重拾这种视角的纯洁性。一种急迫感，让我想起巴斯奎特投向纽约的目光。

第一本书出版后，我们就面临三种类型的评论：1.漠不关心；2.才华横溢；3.换个职业吧。在您看来，对于接下来的发展，哪一种评论更可取？

98

米勒的声音

第一次听到自己的声音出现在一个录音器上，我记得我当时的诧异。我无法想象像我这般瘦弱的身体居然可以发出那么低沉的声音。好一阵子，我呆若木鸡，琢磨在我这里还有没有其他东西可以让我如此震惊。米勒讲述过一个同样引人思考的事情，不是关于他的声音，而是关于他的风格。在朋友们的眼里他的风格过于文学化。以前，从他写的东西里，朋友们认不出他。一天，米勒坐在工作台前，看了窗外很长时间，然后给自己倒了一杯红酒，给打字机的滚轴装上了一张白纸。他不紧不慢开始用手指敲那些无关紧要的句子。突然，思绪像野马脱缰。他一头扎进故事中。他当时只想写一个小故事，只是为了取悦自己。夜幕很快降临了，即使在黑暗中他仍然继续写作。他一直写，直到看不见自己的手指。他喝完了那瓶酒（我也去给自己倒一杯），然后，任凭身体滑到地板上，一下子就睡着了。第二天早晨，他重读了自己写的东西，那是第一次，他听见了自己的声音。心底的声音。这个声音不是通过他的记忆发出的，那个充满其他作家的各种引文的记忆（米勒也是喜欢他人书籍的作家）。从那以后，他只遵循这个声音的叙述而写作。这就是他可以那么迅速地和读者建立默契的原因吗？读者感觉在听一位朋友说话。必须明确指出作家不是必须和读者成为朋友，反之亦然。人们可以热情地读一些书，却讨厌它们的作者。

"睡觉前阅读您的作品，我感觉您和我一起在房间里。"听到这些，知道自己以这种方式强行进入他人的私人生活，这让我们觉得有些惭愧。

99

轮　回

　　谈论我们知道的，谈论我们真正感觉得到的，这让我们夯实了坚固的基础。一个故事的组成，就像一栋房子由房间、门和窗户组成一样。可以看到人们在房子里走动：这就是人物。作家竭力修堵房子的各处缺口。对于这类行动，必须懂得分配真实和虚假的比例，要使读者无法分辨出两者。选择是：故事是真实的，细节是虚假的——反之亦然。作家并不是必须什么都靠自己想象，这您很清楚。现实就在手边，它是一座虚构的工厂。现实制造了虚构，而虚构又生产现实。现在，我正在写这本书。我是作家，因此我生产一些符号。这是些极小的黑点，它们聚集起来，创造出一幅图景。成百上千的图景组成一本书。但是，为了把这本书投入市场，需要调动很多的人。出版人、校对、美工、发行人、书商、批评家（有时候，律师）。所有这些，目的是让这本书到达读者那里。现在，它在您手上了。这是一个长方形的有一定重量的物体。阅读的时候，您直接联通了您的大脑。所有的中间人现在都被忘却了。我们终于相遇了。我不认识您。您也不认识我。然而，我们共度了一段极度私密的时间。我给您传递了我的力量，您将会愉悦地把它传递出去。这本书可以把您推向写作，也就是说，促使您希望传递您的力量给别人。某个您可能从来没有见过的人。可以说这是个轮回。

　　您还记得您第一次在手上拿到一本书的心情吗？就是从那时起，您允许魔法相继发生。

100
禁　忌

　　对于作家来说，第一观察空间就是他的家庭。一个像礼物一样馈赠给他的世界。一切都在那里，唾手可得。只需要认真倾听就可以从中获得很多关于人际关系的信息。在这个小圈子里，每个人都被窥视（有些互相厌恶）。但是，只要有外部的团体威胁这个小圈子，他们就会同仇敌忾。敌人被赶走了，他们又恢复了内部战争。对于作家来说，这是一个真正的实验室，作家只需要弯腰把那些小金块捡起来，它们闪烁在昏暗中：危机，秘密，协约，痛苦。观察，记录。谨慎点儿。藏好您的记事本。一个作家，在家庭里，就是一个执行特殊任务的间谍。家庭就是一口不会干涸的油井，即使滋养上百本小说，仍然不会枯竭。在初稿中，最好保留真名——这样，可以更快速便捷地直击人物的内心。还有，一个人名就是一个信息浓缩体，它可以掌控情感负荷，让您更快速地推进。我们知道每个名字后面有什么东西去挖掘，因为毕竟已经听了这么长时间的墙角了。一个作家是一条蛇，被家庭放在胸口温暖了的蛇。考虑在出版前换掉人物的名字——这取决于您。但是应该预想到家庭成员的反应。开始的时候，假装什么也不清楚。装傻。没有人会相信您。当我发现在世界上的一些地区，人们几乎不用家庭这个小宇宙的时候，我总是觉得很奇怪。这是一个微缩的世界。我们害怕被家庭排挤放逐。但是应该促使自己冒点险。作家毕竟不是一个毫无风险的职业。读者希望听到新鲜的事情，如果可以，血腥一点。真人秀给文学发起了不光明正大的竞争。把门关上以后，您家发生了什么？人们想知道。比如，在加勒比地区，家庭依然是一个没有被触碰的空间，而在欧洲或者美洲，这是一位正在成长的作家的地盘。给人的印象是：每个人的家庭生活都非常不幸。好吧，托尔斯泰说过：幸福的家庭没有故事。他希望暗示他没有幸福的家庭吗？因为他总是有故事。人类是个秘密工厂。一旦有了规则，秘密性就建立了。双重生活。我们放弃这个毫无意义的讨论吧，只要知道，第三世界国家的第一个直言不讳的作家（奈保尔除外），将会为这个地区的文学打开新的视角。

没有什么可以比夏日午后正在阳台阅读的老妇人更鲜活灵动了。

101

非洲小说中的负面人物

人们经常混淆作者和叙述者，所以不鼓励把最主要的角色给一个不折不扣的负面叙述者。结尾的时候，哪怕是魔鬼附身的人物，也总是可以有赎罪的机会——除了独裁者。那么，可以猛烈抨击库鲁玛①了，不是吗？我们更愿意从坏到好而不是截然相反。总是在快到结尾的时候，一切都有了解决方式，坏人被突然感化（天主教不久以前滥用了这种快速的转变）。因此，在非洲和加勒比文学中，很少看到那种结局不好的小说。艺术，在那里，是为了弥补灾难，生活带给人们的种种灾难。但是这种选择最终却赋予了非洲小说一种死板的形象（我谈论普通小说，而不是那些世界主义作家的书，那些作家瞄准的是国际读者）。在这种针对本土的文学创作中，我们有种感觉，就是读者把他们的道德强加给了作家。此外，在公开讨论中，艺术家对当代问题的介入总是不断成为焦点。每个关于文学的公开讨论里，总有一个人站起来，带着某种愤怒，质问：在一个文盲率和儿童死亡率如此高的大洲，文学有什么用？更别提还有饥荒和战争。怎么回答这种让人焦虑的问题？陀思妥耶夫斯基曾威

---

① 阿玛杜·库鲁玛（Ahmadou Kourouma，1927—2003），非洲当代重要作家。

胁，如果上帝没有能力阻止那些孩子的痛苦，他将不再写作。作家禁止自己给一个恶人过于暧昧的角色，害怕因此失去读者对他的信任。事实是，驱走故事中的魔鬼，只能剩下瞬间变得枯燥无味毫无价值的文学空间。这是一种几乎没有涉及阴暗面的文学，尽管有已经成为经典的卓越小说：契诃·汗密度·卡那 ① 的《艳遇》。阴暗面只在一些专攻黑暗面的非洲作家的作品中呈现：同类相食，巫术，违反习俗的罪行，割礼，反复的国家政变，饥荒或者大屠杀。后者希望通过重拾关于非洲最糟糕的一些老生常谈，展示他们的精神独立。这些主题是西方学者不再敢触碰的，即使他们全副武装，也害怕被这同一批作家机枪扫射，这批作家更多是利用这些主题谋取成功。这是一场只能在欧洲舞台上演出的节目。在当地，文学总是保持封闭在一个标识明确的空间里，在那里所有差异都不被接受。所有不在规范内的事情都是离经叛道（不过这不只是在非洲）。几乎没有小说用一个不寻求康复的同性恋者作为叙述者。我们注意到，这种严苛的道德只是触及个人的身体。在集体层面，人们可能陷入任何酷刑（内战、腐败、酷刑、反对派暗杀等）。应该找到一个叙述者，可以使这种纷繁嘈杂进入一种私人的密闭空间。马里作家扬博·乌欧洛凯带着他的作品《暴力的责任》已经接近成功了。但是，这部小说的角度是历史的，人们感觉到某种个人责任感。他们希望这些能够发生在一个更为日常的框架里。

---

① 契诃·汗密度·卡那（Cheikh Hamidou Kane，1928— ），塞内加尔作家。

　　您已经集中注意力三个小时了，什么都没有写出来。您确定没有别的事情可做，今天，只有写作？是否有个栅栏要刷漆，或有个朋友要拜访？

102

垂直写作

有两种写作：垂直写作和水平写作。什么意思？首先，水平写作，作家在宽广辽阔的空间里进行创作。人物来自四面八方。作品仿佛容纳了整个世界。他的藏书不计其数，对所有的伟大作家他都以你相称，不卑不亢。这是一个海纳百川、兼容并蓄的人。然后，垂直写作，作家在自己脚下深挖。他有限的空间里人丁稀薄。他还在挖掘。他并不尝试拓宽。他继续发掘。在旁征博引、占地宽广的作家眼里，他好像毫无进展。他挖得很开心，直到他找到了一眼泉。在这种冥顽不化上享有盛誉的，我第一个想到的，就是贝克特。他的戏剧清汤寡水，几乎没有布景，几乎没有对白。但是，他挖掘。他的戏剧我最喜欢的是《啊，美好的日子！》。什么都没有发生。生活，概述起来，就是一个洞穴而已。

小说家是一个使事物出现或者消失的魔术师，而不是一个讲解事物的教育工作者。

103

今时今日的小说

小说，更准确地说是我们认为的小说，自从它变得和一百米短跑一样著名之后，变了很多。人们只买它。在媒体上，人们只谈论它。小说家是人们可以在路上认出的人，因为人们在电视上看到过他。诗人只有在他的诗人朋友中有名气。因为所有这些原因，小说的领域在某种意义上变大了。只要在一本书的封面上写上"小说"这个词，就足以让书商，评论家，甚至读者对它感兴趣。于是大家毫不犹豫去这样做。比如这本书，很简单地，我们就可以把它变成一部小说。只需要在其中不动声色地插入一些童年趣事。一些小玩意。一旦最细微的情绪找准了，读者就会感觉到一种和作者之间的情感联系。他想要的，事实上，就是在夜晚，听见一个亲切的声音。当今的小说，就只是这个。我收回我刚才说过的话，因为事实其实是相反的。今天的小说家希望变成读者的朋友。读者一跟他握手，他就打开倾诉的阀门。过去有段时间，小说家曾经是一个父亲，帮助读者穿越荆棘密布的人生。今天，小说家成为一个儿子，读者必须经常抚慰他。这些不是小说，而是小说家直接寄出的信件。仿佛读者的生活一帆风顺似的。勇敢地躺在诊所的就诊长沙发上，冗长地讲述他的困扰，走之前还让心理分析师付钱。在作

家和读者过去这么长时间以来延续的情感关系上，有些东西刚
刚发生了变化。

　　我一早醒来，写作，直到上午十点。晚上，从七点到十
点，我继续写作。这两个工作时间段之间，我假装也在写。

104

故事虚构者和作家

对于我，书籍曾经是一扇窗户，使我看到村庄的另一边，甚至都不用下床。数年后，我将明白在浴缸中阅读的深层次快乐，因此变成一个水栖读者。现在，通过阅读而获知的世界被写作扩大了。当我们有能力领会一种新交际方式的时候，一扇新窗户打开了。我们可以不同意其观点，可以评价其风格问题，或者讨论书籍的伦理，只要我们非常清楚自己面对的是一位真正的作家就好。马上去思考作家是如何做到如此自如的。表达自己的所思所想，应该需要去训练，就像一个田径运动员一样。人们做不到把真相脱口而出。我记得一个朋友，刚刚到蒙特利尔的时候，我和他合租一个狭小的房间。他不断地编谎。如果有人给我打电话，我当时在睡觉，他就会说我在淋浴。当我指出他的行为，他耸耸肩。随着时间的推移，他越来越难区分真实和虚假了。乍一看，人们可以看到虚构者和作家的某种相似性。虚构者在一个危险的斜面上下滑。他最终会失去所有的信誉度，然而，人们不停地为也没少虚构的作家欢呼喝彩。区别是，应该避免在错误的地点撒谎。

书籍是一扇窗户，通过这扇窗户，六岁的小偷带着字母表溜走了。

105

陪伴我们的那些人

有一些作家教会我们一些事情。有些成为朋友。那些与我们有相似感觉的人。文学中或者生活中。文学中，可以有一位中世纪的朋友。我记得我对拉伯雷的激情。穿过几个世纪，我能够闻到他强烈的味道。他作品中所有的人物（高康大和庞大固埃）都跟我很亲近。他经常提及肠胃，这曾经是一个饥肠辘辘的青少年的梦想主题。之后，是维庸。同样的关系。我喜欢他的独树一帜。还有，他从来没有设法掩藏他的出身："我很穷"。很长一段时间，我们是好伙伴，随后，我把他遗忘了一段时间。但是，不时地，在记忆深处，总是萦绕着他的《绞刑犯谣曲》。我还喜欢过鲍德温，总是激情澎湃地设法明白发生在他周围的种种。然后，我离开了海地，到达蒙特利尔。起初，是亨利·米勒帮助了我。他也一样，在巴黎经历过贫困的日子（他在《柯利希的宁静日子》中描述了那段时光）。我只需要打开米勒的一本书，就可以重现我到达蒙特利尔的时候，在圣丹尼街的生活。多亏了米勒，我选择了生活在艺术家街区。他把我介绍给了他的朋友们，他们在那段我最孤独的时刻陪伴了我：布莱斯·桑德拉尔、阿娜伊斯·宁、德勒泰，和许许多多其他人。他还让我发现了艾萨克·巴什维斯·辛格，尤其是艾萨克·巴贝尔。多奢侈啊！那些因为主题和风格而跟我感觉亲近的作家，对于我来说，是我的朋友，触动我小说的人物，在我眼里，是鲜活的生命。如果说一个作家不相信虚构的东西，那是因为他也不相信他自己写的故事。我不否认也应该在生活中交朋友，但是这需要更多时间。如果感觉与一些作家志同道合，可以给他们写封信，就是这样，一些作家在圈子里交到一些朋友。这不是我的风格，因为我从不设法聚集那些我喜欢的人，担心自己会隶属于某个小集团。但是这并不阻碍我为文学孕育的友情所感动：蒙田——拉博埃西，拉法尔·贡费昂——夏穆瓦佐，果戈理——普希金，契诃夫——托尔斯泰，桑戈尔——塞泽尔，贺拉斯——维吉尔，福楼拜——乔治桑。还有如此亲密以至于后辈总把他们放在一起的敌人：卢梭——伏尔泰。

我只要一只脚踏进图书馆，那些已经去世很久的作家就会骚动起来，跟我交谈。如果我把"图书馆"这个词换成"周柱中庭"（一座伏都庙），人们肯定会嘲笑我。

106

别那么着急

在生活中，书籍不是在比赛。读者想阅读多少书就有多少书。您喜欢一本别人的书，不会给您的书带来任何伤害。然而，没有任何办法可以阻止这一切折磨您。如果这点小小的泛酸的感觉能够使您重新狂热地投入创作，那也不错。可以使用助燃剂推动自己前进。无论苦涩还是甜蜜，最终要看结果。您不需要这么着急，没有人等您的书。应该感觉更加自由，而不是因这种情况而沮丧。在您第一部小说出版的时候，一位批评家写道："应该关注这个人。"您战栗不已。为什么用这种怀疑的语气表达我们对一位作家的关注呢？有一些灵魂很脆弱，这样的语言就可以使他遁逃。

当我们知道写作之外的事情消耗了作家精力的百分之八十的时候，那些社会工作者，他们，却抱怨花费了百分之八十的工作时间在写东西。要不我们换换职位？

107

私人空间

拥有一段私人时间，跟自己独处、任自己的思维天马行空的时间，在太子港是不可能的。从黎明到黄昏，总是有人在您周围。为了写作，应该尽可能地从人群中抽身。要是说在太子港不可能写作，可能有失偏颇，因为这座城市并不缺少作家。可以在脑海里酝酿一首诗（博尔赫斯），但是，要写一部小说，创作空间是必不可少的。孤独感，不可能产生在太子港，而是在蒙特利尔，一个更安静的城市，在那里，我感受到了私密性。这种内心惬意的感觉。那时，我一个人生活。最初，我度过一些根本找不到任何人说话的日子。孤独，是当人们不想再独自一人却又没能力改变这种情况的时候。不自愿的孤独会把您带向抑郁。我开始在蒙特利尔阅读和写作，为了听到除了自己的声音以外其他人的声音。写作使我创造了一个永远都准备好迎接我的世界。因为一切都取决于我自己。曾经，一想到要回到我的房间里，跟孤独共处，我总是很害怕。后来，我总是很兴奋，因为我的打字机在等我。通过写作，我可以使我的小房间填满宾客和欢声笑语。我把所有我现实生活中缺少的内容全部放进了书里。那里，有红酒，有朋友，笑意盈盈的女孩，热烈的谈话。我们吃吃喝喝，听爵士。这是一个梦想的世界。为了与现实足够接近，我认真安排故事情节（我并不需要做很多），以便自己能够相信它。那些词语还可以让我不花分文去旅行。我创造对我来说合情合理、有可能得到的那些东西，同时给自己带来惬意的感觉。创造一点好天气。在那种艰难的生活状况中，我找到了第一本书的素材。那时，我更多读亨利·米勒充满热情的作品，他说他是笑着出生的。他的眼睛总是闪闪发光，他在最细微的日常点滴中找到了生活的精髓。和亨利·米勒在一起，生活是永恒的节日。他因一杯清凉的水而感到高兴。这是一位糟糕日子的好伴侣。每个作家应该至少写一本尝试使一个陌生人感到幸福的书。我好像只读了米勒，因为当我想起这个时期的时候，他的名字在脑海中浮现出来。

同时创作两个作品总是有好处的（一个主要，一个次要），因为，一旦其中一个进行不下去了，您可以去写另一个。如果两个都卡壳了，开动第三个。

108

孤　独

　　不过，写作也有真正的孤独。这完全是另一件事。着手创作一部小说，就开始了一场荆棘丛生的冒险。几个月间，对于某些人来说是几年间，我们将处于一种减小到极致的空间中：纸页。用有限的声响、颜色、节奏去表达最复杂的情感、最细腻的感受、最灼热的欲望，总是会带来让人焦虑的自我质疑。二十六个字母是这一切的媒介。从精神上来说，太辛苦了。最痛苦的是疯狂的满足感之后接踵而至的沮丧。昨天晚上，我们感觉可以用字母演奏全世界所有的音乐。今天早上，失望。不知道明天等待我们的是什么。为了能够对事情多一点掌控，我们开始节制自己的野心，同时思考终点最终会在哪里。当我们准备承受挑战的时候，满足感又回来了。我们重新相信世界会向我们交付全部秘密，我们可以直接听到世界的全部乐章。如此反复，几天之后，一切成为习惯。我们感觉总是一个人，我们也接受这种状况，就仿佛这是写作的一部分。展示这种写作带来的眩晕感的书，是弗吉尼亚·伍尔芙的《作家日记》。她撰写了一本自己写书时的情绪日记。她在井里，每次都坠落得更深一点。直到坠至井底，那是一九四一年的一天，那天，她走进了水里，兜里装满了石头。不是所有作家都会自杀。不得不说，有些人极为敏感：切扎雷·帕韦泽、杰齐·科辛基、克劳斯·曼（托马斯·曼的儿子）、三岛由纪夫、海明威、川端康成（不打算列出所有日本作家）、乌贝尔·阿甘、海因里希·伯尔。写作之路铺满了遗体。这是对抗事物秩序的战争。奇怪的是，几乎没有第三世界的作家自杀。在世界上的一些地区，是国家在管理死亡。

　　一旦在一张纸上写下一个词，只要一个词，立即，我们就和几个世纪以来已经使用过这个词的所有人相聚。我写下"宗教"这个词，名单就可以绕地球一圈。

109

椅　子

作家的首要品质，是拥有好臀部。如果您在原地待不住，请换工作。您将坐着度过一生。小说开始的时候，拿一把靠背椅。写到一半的时候，背后放一个靠枕。然后，再放一个在屁股底下。快结束的时候，再放一个在脖颈处。我结束《疯鸟长鸣》的时候，五个靠枕。这是一本充满情感的作品。书里，我讲述了我在海地的最后一个夜晚。痛苦的一章。我第一次谈及了流亡中去世的父亲和我被通顿·马库特杀害的朋友加斯内·雷蒙。书里，人们行走了很多，但是，我呢，一直坐着。当您阅读一段对于夏天的精彩绝伦的描写时，作者整个夏天都封闭在一个过热的房间里写作。要知道在冬天写关于夏天的事情并不被禁止。无论如何，应该坐着。海明威站着写作，但他从来不做跟别人一样的事情。您还是一直坐着吧。

懂得用眼睛看的人有时候会忘记用耳朵听，懂得用耳朵听的人不会去尝试用心感受。我们所处的这个时代，人们更愿意只拥有一种发展极致的感官，而不是让所有感官和谐平衡——因此，小说《香水》获得了不可思议的成功。

110

书籍在夜晚形成

适当的放松，并不会影响精力的集中。这个方法是在爵士乐音乐家那里注意到的，音乐会快要结束时，他们会突然开始一长段即兴演奏。一种自如的优雅。如何在写作上达到同样的雅致？作家更喜欢一起床就开始写作，认为这个时刻他处于状态的巅峰。他想把梦境和现实无缝对接，希望保留那种独属于梦境的流畅性。让我们跟随作家，注意他的每一个举止，这些动作看起来很普通但是与写作行为同等重要。他伸长胳膊在小床头桌上够到他的黑色记事本，记下那些还在脑海里躁动不安的图像。他完全沉浸其中。然后，他将会设法编写这一切。日常生活的描写将会烘托那些来自深夜的灵感。但是，小说的中心在这些处女地上展开，这些尚未开发的领土只有在深层睡眠中才能被发现。就在那里，他准备扔出鱼饵，虽然他尚未发现，但其实每天早晨他的枕边总会有一条涌出的鱼。他兴奋极了，奔去冲澡之前，做了几个柔韧练习。即使这样，还不足够。现在他在纸堆里乱翻，假装想整理好。还有一点时间，他站在房间的正中间，胳膊甩来摆去。他仿佛刚刚终于发现了一些蹩脚的地方，于是去打开窗户。光线带进来这种他似乎缺少的能量。他坐下来，但这次是为了写信。他回到窗前，看了会儿行人来来往往。然后，又重新回到工作台前面。他坐下，等待。时间流逝。他突然站起来，带倒了椅子。他冲到外面，去买一张报纸。他假装对当日新闻很感兴趣。他做的这些都是为了推迟写作时刻的到来。然而最终，这个时刻还是来了。

把我们带到世界尽头的作品（"把我带到世界尽头吧！"桑德拉尔说）是由那些从来没有在椅子上挪动过的作家创作的。

111

简单的过去

很长时间以来，过去只是过去。人们期待未来，经历现在，同时让过去从慵懒的记忆中慢慢淡出。人们能偶尔讲述过去（老年人有优先权），但从来不让它重现。人们不会回到时光隧道。但是后来，电影首先对这种怀旧情绪产生兴趣，炮制了一个经常被香烟的烟雾弥漫缭绕的过去。有时，特殊的音乐帮助人们回忆起那些幸福的日子。过去只是被用来筛滤现实过于强烈的光线。然后，电视来了，伴随着它鼓点分明的节奏和铁拳头一样招招戳心的画面。担心因为脱离现实而催眠电视观众，很长时间以来，电视寻找一种使过去和现实有效结合的方式。电视对时间的设计就像一条连续的长缎带。对于过去，文学（这里我不谈论历史小说）适应得更好，在时间长河中，读者比观众可以更快速地旅行。读者不需要设法知道，服装、举止和汽车是不是确实属于那个时代。有时候，作家讲述他的过去，但是结果并不比他畅想未来更有说服力。自然地，为了让作品真实，他使用了一些生活的小事件。如果说那些趣闻轶事是真实的，安排它们的方式只能是虚假的，因为生活不是像故事一样组成的。最重要的总是很少出现：流逝的时间。

　　当我们在一个故事里写下"十年之后"的时候，为了感觉时间的流逝，在继续阅读之前，读者需要等待至少十分钟。这是做不到的，因为在公开场合，我们观察到的停顿时间从来不会长于四十秒。

112

生活先于写作

对于我来说，在生活和写作之间有一种自然联系，这正是我不停地在作品中希望证明的。我坦率地描述它：我写作，就像在生活一样。至少，我尝试这样做。人们经常本末倒置，让我像我所创作的那样去生活。像作品里那样生活，这几乎不可能，或者说这可能不是我希望的。在我看来，生活先于写作。为了写作，我从自己和别人的生活中汲取养料。不是所有作家都和我一样。有两个作家，看起来生活在熙攘的世界之外，仿佛超脱时间一样。然而，和宣扬介入的作家相比，他们的影响有过之而无不及。博尔赫斯和普鲁斯特。博尔赫斯，亲密无间地跟书籍（他写的书和他读的书）生活在一起，没有任何剩余空间给其他事情。他做到了用日常生活中最小的点滴事件创造神话。作为盲人，他更多在饭店吃饭，在那里他经常与来自四面八方的仰慕者——他的读者会面。吃饭的时候，他们陪着他（帮他切肉），博尔赫斯给他们讲故事，故事来自他那永不枯竭的记忆。他是少有的可以说"我活着是为了写作"的作家之一。阿根廷国家图书馆的馆长不久于世的时候，他为了自荐为继任者，给图书馆行政委员会寄了一封最简短的个人生平："我用尽一生去阅读。"他获得了这个位子。由一位盲人管理一座图书馆，这并不多见。在一首令人感动的诗中，他也精彩地表达了这个意思：他毫不夸张地认为，神同时赐予了他书籍和黑夜。最终，人们总是把自己的一生总结为一个短句子，而这个句子躲藏在词语的森林里。人们穷尽一生去寻找，但是，终究是短句自己找到了我们。对于普鲁斯特，是追忆逝去的时光。请注意，因为哪怕多一个词，意思都将大相径庭。差别微妙但存在：普鲁斯特去追忆逝水的时光，还是去追忆一段逝去的时光？区别在强迫症和怀旧之间。当我们找到这个小小的句子，并且印证了自己的想法，那么必须跟着它走到底，看看它会把我们带往何处。福楼拜在这里给了我们一把钥匙："不要为了娱乐去阅读，像孩子一样；也不要为了个人进步去阅读，像野心家一样；不，请为了生活而读书。"无论如何，没有任何我们所做的事情不是生活的组成部分。

您想知道我现在正在做什么吗？我正在平静地喝一杯白葡萄酒，一个炎热的春日，在托斯卡纳的乡间。

113

什么是好作家?

在咖啡馆,沙龙,这些人们聚集起来为了闲聊的地方,我听到关于什么是一个好作家的定义,往往非常简洁。十有八九是出于评判一位作家的行为,他们连他长什么样都不记得。只是在一个星期内,在电视上见过他两次,然后刀起头落,给作家定性了。

一个好作家,就是从不接受采访,更喜欢在作品中表达自己的人——因此,回答所有记者提问的博尔赫斯不是好作家。

一个好作家,就是远离社交活动而生活的人——因此,生活在一位上流社会女士(路易丝·德·维尔莫兰)家的马尔罗不是好作家。

一个好作家必须出门,与一些人见面,以便了解生活——因此,过着与世隔绝生活的杜莎姆、品钦和塞林格,都不是好作家。

一个好作家,就是不喜欢嚼舌根的人——因此,杜鲁门·卡波特和圣西门不是好作家。

一个好作家,就是不嫉妒同行成功的人——这样,我们刚刚折损了一大半大将。

一个好作家,就是总是匆忙的人——因此,普鲁斯特不是好作家。

一个好作家，就是在他的床上度过一生的人——因此，保罗·莫朗、布鲁斯·查特文、尼古拉·布维耶都不是好作家。

一个好作家，就是合乎伦常的人文主义者——因此，萨德不是好作家。

一个好作家，就是离政治现实很远的人——因此，雅克·罗曼和雅克·斯蒂芬·艾利克斯不是好作家。

一个好作家，就是一个爱吃、爱喝、爱跳舞的懂得生活的人——因此，贝克特不是好作家。

一个好作家，就是从来没有做过国家总统候选人的人——因此，马里奥·巴尔加斯·略萨不是好作家。

一个好作家，就是写出了自己所有的作品，甚至那些糟糕作品的人——因此，大仲马不是好作家。

一个好作家，就是参与城市事务的人——因此，蒙泰朗不是好作家。

一个好作家，就是旅行很多的人——因此，几乎从来没有离开过哈瓦那的何塞·莱萨玛·利马不是好作家。

一个好作家，就是厌恶枪支的人——因此，欧内斯特·海明威不是好作家。

一个好作家，就是不浪费时间去忏悔的人——因此，卢梭和奥古斯丁不是好作家。

一个好作家，就是一个抵抗者——因此，塞利纳和庞德不是好作家。

一个好作家，就是无论何时都保持清醒的人——因此，荷尔德林不是好作家。

一个好作家，就是生活得想入非非的人——因此，歌德不是好作家。

一个好作家，就是一个内向的人——因此，弗兰科田 ① 不是好作家。

一个好作家，就是说出真相的人——因此，马拉帕尔泰不是好作家。

一个好作家，就是迟到的人——因此，康德不是好作家。

一个好作家，就是审慎内敛的人——因此，三岛由纪夫不是好作家。

一个好作家，就是热情似火的人——因此，费尔南多·佩索阿和卡夫卡不是好作家。

一个好作家，就是一个男人，他……——因此，弗吉尼亚·伍尔芙和克拉丽丝·李斯佩克朵不是好作家。

一个好作家，就是写过一本好书的人。作家们终于都能喘口气了。

作家最需要的是，一位读者。

---

① 弗兰科田（Frankétienne, 1936— ），海地作家、诗人、画家、音乐家、社会活动家，被称为"海地文学之父"。

114

风格的本质

有些作家，初稿写得简洁、轻快和灵活。这些都在一种可以唤起性高潮的幸福中进行。作家如此漫不经心地写出了它，以至于连他自己都自问刚刚在他身上发生了什么。因为知道写作和忍受痛苦之间的关系，作家期待这种痛苦可以帮助他改善自己的作品。然而他只会毁掉自己的作品，因为作品并不需要清醒神智的介入。另一些作家对他们的手稿润色如此之多，最终把它做成了一个装饰过多的小摆设。为了找回原本的布局，必须刮去厚厚的装饰层。自发地创作，并不只是任由钢笔去随意而行。我认识一些人，他们希望让读者相信，他们创作的时候信手拈来，那些句子没有任何人工雕琢的痕迹。为了拥有这种魅力，他们含辛茹苦地工作。我们感觉，一直以来，句子在永恒的墨迹中等待读者（像济慈的夜莺一样）。自我观察很长时间，才可以知道自己位列哪个类型：第一种，要求一气呵成达到这样的轻盈；第二种，需要耐心的设计达到同样的结果：一种轻触纸面的写作。不只是通过写作，人们才知道自己是谁。真我就体现在举止的细枝末节中。

身份已经成为一个如此受追捧的产品，既然我有两个身份（所有移民都是这样），我希望出售其中一个。

————————

115

博尔赫斯的高雅

这是博尔赫斯在广播里的对话，在布宜诺斯艾利斯，和他的忘年交（相差五十年）奥斯瓦尔多·法拉利。

法拉利：我想，今天我们与一位现象级的人物交谈，很多人都想认识他。我想谈谈您写作进程发生的方式。也就是说，您如何开始一首诗歌或者一则短篇小说的创作。从一切开始的那个时刻起，写作进程如何发生，我们说，这首诗或者这则短篇的创作。

博尔赫斯：这一切开始于一种天启。但我是谦虚地使用这个词的，没有野心。也就是说，突然，我知道要发生一些事情，对于一篇短篇来说，这通常会是开头或者结尾。诗歌方面的话，就会是一个整体的想法，有时候，是第一行诗。因此，有些事情免费赠送给我了，然后，我介入创作，或许，我会把一切都弄糟（笑）。对于一篇短篇，比如，我知道开头、起点，我知道结尾，我知道写作目的。但是，接下来，我必须用我有限的才能发掘开头和结尾之间发生的种种。然后，其他问题就来了。比如：适合用第一人称还是第三人称来叙述？然后，需要定位故事发生的时代。（摘自《对话 I，豪尔赫·路易斯·博尔赫斯和奥斯瓦尔多·法拉利》，口袋书出版社）

　　从这场写作冒险开始之初，许多极具吸引力的想法向我招手，所有这些想法中，我只保留了两个或者三个，它们从不间断地出现在我之后创作的所有作品中，它们就是童年、欲望和阅读。

116

电影小说

比起这个被叫做书的极小的小方盒，人们不会在其他任何地方投入如此多的热忱去安放自己的秘密和自己的知识。只需要打开书，就有大批极其兴奋的元音和辅音扑面而来。有时候会看到，满头大汗的细木工在书页间认真地找寻他当前遇到的问题的答案。想跟您说的是，书籍可以触摸所有领域。人也可以触摸书籍，这让处在变得越来越虚拟的世界上的人们放心。实体书是实在的，书页里包裹着人类所有可能的狂热。我不谈论那些可以习得一种职业的工具书，也不谈论那些被归置在厨房里的美食书，也不谈论那些为生活在远离伟大博物馆的人而准备的艺术书，这里，我只对文学书籍感兴趣。仅仅只是这个部分，就有许许多多的类型，其中有诗歌、戏剧、随笔。把谈论的话题留在小说这里，我不想为小说可能的所有衍生物命名（侦探、科幻、言情或者心理）。每个作家都必须用某种方式创新他本来选择的类型。在我的厨房里，我混合了真实事件和幻想事件，以便读者无法分开真实和虚构。但是重要的是书籍留下的痕迹。我是在电影欲望的引导下走向小说的。在电影里，时间就是金钱。当我写作的时候，我拥有全部的时间。我曾经想在我的小说里制作电影——电影小说。因为打算之后以我的小说为基础编写剧本。两种创作经历不尽相同。剧本只是一个框架，它需要灯光、面孔、导演的灵感才能运行；而一部小说已经是一个完整的躯体，有血肉，有骨骼，有跳动的心脏。我看见自己走进小游戏房间，那里一切都是免费的。我首先打开窗帘。许多阳光洒进房间。如果我是在一个摄影棚，那肯定是一段忙乱的时间。在电影中，最贵的就是时间。我坐到打字机前开始架设场景。我写下"蒙特利尔"，那个城市就出现了。市中心的高楼大厦像大树脚下的蘑菇一样冒出来了。人们在大街上活跃起来。汽车也是。一派欣欣向荣的景象。我已经写好了第一段。飞快去上个厕所。回来，扯掉打印机滚轴上的纸，重新开始。应该是一个更安静的街区。十分钟内，我已经在另一个空间了，没花一分钱。更棒的是，我开始着手转换季节了。一场小暴风雪。如果这是一部电影，制片人应该正在绝望地撕扯头发吧。在小说里，为了让一场雪出现，只要两个辅音和三个元音①。一对情侣在旁边的公园里散步。音乐。我写：音乐。我毫不强迫。读者将自己决定他想听的音乐。还是这里，我没有花一分钱。我的人物坐在长凳上。孩子们欢笑着跑来跑去。人们感觉到大树背后的车水马龙。接下来的场景：我们在东京。城市的中心。高楼，汽车。午餐后人们走进办公室。制片人这次心肌梗塞了。然而，对于我，东京只是一个词。作家的工作，就是写出来，让读者感觉自己在东京。我必须找到颜色、气味、光线，这些让人们想起这个城市的东西。时间呢？哦，时间只是两个句子之间的情绪转换。只有在人群中，作家才能尝试捕捉城市的所有乐音与节奏，以及生活。

　　一个好读者，不会以书的主题不是他的菜为借口马上合上一本书。

---

① 法语里"雪"写作"neige"。

117
伍迪·艾伦、费里尼和斯柯拉

　　我喜欢把电影的技术搬到小说里。我花很多时间去分析使
所有发生在不同地点和不同环境的场景同时进行的方式。我对
伍迪·艾伦的对话写作饶有兴致。他出版了他最好的剧本（《安
妮霍尔》和《曼哈顿》）。伍迪·艾伦能够在电影中不断地使用
幽默，而并不打断故事的发展。幽默是人物本性的一部分，而
且在两个层面上运转：由于《安妮霍尔》的叙述者的笨拙，情
景很好笑，而且，他说的话也很好笑。不过，故事却是悲剧背
景：他的妻子刚刚离他而去。关于费里尼，他的天马行空让我
印象深刻。尤其是他的大胆。他给人的印象是，一切皆有可
能。一个甜美的儿童故事（《阿玛珂德》），或者卡萨诺瓦让人无
法容忍的形象，或者关于罗马的一段赏心悦目的描写《罗马风
情画》——这不是随便一个罗马，而是费里尼的罗马。通过看
《罗马》里他的剪辑，我学到了很多。他用流畅的方式交织过去
和现在。他使用的暖色调让观众陷入一个热情似火的世界。至
于伯格曼，是他挖掘人灵魂的方式。我喜欢看他戴着安全帽走
向煤矿的最深处。他在光天化日下展开人物最黑暗的秘密，令
他们因痛苦而呼号。他的工作技巧：我知道，他毫不犹豫给他
的女性朋友们打电话（尤其是他的前妻们），突然向她们寻问

她们最露骨的欲望。这是一个视道德为无物的男人，因此，他是艺术家。伊托·斯柯拉，他的自如。在他那里，一切都很简单。去看《特殊的一天》。两个人的故事（一个嫁给了法西斯的女人，和一个同性恋者），一切都远离了他们，他们准备在墨索里尼大阅兵的时候去经历一些独一无二的事情。墨索里尼的世界，是一个完全男性的世界。女人和同性恋在这个世界里被蔑视——什么也做不了。这里，就是他处理时间流逝的方式，这让我兴致盎然。这部电影应该可以叫做《特殊的一生》，因为这一天持续了一生。需要所有的细节，放缓动作，以便于这部短片的剧本变成一个真正的长片。所有这些都是可能的，因为斯柯拉修饰了时间，以使人们觉得它停滞了。

一个学说话的孩子可以教会我们写作。每个新词对于他来说都是一件玩具，他会一直摆弄直到把玩具弄坏。

118

电视上的死亡

曾经，电视一直是社会为了传递它的世界观而找到的最可靠的传播工具。并不是通过听政治演讲，也不是意识形态声明，而是通过坐在电视机前，人们将最终明白社会生活是什么样的。日复一日，电视宣扬和渗透的是，那些使生命激情澎湃的故事，而这些故事将会最终塑造众人。但是每个人都很清楚，电视中的故事是来源于生活的。因此这成为一种恶性循环。但是随着时间流逝，一切终将会看起来很自然。人们感觉世界就是这样发展的。电视上，各种各样的国际要闻和本地新闻被滔滔不绝地播报，语速飞快。电视通过这种方式叫醒睡梦中的人，这已是常态。人们知道天气怎么样，交通怎么样，城市的心情怎么样，周而复始，宛如日常。把脚迈出门之前，所有这些信息都必须了然于胸。还有，没人能够顶得住体育专栏记者的活力四射，他们的活力仿佛带着疯狂的能量从夜间喷射出来，只是为了通知一件我们昨天晚上已经知道的事情：我们的球队输了。尽管如此，我们还是最终明白了，所有这些纷乱别无他求，只是想把我们从床上揪起来。然后，整个白天，我们看到公司排着队推销自己的产品，这些广告出现在看似有营养的脱口秀里，或者夹在两首让脑袋发腻的情歌之间。第一杯红酒的时间，大约是五点，骚动再次来袭。新闻互相推搡拥挤，重复播报，仿佛那些没有离开过房子的人不配获得新鲜、重要的资讯。人们对于新闻盛宴非常满意，同样的信息每半小时重复一次，直到毫无更新一无所获才能停下。晚上很晚，快睡觉的时候，一切变得有意思了。因为，这时电视面对它更重视且更广大的观众群。我们怎么知道的？根据播放的电视电影和电视剧的品质。美国电视剧越来越引人注目了。人们不再像以前一样，满足于傻乎乎地等着警察出现推动剧情，或者满足于通过撩拨性的袒胸露肩或者詹妮弗·洛佩兹腰部以下的间歇性出现来锁定观众的兴趣。也不再满足于接连不断的武打镜头，那些场景唯一的目的是消磨时间，娱乐大众。但现在，电视呈现的电视剧剧本不仅只是编写很巧妙，而且从头到尾引人入胜。他们成功地使用一种方式，可以使我们无论在任何时候坐在电视机前，都可以在两分钟后明白故事讲的是什么。灯光永远都很温暖。而且还用越来越尖端的科技信息轰炸我们。过去，我们从来没有达到如此高超的叙事技艺。不过我们知道，这是一次性的。花费不小的一笔资金去炮制这些故事，只是为了让人打发时间，这究竟是为什么？我们因此思考，这些比以前包装得好很多的、仅以死亡为主题的新故事想表达什么？每个晚上，就在睡觉之前，大家都沉浸在这些故事里。仅仅在几年前，死亡还是人们设法阻止的事情。人们倾尽全力，为了及时到达现场，拯救处在危险中的人物。当然，有些不知名的小人物会死在中途。但是，故事是这样编的：死亡没有任何意义，除非它威胁的是一个在社会上有某种地位的人。显而易见，死亡并不大众，但是它还是使人惶恐不安，人们与它做斗争，直到生命最后一刻。通过在故事的结尾这样安排死亡，人们更加重视生命。这之后，是一连串的美国电视剧，首先就是《犯罪现场》，在这部剧里，死亡出现在开始的几个镜头。问题不再是拯救一个生命，而更确切地说，是做一项技术的论证。一切开始于一摊溅出的鲜血。通常是一个年轻且世故的女人，金发，人们发现她在一个豪华沙龙的中央，或者一个灯火通明的游泳池，或者简单地在一个奢华的夜总会的厕所，年轻的资产阶级经常在这个夜总会吸可卡因或玩多人性游戏寻乐子。应该是有钱人，因为人们将要铺开天罗地网去寻找凶手，这个凶手一定是成群出没在迈阿密、纽约或拉斯维加斯的盗匪集团中的一员——因此有靠山。电视让两个对立的世界这样相遇。但是，事实上，电视在标榜某种审美观。不再是死亡逼近或者杀手临近的巨大压力使人们处于紧张状态，而是颜色和呈现形式使观众获得视觉冲击，心驰神往。那个冬天永远缺席的燥热世界。然而，电视剧毕竟走向了新的发展阶段。重点甚至不再是死亡和追凶。对尸体本身的研究胜过一切。观众越来越少看到那些警察踢开门高喊"警察"，或者用手铐铐住目瞪口呆的歹徒。今天的主要角色是法医。所有一切都发生在地下室，在那个以前只有非常必要时才去的地方。以前，当人们下去的时候，是为了找到一些次要人物。人们不再设法找到犯罪者，谋杀者就更少找了，让人感兴趣的是尸体本身。人们分析它，冷血而机械，仿佛他已经去世一个多世纪了。解剖台上呈现的尸体，不会阻止日常生活里无聊的交谈。电视剧在不声不响地向我们展示死亡的过分普通化。我希望理解它到底想说明什么，但并不想陷入妄想症或者过度分析。这条路走到尽头了吗？是不是要换一个话题？或者这是给我们的暗示，暗示这种建立在勇气和力量的基础上的文明濒临灭亡了？我确信，从一开始，电视千方百计企图推销给我们的就是死亡。

墨水长河从我的夜晚汲取源泉。

119

大　锅

当人们让我描述一下小说的艺术时，我想到了烹饪。这是两种最相似的艺术。为了做一道简单的菜——一道农家菜，先用一口大旧锅煮水。然后，把肉块、蔬菜扔进去。然后，调料。最后，用小火烧。需要待在厨房，注意烹饪过程。当您看到我们坐在打字机前，双手交叉抱胸，我们就是在做这些。我们把所有配料放进去。调料，就是风格——风格给了食物自己的味道。这时候，我们等待。就像对于烹饪来说，把所有不相干的食材放在一起，期待一个出人意料的味道，不是我们所使用的任何一种食材的味道，而是整体的味道。

因为写作很难推进而产生强烈的失望感的时候，只有阅读一本很糟糕的书才可能让我们找回斗志。

120

那杯咖啡

可能没有人比我外婆更浪漫了。这位女士，每天，坐好，脚边放一个咖啡壶。我总在想，这个故事我打算讲多少次。第一次的时候，故事是或真或假的。第一百次的时候，它是一个寓言。孩子们懂得把故事变成寓言，办法是让您把同一个故事给他们讲一百遍。直到这些变成他们内心的风景，也因此成为您的内心风景。童年是一种分享的生活。博尔赫斯很擅长这样做。他讲同一个故事，每次革新一点。关于外婆带着咖啡杯坐在长廊的故事，我几乎从不改变。每每谈论这件事时，我就又看见了那个场景，每次都因此而感动不已。并没有伤感。我是那么希望我的生活也可以像那个年代一样简单。故事，来了？如果您已经听过这个故事了，您还是可以继续阅读。这还是会给您带来平静的感觉。在您熟悉的地方。作者的童年：他外婆，那杯咖啡，那个经常听到的故事。您还是选择读这个故事，为了看看是不是所有的词语都没变。因为这个故事也有点属于您了。您笑着读这个段落。都还是一样，这些多愁善感的作家。您有一个疑惑：或许他尝试通过情感控制我。您发现得太晚了，作者强迫您和他一起分享这些情感。我外婆，坐在小长廊上，脚边放一个咖啡壶。她提供咖啡给过路人。只需要一口，魔法就发生了。安静的男人开始讲述他的一天，或者他的生活。外婆微笑着听他讲述。空气突然变得更轻柔了。白云在蓝得清澈的天空一动不动。他喝完咖啡，离开前，男人抬抬他的帽子，向咖啡的品质表示敬意。几分钟后，是一位妇女，在爬上山去准备家庭晚餐之前，在我们的长廊前停留。我们给她提供一杯咖啡，她带着显而易见的幸福喝着，因为整个白天已经让人疲惫不堪了。私人对话。女人们总有很多重要的事情要窃窃私语。她们把日常扛在肩上，那是一种悲剧如织的日常。我没有离开长廊，因为我发烧了。我观察蚂蚁，那也是一个让我着迷的世界。就仿佛为了创造一个永恒的童年，时间静止了。读者统计：外婆、咖啡杯、街上走过的人群、谈话、孩子、高烧、蚂蚁。一切都在那里了。他放心了。这也是文学的功能之一。它的存在并不只是为了打扰别人。这么说是因为我知道年轻作家希望激发什么。但是过度激发，就使事物平庸了。

大部分作家不喜欢阅读，就像大部分水手不会游泳一样。如果说他们也曾阅读过的话，也是在他们开始写作之前。但是，从他们出版了第一本书开始，除了那些同行写的糟糕的作品之外，他们就不再阅读了。而那些糟糕的书，他们不读到最后一行、最后一个字绝不放手。

121
勇　气

一个作家，一方面是谦虚的人（尤其是重读前一晚写的那一沓纸的时候），同时也是疯狂且自负的人。马尔罗说，艺术家是上帝的对手。确定的是，想要强行改变这个以前不是如此运行的世界，需要莫大的勇气。写作这个事实，使您变成歌德的同行。原谅我这么表达。但您应该知道这些。为了讲述您的世界，您得到一些支配权，您有权支配一些语法规则，一些简单的词语和字母表的二十六个字母。就是借助它们，《浮士德》《堂吉诃德》《悲惨世界》《露水的主人》《草叶集》《哈德良回忆录》《百年孤独》和《追忆逝去的时光》问世了。一个字母也没多。成为歌德、塞万提斯、雨果或者尤瑟纳尔之前，他们也曾经是因为黑暗而感到恐惧的可怜小男孩（或者小女孩）。在太子港某个图书馆的一次座谈会之后，一位男士来见我。今天，我四十岁了，他笑着对我说。我没太明白他的意思。于是，他解释道："多年前，那时的您曾经是我今天这个年纪，您来到我当时学习的大学做讲座。"他向我投来充满默契的目光，接着说："讲座快结束的时候，您平静地宣称，您认为自己跟世界上无论哪个四十岁的作家都是平等的人。"他的喜悦溢于言表，"是的，那是我一生听到过的最让我兴奋的事情。我也对自己说，我希望自己跟世界上无论哪个二十四岁的学生都是平等的人。于是，我开始夜以继日地学习。我听到国际媒体上用一种伤人的语气在谈论海地。我希望没有任何人怜悯我们。那是我的生活，我自己负责。在接下来的几年里，那个句子对我来说是助燃剂。那并不是一个建议。您当时在谈论您自己。但是，我在这种能量中认识了我自己。这就是我想告诉您的。"然后，他离开了，和那个陪着他的年轻姑娘一起。

一些作家在写作很稀疏平常的环境中长大。另一些必须通过斗争才能获取食物、房租和梦想的权力。书籍是冷漠的，它不会保留这种社会地位差别的痕迹。

122

消　失

深夜，电话响了。一个很年轻的女人的声音。从来没听到过。她好像认识我。作家们经常突然处于这种情况（某天，一定有人想知道我过度使用"处于"这个词的原因）。有时候，我在街上遇到一些人，他们走近，非常亲近熟悉地跟我聊天，同时让我想起，书籍一直是那条让人类在夜晚的迷宫中不要丢失彼此的指示红线。他们还让我明白，我们分享的所有事情（一位深情的外婆，对热带水果的钟爱，即使地震也不能最终战胜的乐观主义，对年轻女孩的兴致，在浴缸里阅读的习惯，放慢时间的艺术）最终会形成一个情感圈子。这次不一样，因为还没有任何女读者大半夜给我打过电话。她想见我，越快越好。

"关于什么主题？"

她拒绝在电话里回答我。

"在哪里？"

"您两个月前来过我家，那天我不在，因为那天我刚刚跟我父亲闹翻。这是常事。"她大笑着补充道。

接下来的沉默让我相信，提到父亲，那个穿着蓝条纹的黄色睡衣的老作家，她的心情改变了。

"请您来。"挂电话前，她总结。

　　我花费了这个夜晚剩下的时间思忖，她可能想要我做什么。第二天一早，我就去她的公寓了。

　　"您吃过饭了吗？"刚跨进门口，她就问我。

　　"吃过了。"

　　"那么，来杯咖啡？"

　　我同意了。一边为我们准备摩卡，她一边给我解释。两周前，门卫给她的公寓打电话（一旦有紧急情况，门卫可以找她），提醒她，她的父亲已经两周没有取报纸了。她发现房子呈现一种让人怜悯的状态——尤其是厨房。堆积如山的餐具，沿着过道一团团的脏衣服，烟头溢出烟灰缸，床底下扔着很多空的杜松子酒瓶子。她发现父亲蜷缩在床单下面，在一间暖气十足的房间里瑟瑟发抖。那本大部头手稿，比上次又更厚了，在他的脑袋旁边。他哭着，像一个孩子。

　　"那是第一次，我看见父亲哭。"

　　仅仅只是回忆起这个时刻，她好像就已经被击垮了。就是在这个时刻，我看到她是那么像她的父亲。同样的用手盖住脸的方式，同样的像困兽一样的愤怒。像她的父亲一样，她给我端了一杯那么烫手的咖啡，我不禁叫了一声。咖啡后，长长的沉默。每个人都沉浸在自己的沉思中。我还是不知道她期待我做点什么。

　　"跟写作有关吗？"我终于问道。

　　"某种程度上说，是。但是真正的问题不在这里。"她对我说。

　　"那确切地说，是关于什么？"

她长长地叹了一口气，在和盘托出之前。

"父亲想消失。"

"您这句话什么意思？"

"我发现他那么瘦，"她开始抽泣，"当我到他家的时候，他已经一个半月没有吃饭了。他希望自己缩小到足够钻进自己的书里。"

"目的是什么？"

"他觉得，通过钻进书里，他可能可以回到他的童年。"

"确实是真的，我承认，我们写了这么多就是为了重新找到最初日子的滋味。"

"他不想要这替代品，"她激动地回答，"他千方百计要走向那条可以把他带回童年时代的河。"

"但是，这是不可能的！"

"您亲自去说服他，因为他完全不听我的。昨天他对我说，他已经到达莱格巴掌管的边界了，那个掌管时间藩篱的神。他已经产生幻觉三天了。幻觉的图像使他大汗淋漓。剩余时间，他陷入了那么深的睡眠，以至于我马上就以为他昏迷了。这是饥饿的原因，因为他拒绝进食。"

"应该打电话叫救护车，而不是叫我。"我边走边扔下这句话。我拒绝参与这个故事。

躺在床上的时候，我想，在我的内心深处，这个老疯子是不是正在实现我的梦想，或者说，任何一个作家的梦想：穿过时间的绿色藩篱。艺术给我们许诺了永恒。那位穿睡衣的老作家选择了这个主张的表层意义，因为他知道，第二层意义只能满足那些懦夫和平庸的灵魂。

　　小事情可以帮助我们更好地勾勒人物的轮廓，并能有效地
阻止我们过于浮夸。

123

成　功

自己并不曾察觉，我积累了一条情绪、感觉和图像的大河，三十年后，它们又一次浮出水面。那些童年的时光，经常充满着简单的幸福，使我从成名（好吧，在我的领域里成名）的陷阱里爬了出来。我写了第一本小说，马上就成功了。这样，在同一个星期，我从工厂走上了电视。问题是，这不仅仅是一次文学上的成功，这本书的主题更是在我的人生道路上燃起了熊熊烈火。您知道，在美洲，性，尤其是跨种族的性行为，会引发怎样的爆炸。把我从成名必然招致的社交之路拯救出来的，是我外婆安详的面容，这使我在任何时刻都想起，另一种更人性化而且没那么无聊的生活是有可能的。记忆里，经常重现这种使我的童年充满香味的咖啡的味道。我又看见了那道长廊，外婆每个下午坐在那里；那杯咖啡，她喝得如此从容，并与过路人分享。一种简单的生活。没有任何纷扰。周遭一切仿佛都暂停了。不时地，她重做咖啡，为了不给他的客人们喝冷咖啡。"新煮的咖啡"，就像她说的。她做什么都不离开她的椅子，除非为了咖啡。在她身后，总是有这轻柔的蒸汽，是新煮的咖啡正在被准备的信号。

成功，就像失败一样，使人买醉，但是，如果希望创作一本新书，就需要停止所有这些情绪。

124

私人谈话

跟我的朋友阿兰·马邦库,我什么都说,自由自在。他认为我永远都对,否则,要朋友做什么。有些人认为,朋友应给您真相。我把这种关怀留给敌人,他们不会放过这个机会。

"我正在写一本随笔,但是我希望人们把它当作一部小说。"

"你只需要在封面上写上'小说'。"

"我注意到,比起肯定形式,人们对否定形式更信任。如果您说您的书不是一本小说,但是它充满形形色色生动的人物,疯狂的激情,并且高潮迭起,他们一定会相信您。相反,如果为了让它成为一本小说,您给您的抒情随笔涂上情感,人们不会相信您。"

"别想那么多……写你的书,就够了。"

"好的,可是我想写一本看起来像随笔的小说。我的书的主题就是这个。"

"你把事情复杂化了。"

"你呢,你是爵士乐。"

"我准备跟你说,这是一部小说。"

在这个喧闹的世界,写作使人深入自己的内心,直到内心的歌唱浮出水面。

125

细　节

　　读者花费了一个晚上读您的书，然后对您全是溢美之词，您怀疑他吗？他是真诚的，但是他说的话对您的提高没有任何帮助。倒不如去听另一个吹毛求疵的读者。一本书中的小瑕疵很重要。您应该重视发现它们的那个人，即使这让您心里很不舒服。您原本是希望一切都完美的。但是，我们书写的，正是细节。也正是细节，使读者在您为他创造的世界里悸动。不一定是那些大冲突。当人们在细节中认出自己，他们感觉到一位真正的作家。读者心想："我经历过完全一样的事情。"并不仅仅只是让他感同身受的那些情境，而更是使他产生这种感觉的方式。朴实点，就像现实生活一样。不需要渲染。读者知道您说的是什么，他也经历过这些。还是同样的建议，带着记事本阅读优秀小说里的细节的真实性。这些细节总是说明其他事情。总是双重描写：外部景物揭示内心情感。三岛由纪夫在这方面的技术出类拔萃，尤其是在他的最后一部超长篇系列《丰饶之海》中。《金阁寺》不属于这个系列，但也是景物对人物产生影响的一个完美范例。这个年轻的僧徒决定毁掉金阁寺这部杰作，认为寺院的美是对他个人的丑陋的一种辱骂。

就像一个羞怯的恋人一样，我们忘记一切（钥匙、约会、三餐），是因为，成千上万的细节占据我们的思想，组织成形，词句呼之欲出。

126

灰色区域

在加勒比海小说中，几乎不下绵绵不断的细雨，就像我的童年一样。这没完没了的，令人焦躁的细雨。要么烈日炎炎，要么热带大雨倾盆。这使我们总是使用相同的品质形容词。现在，我看着窗外灰色的天空和毛毛细雨。这种环境放缓了事物而不是突然终止它们，例如瓢泼大雨。应该记起这些情形，可以使您描写的大自然与众不同。在灿烂夺目的阳光和劈天盖地的大雨之间，有一个从来没有被描写过的中间区域。色调的深浅变化也很少出现在内心情感的描写中，我谈论的是个人情感。一切呈现出的都是强烈的色彩。中间色调很稀少。克里奥尔的文学倾向是过于重视集体生活，对个人现实关注不够。情感表露过快。仿佛我们的生活中只有紧急状态。可以降低声调，描写灰色区域，停留在半明半暗的微光中。不必总是待在人群中、呼号中、灿烂夺目的阳光中。杰出的灰色作家，是卡夫卡——拥有成千上万种不同的灰。

作品的创作不是偶然的，是因为有读者在自己的房间深处无声地请求创作这些作品。

127
玩 具

这本让您有时候觉得如此真实的书，事实上，不过只是一件平常的玩具。它新鲜出炉。人们现场阅读它。作者在电视上讲述他的书。他的脸，我们喜欢或者不喜欢。女邻居认识作者的母亲。书中的一个场景就发生在我们居住的这条街上。就是那个饭店，监察员最喜欢在那里进行问卷调查。大家有种生活在书里的感觉。没有任何距离。因为必须去旅行，所以人们把书塞在口袋里。在飞机上的时候，就已经感觉书的魅力消失了。人们觉得一切如此远，老而过时。有些书籍的旅行体验很糟糕，而其他书，随着人们离它的原生点越来越远，它的博大反而越来越清晰。

我们正在写书，而倦意却毫无预兆地袭来并控制我们，这种时刻是写作无法避免的一部分。

128

空气里，春日弥漫

春天是我最喜欢的季节，因为它在一场搏击中最终击垮了冬天，期间我一度以为它要输了。有些年份，战斗那么残酷，春天应该是节节败退了，直到感觉夏日的暖风拂过脖颈，这使我们毫无过渡地从冬天直接冲入夏天。其他年份，幸运一些，它轻而易举地赢得了战斗，在三月的最初几个星期。当它出现的时候，我喜欢在黎明的清凉中、在柔和欢快的阳光里起床，以便中午能在圣但尼大街咖啡馆的露台上呷一杯红酒，来一盘尼斯沙拉。一句话，我喜欢蒙特利尔的春天，这柔弱的春天让我想起塞根先生的小山羊，它搏斗了整个夜晚，就为了迎接黎明。这是身上带着与冬天搏斗的伤口的春天。一看到它特殊的光芒，人们就认出了它，这光芒带来一种如此发自内心的喜悦，可以照亮任何人。如果说我喜欢春天，还因为它预示夏天，夏天，那是对炎热抱有信仰的人的全部生命。我很难接纳，但我最终接受（向严寒的屈服是我迈向北方的一大步），在这场春天交付冬天的年度决战中，人们可以站在寒冷的一边。美好的日子在我们面前，直到秋日散发最后的光芒，那些落日壮美的鲜红标志着植物的统治暂时结束。因为，在我看来，每一年都是其完整的一生。或许是这样，人们才必须去经历它。这个春天，在多种机缘巧合下，我进行了一场空中旅行，把我从巴黎带到罗马，两个我最喜欢的城市。在通向文学节和图书沙龙的道路上，图书之路和葡萄酒之路一样令人迷醉。我把图书和葡萄酒联系在一起，把写作和咖啡联系在一起。那时候，当我到达一座城市的时候，人们告诉我，昨天还在结冰。冬天，众所周知，试图越过它的边界。它离开，然后又归来，直到激怒那些甚至并不讨厌寒冷的人们，他们也想换种穿衣方式。一个客人已经宣布他要离开一段时间了，但是把您留在门口说着些无聊的话，没有比这更让人厌烦的了。在巴黎，酒店前台用约定俗成的套话欢迎我："您给我们带来了阳光。"他知道我来自北方无尽的冷冰黑暗吗？仅仅只是在巴黎的天空下看见这灿烂明媚的新鲜阳光，我就感觉电量十足了。巴黎，在冬天，给我们提供它的博物馆、它的歌剧院、它的书店和它坐落在遥远街角的小饭馆，但是，在春天，巴黎的大事件就是巴黎本身，而不是它的文化产品。我喜欢在这座城市中散步，漫无目的。有时候，我相信，那些遇到的人、那些穿梭的小街、那些广场上的艺人、那些饭店前的音乐家、那些穿着迷你裙和短靴的年轻女孩，所有这些演出都是为我个人提供的。唯一的问题是，人们都不怎么注意我。他们都太匆忙了，我们根本没有时间感受他们的谦恭。我想，从"卢德斯"① 时代起，人们对巴黎不知做出了多少这样的评价。巴黎有能力让没有在巴黎住过的人显得非常愚蠢。这个城市用无度的节奏舞蹈，人们感觉哪怕最小的误解都会让它失去平衡。它在自己的速度中魅力四射。为了重拾内心的平和，我坐在

---

① 古罗马人当时对巴黎地区的指称。

一个咖啡馆的露台上，花费整个下午看那些闲逛的人。他们中很多人，也是在寻找一个适合他们口味的咖啡馆，为了做和我一样的事。剩下的时间，我在酒店房间看书。第二天早上，我快速奔向罗马，在我看来，这是唯一一座可以与巴黎比肩的城市。如果说因为极致的城市性，巴黎永远都不显年龄，罗马，由于它永远的清新感，仿佛永远年轻的女孩。在罗马，人们没有在巴黎那么匆忙。他们会为了回报您的微笑而转身。这个城市是如此随性，以至于第一次的时候，我以为罗马斗兽场是一个复制品。然而，比起巴黎，罗马沧桑的历史痕迹随处可见。某些街区里过多的神庙和遗址可以使人在某个短暂的时刻为巴黎精确清晰的布局而惋惜。只需要走到台伯河的另一边，就可以重新置身于更多当代气息的氛围。在罗马，我也是和阳光一起到达的，这也由酒店前台确认，他还跟我进行了一段很长时间的交谈，关于那个很久以前在迈阿密去世的时装设计师（詹尼·范思哲），之后，他终于把房间钥匙给我了。不知道他是怎么知道我曾经在佛罗里达生活过的。我上楼回了趟房间，马上又下楼了，迫不及待去享受罗马的春天。我依稀记得，比起巴黎给人扑面而来的震撼，罗马是多么满怀柔情。在记事本上我记下：特别想定居在这样一个城市，为了写一部发生在我所居住的街区的小说，把那些每天都遇到的人写进小说里。一本如此简单和让人惬意的书，读者可能会感觉到，某个清晨，这本书在他们的花园里轻轻绽放。

　　总有这本书要穿越，书页就是沙滩，在那里，我就是一个词——渴。

129

写作的困倦

元素无休止地融合。
应该给它们留一些休息时间
为了使它们和谐起来。
有时候句子感觉疲惫。
这在作家睡觉的时候进行。

缄默并不是比赛中的暂停，而是不带氧气瓶潜入水底时必需的氧气。为了在写作的时候不被打扰，我习惯说"我在水下"。

130

如何走出黑暗隧道

某些时刻，写作好像吸毒（阴魂不散的陈词滥调）。但是，如果想避免小船偏离航线，这并不是好事情。那些让人信仰狂热的人们，并不总是诚实的。写作上，没有任何狂热是可行的。布勒东和他践行自动写作的朋友们都失败了。语法是一种异常严格的制约，人们在吞下一口 LSD 迷幻药后便无法战胜它。这是一种清醒的激情。并不是说没有任何作家可以跨越吉姆·莫里森 ① 著名的"门"。兰波谈论"通灵"。好吧，您随意。在普通的现实中，人们不会消磨时间去自我毁灭，以便找到新方向。他们坐在工作台前，尝试殚精竭虑去写一个故事。这是通常的做法。我们中间很多人，在纸张没有被各种字符填满前，拒绝离开房间，哪怕以后可能还是得把它扔进废纸篓。这是个不错的主意。但是，有些日子，什么都写不出来。所做的一切都是无用功，脑子一片空白。没有形象，没有气味，没有颜色，没有味道。我们的感觉，关闭了。我们就像即将被扔到烈火中的干柴。而且可以明显感觉到，在某个时刻之前，不可能有任何改变。那么待在白纸前又何必呢？只会因过长时间封闭自己，

① 吉姆·莫里森（Jim Morrison, 1943—1971），美国歌手、诗人，大门乐队（the Doors）主唱。

而让思想窒息。首先，新鲜空气。一场长长的散步并不足以恢复状态。是时候学弹吉他，学涂鸦，学着把手放进粘土里，学习做小木雕（简单的小东西），学绘画（水彩画），学游泳，学唱歌（合唱），学说意大利语，学做复杂的甜点，练习古典式摔跤，练习英式拳击，注册共济会，学下围棋，观察鸟，上晚班（电力、管道、细木工），开出租车去发现城市，等等。哪怕晚一点再回来写作。有时候，一些人因此发现他们真正的兴趣。

作家总是有这种恐慌时刻，可能持续一小时、一年，或者一生。

131

菲利普·罗斯的焦虑

菲利普·罗斯到了这个高龄，八十岁，可以宣布不再写小说了。最近五年，他加快了写作速度，每年出版一本书。米歇尔·施奈德，也是作家，去康涅狄格州的沃伦看他，多年来，罗斯在那里隐居，过着一种僧侣般的生活。两个男人谈论了死亡、时间、政治、他用"不想着它"的方式在等待的诺贝尔奖、性无能和文学继承。

施耐德：对年轻作家，您有什么建议？

罗斯：尽快换工作。毫不犹豫地。我受够了我的生活。这不是我抱怨，对所有人来说，这都是沮丧至极的工作。不仅仅是在物质方面。工作本身，日常，有时令人难以承受，我不谈论笔下一片空白的焦虑，而是纸上涂满写得糟糕、思想糟糕的东西时的焦虑。如果每天可以写出内容不错的一页，不是跟其他作家对比，而是您对自己说：我，我不能写得更好了。那么，您已经很幸福了。有时候，连续几周，一无所获。记得在七十年代，我有过一段非常糟糕的时期，六个月还是七个月。我拿头撞打字机，自问做什么可以不干这行了，可以写信给谁说我不能再写了。有时候，对的，我们可以获得快乐。至少这种痛苦总有一天会结束。但如果我有孩子，我会对他们说这些：再

强调一次，别当作家。(摘自发表在《观点》杂志的一次采访)

　　一些读者的信比他们所评价的书写得还要好，当问起这些读者为什么不写作的时候，他们很诚恳地回答："我又不是作家！"这就是文学被淹没的部分。

132

词语的重量

　　我的技艺，是从原始画那里偷来的。原始画是以一种侵蚀的方式进行的，不针对智慧，而是针对感官。它唤醒赏画者的感官。气味、口味、滋味，最终使逻辑思想的坚固堡垒瓦解。它呈现的世界那么自然，以至于别人认为这是种过于简单的方式。写作方式有很多种。对于我，我认为更好的是，让读者以为词语产生于他们眼前，觉得一切都很简单，他们自己应该即刻也可以做到如此。为了达到这种流畅性，应该摆脱自我卖弄的习惯，暂时忘记那些浮夸的句子、复杂却意思空洞的分析，以及那些矫揉造作到让人觉得不知所云的音乐。我们过于频繁地使用这些沙龙语言来进行自我表达了。这种类型的作家，是司空见惯的范例，如果他被迫为了被看懂而写作，那他宁愿再也不写。有一次，一位年轻作家对我说："你，你不是一个作家，因为你写的一切我都看懂了。"这是我听过的对我最美的褒奖。也就是说，我们可以用殖民地移民的语言写作，却没有殖民化的思想（这里不讨论弗兰科田的文体研究）。在这种文化里，思想停滞不前，词语不因其意思被使用，反而仅仅是因其发音。我们沾沾自喜于声音。选择用一种费解的高雅文体写作，这种文体使世界上的女性读者窒息。当然，词语的音乐性很重要。音乐性也在其本质中，还有它的味道和颜色。为了拥有词语所有的感官，词语需要三种品质：声音、颜色和味道。毫无疑问，三角形最有稳定性。如果只有一个支架，词语摇摇欲坠。为了支撑它，使用两个其他相似的词语陪同它（一个为了声音，另一个为了颜色，最后一个为了味道）。因此，阅读故事的时候，总有在难以穿越的密林中寻找道路的感觉。过多的词语。正常。需要三个顶一个。我觉得，今天的年轻作家必须与这个传统决裂。他们必须找回词语真正的重量。在使用某个词语之前，把它拿到手上，掂掂它，反复斟酌它。每个词都有一段故事，有时候可以追溯到很久远的年代。我们不能就这么随意使用而不考虑它在历史上的足迹。我不是暗示应该考究我们所使用的每个词语的故事，但是，您应该承认从一个作家的角度来说这是一种健康的好奇心。就一次，暂时忘记那个可以让幼稚的人印象深刻的美丽句子，用世界上最简单的方式表达我们想说的事情。体验一下。选一个平庸的主题，尝试用自然的语气书写它，不要任何炫技。现在，认真看看每个词，看看它在自己的位置上是不是感觉舒服；您有没有迫使它表达超过它所能表达的东西；是不是一切都很清晰。现在，试试，在句子中进行小的位置调整，看看这样对于观点是不是有所影响。词语也是有电力负荷的，可以使其照亮文本。它们的能量随着旁边的词语提高或者减弱。当我阅读像我一样出生于第三世界国家的作家的文字时，在这些国家，语言被用来区分社会阶级，我总是对词汇的丰富和句子的雅致印象深刻。那么毛病出在哪里呢？我很快地感觉到，那些被写出来的东西并不会让作家感兴趣。句子美对他们来说足够了。但是，当美自我满足时，没有比它更空洞的东西了。是时候为美添加一点真实了。

　　出版人拜访这位作家，天赋卓越却过度敏感，下午三点，他还窝在床上，周围堆满了空瓶子。出版人摸摸他的脉搏，想看看他是不是还活着。脉搏仍然在跳动，但是作家已经死了。

133

书 名

书名经常藏匿于书的内部。只要认真地再读一遍，记下让你欢喜的词语组合就可以了。不要总是寻找一些可以概述这本书的东西。书名的首要任务是先取悦眼睛，然后取悦耳朵。在一间书店里，书名吸引人的目光。人们靠近这本书，把它拿在手里，触摸它（它的重量、封面的厚度、纸张的纹路）。轻轻地读出书名，仿佛这是一句通关密语，将把读者带进这本书。音节的音色因此也很重要。重复三遍书名，这本书就开始在人们手中蠢蠢欲动了。有的书名，听起来十分悦耳，但是只能持续一首夏季金曲的时间，要格外当心。时刻准备捕获另一种书名，乍一看毫不雅致，但是独特的魅力随着时间的推移，逐渐散发出来。选择精彩的书名需要一种特别的天赋，当然这种天赋并不能使您变成作家。就像其他人可以吹奏莫扎特或者齐柏林飞船的作品，但是他们并没有能力创作乐谱。被遗忘的作家的一本好书由当今的明星作家署名重新出版，我们可以允许作者通过这种方式顶替别人吗？您希望看到巴贝尔·多尔维利的《魔鬼》用哪个新名字重新出现？《少年维特的烦恼》呢？《初恋》呢？还有，已经有段时间我们不再提及的《庞大固埃》怎么样？如果我们想获得世界性的成功，来一个美国书名。不应该竭尽所能去设法挽救一本被忘却的好书吗?

　　广播里, 一位著名的作家讲述, 他运气很好, 在一个没有图书馆的小村庄的村口, 一间没有书的房子里长大。这种"绝不归功于别人"的强迫症打哪儿来的?

134
简单点

特别要注意，不要相信简单点这件事很容易做到。这是最高程度的艺术。对于这一点，必须对自己的能力有信心，有让情绪稳步升高的能力，然后还要使它再降低，并且不能让读者有合上书的欲望。这些书，大部分经常开始于一个平凡的小故事，这个小故事被放到能想象到的诸多角度去研究。一个看起来是那么日常、根本不会被人注意到的动作，通过分析，我们会发现它有那么多的细微差别。不要相信通过贩卖情感，可以成功创造这种效果，即使是通过使用怀旧这台机器叮嘱的剂量（伤感和想象的和谐交融）也不行。很多作家梦想写出一个绝对纯洁的故事，可以同时使大人和孩子着迷。最好的情况是，有时候并没有发现，我们只是对一个老寓言故事进行了重新创作。关于这一点，我们既不缺品位，也不缺技术。但是，这种简朴，使我们明白和接受一个事实，在一本长期有生命力的书中，作者不存在。它们可以在这个或者那个作者的笔尖下出现。这个时候，出现在那里，正在写作，精神旺盛，就足够了。这可能出现在生命伊始，或者终结之时，当所有野心都离我们而去的时候。人们只想讲一个简单的故事，简单到它可以配得起匿名。巴什维斯·辛格和伊萨克·巴别尔的有些故事达到了这样的完美。

　　不要成为那种作家，他甚至嫉妒自己的成功。他不停地说他第一部作品的坏话，然而这部作品，所有人都喜欢。不过确实是真的，读过这本书以后，他别的书就没法读了。

135
手工艺人

我看了一部伍迪·艾伦的纪录片。有一个场景讲他的工作方式。一有想法，他就写在一片纸上，然后扔进一个抽屉还是鞋盒里，我忘了。每次他找一个电影灵感的时候，就把他的宝藏散在床上。当他找到一个好想法的时候，他的脸色明媚起来，像一个小男孩找回了他最喜欢的弹珠。人们很惊讶，以他的声誉和当今任何人都可以运用自如的全部科技，他居然可以保持这种手工工作方式。他依然在他的第一台手提打字机上写作，这就证明了在工作里他只需要自己的想象力。关于机器的争论并不是徒劳的，因为打字机区分现代作家和民间作家才刚刚几十年时间。就像今天使用拖拉机的农民看那些把自己当作拖拉机使用的农民一样。这两种类型的作家之间的距离等同于中世纪和工业时代之间的距离。赞同机器的论据总是一样的：这可以加快前进的步伐，但是，在这个领域，前进得更快是一件好事吗？可以使用所有的已有科技，不用的话可能有点不可理喻，但同时，不要忘了双手是可支配的最古老然而最可靠的工具。

人们可以从画家、音乐家、舞蹈家或者摄影家那里找到对写作的影响。为什么从管道工那里不行呢？在面对一位缺乏耐心的顾客的时候，管道工所展示的魅力，是最棒的。

136

魅　力

不要忘记读者总是有一本百科辞典在手边。在这个时代，人们动不动就查询网络。从来没有过这种对信息的饥渴。人们不再接受"差不多"。这种技能任何人都能掌握——而且也正在使用。以前，只有僧侣和怪人才这么频繁地查询百科词典。不久前，我在朋友家吃饭。在聊到一个籍籍无名的部长在六十年代的运动时期发表的声明的时候，谈话陷入了僵局。对于他当年面对运动时的立场，我们无法达成一致。没有人记得他确切的名字。当然，名字就在每个人嘴边，但就是想不起来。这时，在场的一个年轻人，当时坐在角落里，抛出了我们正在苦苦寻找的所有信息：部长的名字，运动期间接二连三的声明，因为卷入一场性背景的财政丑闻，他自缢于自家的大房子里，等等。我们都不知道他居然知道这么多细节。年轻人刚刚特别得意地在平板电脑上读着这些信息。不再需要知道才能掌握。那么剩下什么？魅力。面对信息和所有这些精确的细节可以表现出某种从容的那种魅力。"差不多"的魅力。这是一种与生俱来的内在气质还是可以后天获得的东西？我无法严格划分。我认为应该清楚地意识到它——但无论如何，切忌过多。很难把控的，正是这个剂量。只要一步走错，就全盘皆输。而且显然是无法弥补的。科克托尝试一种解释（他称之为独创性）："独创性，就是尝试像大家一样去做但做不到。"
结局不可知。魅力的敌人，是机械性。但可能有人会认为只要表
现得笨拙就可以充满魅力。伍迪·艾伦正是一位充满魅力的抑郁
者，因为他是真正的抑郁者。当他在一部电影里说他接受医疗分
析已经有些年了，那是真的。当他演一个神经症患者，他很轻松
就达到目的，因为他就是神经症患者。但是，这还不够，还需要
天赋。尽管事实是他在讲发生在伍迪·艾伦生活中的故事，但是
在大屏幕上的，并不是伍迪·艾伦，而是一个演员在演伍迪·艾
伦。只是表明这一切发生在我身上，并不足以使观众对这个故事
感兴趣，还应该让他们觉得这些也有可能发生在他们身上。简而
言之，应该为了故事可以跨越分隔您和观众的距离而进行创作。
文学上，叫做写作。电影上，应该是演戏。我们可以在生活里没
有魅力，却在写作中充满魅力吗？当然，毋庸置疑。这是写作的
承诺。一种新的可能性。有些人把自己的魅力藏得那么深，连自
己都没发现。人们称之为真正的魅力。但是如果不是被真正的忧
虑所滋养，久而久之魅力就会使人厌烦。最后一个技巧，即使在
他人的注视之下，仍然把忧虑藏起来，进行一场夜间战争。

　　弗吉尼亚·伍尔芙写过一篇很有意思的小文章（《我是附
庸风雅的人吗？》），文章中，她坚持声称自己是朋友圈里最附
庸风雅的人。读者很愉快地总结，她一点都不附庸风雅。这是
最老的叙事技巧之一，这么做就是为了让读者读到的和想到的
正好相反。

137

关于现实，各有所好

请别误会，我不打算在这里谈论政治介入。作家是自由公民，享受权利，履行义务。就像他希望的一样。如果他触犯了法律，将会像其他任何人一样受到惩罚。他不得不做的，随着时间的推移，只有那些他选择去做的事情。他可以选择通过跟荷马、吕克莱斯、维吉尔、但丁交谈，和现实保持天文级的鸿沟。相反，他也可以一头扎进世俗中。甚至，他可以投身于两种状态中（现实的情形和超越时间的情形），就像一个为了让那些伟大的已故者开口而穿越在几个世纪之间的马尔罗。问题是，这个世界感染了一种可怕的疾病：好问病。关于一切，人们都向您提问。你所选择的活动只能被搁置，成为备用计划。关于超出他能力范围的主题，人们也要求作家发出声音，借口是一切最终都会发生在我们身上。您怎么看这个？还没人跟您说那个？这让人高兴，可能吧，但是当我们从事的职业需要某种反思空间的时候，这带来更多的是让人讨厌的情绪。我们不能一直紧跟现实。一提起现实，我们知道必然关于政治。但是，对于一个作家，那个在街角等公车的男人，才是真切鲜活的现实。一个大约五十多岁的女人走到他旁边，他冲她微笑，打开报纸。他们互相交谈却不对视。就好像他俩在各自跟一个看不见的人说话。而他们都是孤身一人。公车来了。他上车，隐蔽地触碰了那个女人的胳膊，她笑着低下头。

　　人们使尽解数，想把一切都变成故事，但其实只要待在事物表面就足够了。

138

作家面对记者

两个政治人物的握手轻易就可以做报纸的头版大标题。更令人瞩目的是：牵涉两个电影明星的拥吻，他们事先已经发现狗仔藏身在矮树林里。记者不会在电视上一个收视率特别高的节目里采访一位作家，除非这位作家变成名人，并且出于某个跟文学毫无瓜葛的原因。一起看看他们怎么做。节目开始，记者就已经混淆了小说的叙述者和它的作者。他是存心这么做的吗？我们无从知晓。作家被迫回答从小说里摘出的每段引言，就像是涉及他的个人观点。为了澄清一些事情，他尝试解释叙述者和作者之间的区别。记者控诉他逃避问题。作家开始尝试把引言放进小说背景里，但是他很快被记者打断了，问他是不是想藏身在叙述者的身后。这段牛头不对马嘴的对话是源于一种职业怪癖吗？记者过于习惯采访政治家，以至于他觉得如果想要一个具体问题的清晰答案，必须穷追猛打。小说家不知所措，他想让人明白这是一部小说。记者不会因此高抬贵手："然而，我发现您和叙述者之间很多共同点。"作家无言以对，面对某个对待您就像对待普通说谎者一样的人，要怎么解释如此复杂却属于文学领域的事情。科克托（阿拉贡也是）说，小说是"虚虚实实"。我们没有时间在电视上上一堂文学课。记者借助这段沉默的时间笑着插话："您把自己藏在您的人物身后，表达一些您觉得无法启齿的观点？"作家结结巴巴地说，在同一本小说（是小说，不是随笔）里，有"一些和您刚才摘出的引文不尽相同的其他观点"。通过他的似笑非笑，人们这才明白记者很清楚这是一部小说，但是他明知故问，为了把来参加节目直播的公众拉到他的阵营。他倾身朝向作家，仿佛要给他猛烈一击："如果我理解没错的话，您写了一些您根本不赞同的东西。"观众鼓掌（五十多人）。作家终于找到一个破绽："应该把西默农关进监狱，原因是他在他的小说里犯的所有的罪行。"大笑。记者反驳："我们现在不谈西默农，谈论您。"就仿佛西默农是一个逃犯一样。"在我看来，应该也谈谈写作风格。"沉默。"因此您只对您的风格负责，不对书里的想法负责？"作家用一种老师的语气解释："如果这是一部小说，我就不对它负责，至少不像您一直暗示的那样，但是，如果这是一部随笔，我就对我的想法负责，另外，当然不是所有想法，是那些我的人生可以承担责任的想法。"记者皱起眉："请允许我觉得这过于轻率了。"作家的回答："一本小说，不是一篇社论，您再清楚不过了，它也不是一场电视上的采访。"整个演播厅都同意这个反驳。我们听到预示会谈结尾的音乐响起了。记者做出一个手势，以便减小最后那个反驳的影响力，但是作家看起来很满意自己的表现。我们看到他们握了手，没有笑容。该节目自己的一个调查统计张贴在片尾字幕，统计显示，超过百分之七十的观众同意记者的观点。

如果您写作（这里谈论的是文学，而不是社论分析），同时梦想参与政治（这里谈论的是权力，而不是介入），可以确定的是，两者都不会成功。

139
圆　满

　　写作的时候，感觉百分百完全赞同自己所写的内容，这种感觉少之又少，但是当它来临的时候，那是怎样的节日啊。写作过程中，某个特定时刻，经常是即将结束的时候，我们感觉，跨越了现实世界和幻想世界的脆弱边界。我们尝试书写的世界因为一个增加的或者删除的句子的魅力而悄悄变得完美。我们突然置身于一个敞亮清晰的星球上。密闭的世界，开启了一扇窗，通过这扇窗户，我们可以通向世界的喧嚣。这是不是仿佛音乐与灯光的和谐？不再做任何修改，哪怕一个显而易见的错误，因为无法知晓这个败笔在事物的平衡中扮演的角色。完美不是各种精美绝伦的妙笔的堆砌。一种原始的内心的快乐萦绕着我们。因此我们知道，不需要任何外部视角来评价我们所写的。不要跟自负混淆，自负不停地出现，为了让我们相信自己所创作的一切都很好。我们发现，这种圆满从文本本身获取源泉，就仿佛文本有自己的生命。某个早上，圆满不约而至，而就在前一晚，我们还觉得原来的手稿让人诸多不满。可以继续修改，但是，必须注意这种不可思议的能量可能会逃走。要异常谨慎小心地去操控，在这种时刻，我们难以抑制激动之情，最好把手稿藏进抽屉里，一个月以内千万不要碰它。

　　只有缺席才能使我们用崭新的角度看到自己已经过于了解的东西。

140

城市里的雨

别忘了，总是可以简单地写："下雨了。"读者会明白。如果必须明确一点，最好把叙述者的生活轨迹和这些联系起来（如果有叙述者）。如果雨很大，我们明白，他不能出门。他看着天，希望找到一些预示片刻晴朗的迹象。如果有树枝掉落，他明白，无法轻松地叫到出租车，即使雨停了。无论如何，在雨和生活活动之间创造一种联系。为了不让人感觉我们借助对雨的描写来消磨时间。我们必须让事物之间从内部互相产生联系——也需要细腻的文笔。

这个六岁的孩子告诉我，他读了三百遍《灰姑娘》。他妈妈表示赞同。到了某个年龄之后，读者对此就不再有这么大的热情了，多幸运啊，否则，他们可能会看到我们写作中的所有缺陷。

141

不要言无不尽

　　必须假设读者很聪明，至少，这位正在阅读您小说的读者是这样。有的人不停地解释我们已经明白许久的事情，没有比这更让人感到厌烦的了。如果读者觉得作家没他思想敏锐，他会毫不迟疑地合上书。但同时，如果进展过快，也会有把读者甩掉的可能。应该找到恰当的节奏，可以让作家和读者一起前进而且两个人都不感到疲惫。这个节奏，应该迅速建立。即使不在第一句的时候，也应该是第一段的时候。必须知道并肩前进的是谁。果戈理说，一个作家必须知道他的人物如何系领带。就像必须知道他的读者什么时候上气不接下气。还有一些作家，在书中讲述得太多了，读者筋疲力尽。每个动作都被从各个可能的角度仔细分析。每件趣闻轶事都延展开来。读者完全被淹没。细节的汪洋大海。美国小说青睐并强制这种现实主义写法。事实上，这是一种面对现实的惶恐，小说家希望掩盖这种现实。我们认为，运用一定数量的细节就能获得什么与生活相似的东西。文本会在我们的眼前鲜活起来。如果活动发生在咖啡馆，只要装潢没有被完整地描写出来，菜单没有被细看，顾客的谈话没有被记录，我们就不能结束。最后，甚至不再知道因为什么原因人物出现在这个饭店。如果抖去这本厚书中所有这些细节，——其中大部分是无用细节，我们将得到一本两百五十页的小说，而不是这本一千两百页的妄想跟《战争与和平》媲美的书。这种词汇的通货膨胀有两个组成部分：细节和趣闻轶事。为了写一本有意思的书，把一些好笑的趣闻轶事串起来是无济于事的。最重要的从来不是趣闻轶事，而是讲述方式。如果故事本身毫无意义，而且干扰了整体节奏的时候，应该懂得在失败之前悬崖勒马。如果打开一本书的肚子，就会看到浇灌书的墨水流淌着的那数百肠道。没有任何一段可以独立于其他而运行。一切皆有联系。即使趣闻轶事很有意思，如果它不能揭示人物或者使故事再次掀起高潮，就应该删掉它。相反，有时候，一个人物很搞笑，因为他只讲乏味的趣闻。还有，某个趣闻轶事直到故事的结尾才可以找到它存在的佐证。找回他们认为已经消失的事物，读者总会感到很幸福。

请再读一遍自己的作品，您将会看到用不同形式重复同一个想法的次数。这是一个说话的坏习惯——总是担心对方忘记我们刚刚说过的话。

142

厚重和轻巧

　　与那些以为分量可以让人印象深刻的作家相反的是，我们
很喜欢另一些作家，尤其是他们那些看似轻巧的作品。这些小
说不重，有时候卖得不贵，但是并不因此而缺少深度。而且写
起来也并不会更容易。马上更正，我完全不是要说一种方式优
于另一种。有精彩的一千两百页的作品，也有让人无聊到死的
一百二十页的书。我所斥责的，是那种面对一位因太胖而只能
坐着的作家刚刚出版的那本一千两百页的小说凭印象来评论的
态度。电视画面里呈现着他粗壮的前臂，他正在滔滔不绝地讲
述，他花费了八年去查资料，三年撰写这本小说。十一年至死
不渝的辛苦工作后，他甚至不再费力去清晰地发音。他嘟囔着，
为了这本书，他花费了六十四箱红酒、十二箱啤酒、三台打字
机、两个女记录员、两个女秘书（一个俄罗斯人，一个法国
人），因为他在十二个国家查阅资料。撰写这本书的三年里，他
一共就只出门五次：一次是为了她女儿的婚礼，一次是为了他
朋友的新书出版（他不想说出来，但是，是萨尔曼·鲁西迪），
另一次是去买内衣，另一次（一，二，三，他掰着粗胖的手指数
着次数）是为了他的画家伙伴在纽约苏荷区的展览，还有一
次……他想不起来了。节目快结束的时候，还介绍了一个小人

物，他刚刚出版了一本薄薄的书，不清楚是一本小说还是抒情
随笔。您写这个花了多长时间？哦，将近三个月，但是我不是
只做了这一件事。胖小说家微笑，好像是说在这个创作的宽容
世界里人人都能占一席之地。主持人也微笑。您对这本书的期
待是什么？人们读它，这将改变我的人生。快看，词语"人生"
被说出了。观众竖起耳朵。更何况要求他们的参与。观众们只
要读一本书就可以改变某个人的一生。影响并决定读者选择的
问题来了："这家伙是谁，他看起来挺有意思的?"又一次，我
说，这不是对厚重的控告，也不是对轻薄的赞歌，简单地，我
只是受够了所有那些作家，他们认为我们不能对一本少于一千
页的书使用一代人的伟大小说这个表达方式（更何况这个词毫
无意义）。有一些大部头小说没有激起任何评论浪花，也有薄薄
的作品（《爱丽丝梦游仙境》），留下了传世的墨迹。

　　读者有时候会停下阅读但并不合上书，这是他的思考时
刻，写作的时候应该注意。因此我们必须避免在他缄默思考的
时间说话。

143
剪　裁

　　应该有裁缝的品质。这是最精细的任务。没有比一部构思糟糕的小说更糟糕的事情了。这时有发生。当各个部分都很精彩的时候，部分和部分之间却总是连结糟糕。有时候这也会发生在大作家身上。这是一种技术。一部小说的形成要借助一把剪刀和一管胶水。这里剪剪，那里补补。这个部分过长了，就剪掉结尾，马上就光芒四射。我们坚持不懈地继续裁剪（同时把完整的文本保留在某个地方），跟着感觉走。这还不是编辑的工作。必须给他呈现一个尽可能严密的文本世界。一部小说的完成不仅仅是通过写作，还有技术。就像当您撒一个谎，您必须设计各种出口以防被人戳破。您不得不想到另一个谎言的编撰。也需要您这样读自己的书，才能知道结构是不是坚固。有时候，结构并不顺畅，甚至加上一些看起来缺失的部分也不行。那么，需要您瞒天过海了。您去拿根粗绳串串补补，总比什么都不做强。既没有逻辑无懈可击的电影，也没有这样的书，因此当然也就没有逻辑完整的讲述。总有一个时刻，作者不得不采取瞒天过海的弥补方式。如果您可以很好地裁剪这块布料，那么丝毫没关系——最重要的是结果。有些文化跟其他文化的裁剪方式不一样。陀思妥耶夫斯基的小说在法国人的眼里似乎乱七八糟，在他们看来，作家应该把这片乱丛林变成法式花园。仅仅是这几年，在法国，人们才开始明白，陀思妥耶夫斯基裁剪他的小说的方式是独特的。

　　我们认为电影的拍摄是一个场景跟随一个场景，最后发现是完全相反的。在同一时间，拍摄发生在这个地点的所有场景。可以从结尾开始，或者为了避免拍摄过程中产生尴尬而从性爱场景开始。尤其要试着节约时间，也就是金钱。创作小说也一样，没有什么事情可以阻止我们使用同样的技术。

144
占据经典

我们必须不停地阅读，才能感觉到某种句法使自己的写作结构严密，才能达到看待事物的某种精密化的方式——精密化并不是说给作品镶金镀银。在描写洛杉矶贫民区的方式上，布考斯基有非常优雅的方式。好的阅读品味是一种反射。认真从容地与经典交谈，就像他们是我们的同行一样。我们大家都在写作这条船上。是时间（最终，但不仅仅是）使其变成经典。您的时间在您面前。您的读者可能还没有出生呢，不要停止跟司汤达轻声交流。拿起一部经典（我们可以认出它，因为这个产品没有保质期），跟他长时间交谈。然后，您听，他将会给您说他掩藏在作品内部的痛苦。他的句子都是鲜血的汩汩溪流。他的文字，痛苦的海滩。您拿在手里的书，尽管它经过了时间的打磨，却一直在呼吸。只需要把手放在上面，就可以感觉到它的气息。不幸的是，我们无法向它提问了。这实在是令人难以忍受。别犹豫，在文字的空白处写下您的想法，在阅读的过程中，如果您感觉自己犯了错误，回到这里来。对它说话，声音大点儿。它在听您。

如果出于谨慎，在加速奔跑前您就停下来，那么您将会错过之后的风景。

145

周日读者

还有，每周日，外婆习惯带我出门去街区转转，每次都会经过公证人洛内的房子，那位从来不会因为下雨而惶恐的先生。公证人有个习惯，每周日下午，坐在门廊前。大桌子上，放着书，还有可以辅助他阅读的东西：放大镜、眼镜和铅笔。仿佛话剧的一个场景。过路人好像总是对这位公证人严肃和不悦的脸印象深刻。特意经过他的房子，看他正在阅读，当时已经成为一个仪式感的惯例。外婆总是不会忘记低语："这是公证人，一个大读者。"多年以后，亲历了读者价值的降低，我很震撼，想到了那位公证人的高贵态度，把阅读的自己如此不遮不掩地呈现在我们眼前。阅读是如此私密的行为，我从来没能够理解文学评论家这个职业。您别生气，我自己也做过这项工作。我们必须认识到，为了其他人而阅读很奇怪。可能可以说，是为了激励大家去阅读，然而我们知道，太多人满足于只读批评家的评论。更令人吃惊的是美食评论家这个职业——我是为您而吃。第三世界国家看来，觉得这像一个玩笑，有时候让人痛苦。关于食物的评语。在太子港，有一次，一个朋友用一种官方语气跟我说："拥有这么多职业，这让我们明白了为什么这些国家几乎没有失业了。"回到阅读上来。读者，这个静止且安静的人物，从羊皮纸出现开始，就令人惊讶。今天，很多读者认为，阅读只是通向写作的跳板。那么多的大读者都变成糟糕的作家了。我不愿觉得阅读这件事缺乏神话性。我们有过多的作家雕像和以作家名字命名的街道，而读者什么都没有。诺贝尔阅读奖。博尔赫斯肯定可以拿到这个奖，因为他的作品就是对阅读的致敬。我有时候认为，博尔赫斯应该会喜欢公证人洛内，后者应该也能找到办法把自己的名字和行为偷偷塞进一本奇怪的短篇小说里，那里，梦想能够侵蚀现实。

因为在写作中我们经常是贫穷的，我们的精神有时候尝试去滥用我们的诚意，不要购买它向您兜售的任何东西。

146

现实审判幻想

我的第一堂写作课来自某个并不是作家的人，这让人觉得不可思议。写第一本小说的时候，惊起了足够大的声响，因此我觉得不得不寄一本书给我母亲。把我性生活的荒唐（或者说，故事叙述者的荒唐）就这样扔给了母亲，这不在计划之内，这位女士，整整一生，从没错过哪怕一场弥撒。母亲给我写了一封长信，为了告诉我小说里没有"哪怕一根胡萝卜，甚至也没有一小杯牛奶"。她不愿意相信，讲述者和作家是不一样的，即使他们有某些相似的地方。不过，我很快放弃这种讨论。不管怎么说，她是对的。但是，我总在想，一个当事情涉及我的时候如此敏锐的灵魂，一只即使我生活在距离她数千公里的地方也对我周遭一清二楚的鹰眼，竟没有注意到小说里无处不在的妙龄女孩，她是如何做到的？或许，她并不愿意进入这个领域。或许她接受了，只有在这唯一一点上，叙述者和作者是不同的。坦诚地说，这是我收到的关于这本书最好的批评。她进入了小说，全身心投入地读了它。所有作者，即使是那些写教材和科技书的作者，总有一天，会遇到家人不赞同且不妥协的眼神。在其他书里他们喜欢的部分，正是在你的书里他们讨厌的部分：这些给予书籍生命的细节，而这些细节往往来自家族的秘密。

我们为一位婶婶任性的性格而着迷，或者我们惊讶于午休时两位婶婶的私密谈话。这些场景还会出现在下一本书，虽然有一些变化，但并不是在欺骗读者。书出版了。我们等待炸弹轰炸。几个月的安静。就像是这本书从来没有存在过。我们想象，人们终于明白了文学的这种机械结构，然而这时，爆炸应约而至。我刚才想结束这个小专题，但是我忍不住分析这个神秘问题。这么长时间了，人们还没有清楚文学是怎么来的，这是怎么回事？文学吞食了现实，吐出了情感和节奏。阅读由跟您关系密切的人所写的书，应该被禁止。因为，他们总是读出其他内容，而不是您写的东西。

　　将来，写出一本书，对得起为了制造它而不得不被砍掉的那些树。

147

清算日

我有许多婶婶,一个比一个怪。我曾经是她们众人手上的
洋娃娃。那时,我从一个婶婶这里去另一个婶婶那里。晚上,
我睡在路上找到的第一张床上。有时候我觉得我现在的这种流
浪的生活状态可以追溯到那个无忧无虑的年代。我写了一本谈
论祖父的书。蕾蒙德婶婶不喜欢这本书。而且就此批评了我。
自然而然,在后来的书里,我详述了那场谈话。那时,我住在
迈阿密,跟婶婶们的家有半个小时的距离。我习惯每周六去看
她们(只有两个婶婶住在那里)。我的母亲和其他的婶婶一直住
在太子港。那个周六中午,我到了她们在小海地的家里。蕾蒙
德婶婶在等我,就在门口,手里拿着一本书。我很快认出那是
我的书,而且马上明白清算日到了。她打开书的第一页,粗体
字写的头几个词让我脸色很难看:"二十年以后,一个小小的房
子在迈阿密。"

蕾蒙德婶婶把这理解为一个评判,这与我写下这几行字时的
想法相去甚远。在这个评判中,我倾注了所有的爱,但是蕾蒙德
婶婶不这么理解。她营造了一种形象,使在太子港的所有人都相
信她在迈阿密非常成功。而现在这个多年积累的形象崩塌了,因
为这章的标题是以独家新闻的形式出现的:"二十年以后,一个小

小的房子在迈阿密。"我徒劳地给蕾蒙德婶婶解释读者对人物的财富毫不关心，他们肯定不会把他们正在读的那本书里的人物蕾蒙德和在小海地的您本人联系起来，原因很简单，他们根本不认识您，跟您没有任何关系。她说："但是，因为这本书，他们马上就要认识我了。"长时间的沉默。我又开始进攻："可能吧，蕾蒙德婶婶，但是，他们真正感兴趣的是词句间流动的力量。文学的现实和真正的现实不是一回事。"她突然反击："正是这样，你允许自己随便怎么写别人。""您自己，蕾蒙德婶婶，读一本书的时候，您觉得人物的生活和他在小说中所经历的生活是不同的吗？""当然。"她说，带着狡黠的微笑。我刚刚占了上风。她又有力地回击："但是，我说的是这本书和我的生活。我认识一些人，他们会去读这本书，我知道他们会怎么想。"无言以对。我最后的还击："如果我写，蕾蒙德婶婶，您有一个漂亮的大房子……"她咧开嘴笑起来了。"如果我这样写，那将是一个文学失误。我宁愿让您郁闷一点，也不愿意犯一个文学失误。您一定会原谅我的，蕾蒙德婶婶，但是读者不会。"她看着我，眼神就像被击倒的拳击手的眼神，这比一个中伤人的反驳更让我痛苦。但是，第二条战线的抵抗刚刚开启："为什么这将是一个文学失误，作家先生？"妮尼娜婶婶一边忙于自己的事情，一边丢出这句话。（这里我需要用括号括起来，为了说明，就在刚才描写妮尼娜婶婶的态度时，我用了这样的句子："……，关于她对我刚才的论证的看法，妮尼娜婶婶用一种意味深长的语气对我说。"然后，我改成了："妮尼娜婶婶一边忙于自己的事情，一边丢出这句话。"这个改动使场景更生动。）腹背受敌，我开始应对这轮攻击："经过二十五年在迈阿密杰克森医院的艰苦工作，蕾蒙德婶婶有一幢大房子，这很正常。如果说成功只跟她个人相关，那么失败才是读者感兴趣的。"同样的菜又上桌了："如果这属于文学，为什么要写真名？"我回头，用机枪扫射敌人："用真实的名字，我自己感觉更自如。"回击："但我们不自如。"蕾蒙德婶婶说。我不知道怎么逃离这里了。这还没完，因为妮尼娜婶婶还有关于自己的不满。我在同一本书里写，她工作在"迈阿密机场的一个小商店里"。就是"小"这个词，让她不快。她们靠近我。您知道，一个地方越小，那里的人们看待事物的时候，就觉得事物越大。我们不说一只蚂蚁，我们说一只大蚂蚁。因此，"一个小房子"和"一个小商店"，这是小拇指的寓言世界。我被困在柜子旁边。她们想知道我用这种方式描写她们究竟是何居心。我不知道该怎么澄清这些事情了。我落跑了，思考为什么我拒绝了（当时写书的时候）她们自我美化的一点点虚荣心。她们是对的，我们都需要被美化。一年以后，又和她们见面了，她们好像谅解了我。尤其是妮尼娜婶婶。她激动万分地告诉我，从蒙特利尔来的游客总是到她的商店转一圈。她笑着对我说，她变成机场的红人了。因为在蒙特利尔可以读到我的书，知道我婶婶在机场的一个小商店工作，人们涌向她。这使她有了很多顾客，她的老板特别高兴。她总结："所以，这就是文学，如果你说我工作在一个大商店，他们应该就找不到我了。"蕾蒙德婶婶大笑起来。我也笑了。

　　您身体里至少有三个生命体：一个静修士，一个行动派，第三个等待适当的时刻表现自己。

148

"这写在书里了"

不过，我和蕾蒙德婶婶的故事还没结束。这是一个特别戏剧化的、钟爱浮夸的女人。她总是穿着五颜六色的衣服。为了戏弄她，我在一本书里说，她钟爱一条灰色的裙子（一条由我外婆的裙子改成的裙子）。一天晚上，妮尼娜婶婶给我打电话，让我"马上来一趟"。我住的地方离她们半个小时的车程。我匆忙穿好衣服，以为发生了严重的事情。我觉得蕾蒙德婶婶完全疯了，妮尼娜婶婶徒劳地尝试抚摸着她的头发安抚她。但是，蕾蒙德婶婶一边继续乱翻她的柜子，一边回答她："达尼写了！"绝对不可能的，蕾蒙德婶婶会拥有一条灰裙子。这是绝对不可能发生的事情。蕾蒙德婶婶，一个如饥似渴的读者，一本书对于她和一个圣体盒对于虔诚的天主教徒一样神圣，她宁愿把她的信仰给予写作，而不是现实。我离开了，这个女人，能够相信她有一条根本不存在的灰裙子，仅仅是因为这写在一本书里了。这个时刻使我确信，文学在这个看起来无关紧要的世界上保持着它的力量，而且很显然，这些我生命中的女人都是小说的人物。每次，写一本书的时候，当我感觉丢失了事物的本质的时候，像法宝一样，我让我外婆、我母亲或者我的婶婶们出现。马上，我就重回令人安心的灵感创作中了。

如果您从不打算在写作中剖析自己，连一次都没有，您将会对自己一无所知。

149

移动靶

　　所有人没必要都一样，但是我自己，必须做出改变。我在我的写作中改变。我不能接受所有事情一成不变。没有最终盖棺定论的书。我们总是可以重写。时间带来新观点。我们也在不停地变，为什么书不行？我知道，有些作家甚至无法重读自己已经出版的书。这几乎像一个遗弃物。我花费一个月的时间去重读它，就好像作者不是自己一样。然后，某天，一切终止。我十年以内都不会再碰它。对于重写，我一身轻松，毫无顾虑。增加一些东西，删除一些别的，甚至还改点儿风格。感觉自己拥有绝对的自由。这就是为什么我宣告我所有的书都是小说，即使是那些很像批评类散文的书。事实上，我喜欢自由的感觉。尤其不喜欢人们强加给我一些规则。我不断设法创造一个可以根据我的事物观去生活的空间。我们遵守那么多的规则以至于忘记了那个我们触手可及的初始区域。记得一个雨天，其实那时已经下了两三天了，我站在窗前，看着雨自由地飘着。人们四处奔跑。我自言自语：这正是我希望成为的样子，像雨一样。它没有任何预设目标和计划，它不会设法带来痛苦或是幸福。它什么都没做，只是飘落。人们不得不去适应。孩子们，靠近这种自由，开始光着身子在雨中奔跑。当时我感觉，我们把生活建成了一座监狱。如此多的规则，其中一半只是用来使您愚钝，以便根除您所有的反抗情绪。您想把自己囚禁在自己的文字中。

"您原来是那么说的，现在，您怎么这么说？"

"所以呢？"

"是的，但是这不符合逻辑。"

"两次宣言之间，已经十五年了。如果我不改变一点，可能也缺乏逻辑。"

"为什么您这么做？"

"因为这是我的书。我想怎么做就怎么做。我随心所欲重写它。如果您觉得很糟糕，这是您阅读它的权利。但是，您不能阻止我碰它。"

长时间沉默。

"这是您的书，当然了，但是作为读者……"

"读者购买了阅读它的权利，不是创作它的权利，也不是教我怎么创作它的权利。"

一个作家必须捍卫自己的自由到最后一滴墨水。排在最前列的自由之一就是和这个句子本身共同舞蹈的自由。我有一个婶婶，特别喜欢调换家具的位置。这一次，客厅在入口，餐厅在最里面。两个月后，我们再去，一进门马上就是卧室，客厅在最里面。为了到达客厅，需要穿过整个房子，这很奇怪，我们提醒她，但这是徒劳的，她回答，她整理房子是为了自己使用。她对我说，这些改变，让她用另一种角度看问题。她无法理解，人们会为了一些假定的客人而整理房子。"我特别愿意接待他们，当他们来到这里的时候，他们是我的客人，但是，我必须为了这些想来就来的人做无尽的整理吗？

　　怎么书写静默？我们必须用写作的方式达到静默的效果。但是，请先有这是一种语言的认知。

150

计 划

经常有人问我:"您写作前拟提纲吗?"有两种或者说有三种流派。有不拟特别详尽的提纲就无法开始写作的人。有时候,拟提纲只是为了缓解他们的焦虑,因为有时候他们并不跟着提纲写。也有人一字一句跟着提纲写。另一种人,准备一个大概的提纲,中间大片内容都是待填的。最后一种人,毫无准备,扑向一片未知空白。我属于最后一种。不过,每天早晨,我花费很长时间散步,整体构思我的书,以及这一天的工作。我尝试使故事的发展和人物的活动形象化。尤其是可以帮助自己进入工作状态。不要直接坐到桌子前开始工作,因为这不仅仅是一个故事和一些对话,而是一场精神历险。应该置身于有点虚无缥缈的思想空间的氛围中,在那里,您将度过整整一天。我甚至向小耶稣做个小祈祷,希望他参与我的这场历险。这不仅是技术的、逻辑的和机械的——应该远不止这些,否则,这个严肃又古怪的游戏不可能如此轻松地穿越时间。我总是在想荷马拟不拟提纲(把他当作一个作家,而不是像我们猜测的那样是一组作家),因为在《伊利亚特》里那么多的人名,让我们感觉手里拿着一本古代的上流社会名人录。如果那个夏季我们没在特洛伊,我们就不值一文。没有提纲的话,荷马应该不可能从容置身于这片混乱中。在我看来，写《小王子》是不需要提纲的。所有作家的梦想是在转瞬之间写出一本小书，而且这本小书之后还可以变成经典。作家的噩梦是，在两本重要的作品中间，为了消遣写了一本小书，却不知道这本小书将会从此以后成为代表作（雷蒙·格诺的《地铁姑娘扎姬》或者伊斯拉漠的《愚人颂》）。

标点的使用反映了我们很多性格。没耐心的人滥用感叹号，优柔寡断的人滥用省略号，怎么定义分号的爱好者？

151
数 字

写作的时候，我花费很多时间去计数。这种做法和我母亲相似。青少年时期，我总是看到她每天早晨做预算。我躺在床上观察她。看起来她在很专注地数钢镚儿。她必须做非常重要的决定。可以花费多少买肉或者买米或者买菜？今天谁吃肉？有几个人吃饭？是不是应该把肉换成其他比较便宜的东西？这正是我现在在做的。我数页数。我可以如预计地写到185页，还是我必须考虑一本165页的书？是不是应该写更短一点的章节？梦想是写185页，但如果是165页的话，会更生动。我不是正在自己欺骗自己吧？与此同时，我计算我的能量。我不能幻想远远超过自己能力的事情，但同时我又知道没有疯狂就没有成书的可能。没有超越自我。现在，我应该停止整体看事物。看看今天一天有什么要做的。今天早晨我有几个小时可以写作？是不是做一个750词的短跑冲刺，明知道到今天结束的时候只能留下250词，或者我必须埋头前进，就像一匹耕地的老马一样，竭尽全力写到300词？我的一天只不过值那可怜的300词，通过窗户看着这无与伦比的好天气。如果我尝试去享受今天早晨的温暖天气，然后早上十点再回来工作……我知道这不对，因为在路上我会丢失写作的专注。写作是一个嫉妒心很强的神，它需要您的专一迷恋。如果您在别的地方找到了别的快乐，您最好就待在别处吧。否则您会浪费时间一无所获，即使您有些许天赋。天赋并不足够。应该为神奉献自己的全部。竭力解决您周围的一切干扰。善于计算。时间和能量。或许保持那种天真，相信有一天您可以从写作这匹疯马上下来。您计算得越多，就永远都无法实现这个目的。一本书会带来另一本。没有终点。这里，我正在计算。我写到了 207 页，30347 个词，75 章。一个星期以后要去做别的事情，在把所有的内容放到一边之前，我还有两个短的章节需要补充（伏都教和散步——我不是按顺序写的）。需要在八月份的最后一天把所有内容都写完。因为我九月一号就要在法国打响我的新小说（《还乡之谜》）的媒体战役了。在蒙特利尔是九月中旬。我会带《穿睡衣的作家》的纸质版去酒店修改。出版一本书的时候，在手边总是还有另一本书在创作，这样很好。我们会没那么脆弱。如果要十二月份出版这本书，我必须最晚在十月底交付。这就是我的写作工作——用数字法来呈现。

　　写作，直到不再惧怕写作。

152

匿名作家

评论家喜欢那些165页的简洁的书，他们可以用一个下午读完，同时放任自己被那些几乎读不完的850页的大部头震慑。事实上，第一部小说不应该超过250页，除非我们确定会捕获一个大猎物（当然，有些100页的书比1000页的书更厚重）。并不是每个早晨都有一个籍籍无名的年轻人把《布登勃洛克一家》扔到饥渴的编辑的桌子上。所有真正的编辑一定都期待每天早晨都有一个新的托马斯·曼。我们必须相信，一个完全陌生的名字跳进角斗场变成一个众所周知的名字，这是很有可能的。谁会想到布宜诺斯艾利斯会给我们一个博尔赫斯，开罗会给我们一个马哈福兹？注意，这里谈论的不是传媒效应，而是一本会经久不衰的书。作者可以终其一生隐藏自己（卡夫卡），他的作品使他从藏匿的洞穴中走出来。他可以终生不离开那个开罗的咖啡馆（马哈福兹），他习惯在那里约见他的朋友们，而这并不会阻止他在全世界被广为阅读。而其他人，在所有屏幕上都出现，却没有增加任何一个新读者。我们很开心看见他却并不期待认识他。

　　善于描绘年轻的女孩，这会使您的小说如虎添翼，因为，如果没有娜塔莎·罗斯托娃的肖像，《战争与和平》可能会过于厚重，无法飞跃几个世纪。

153

克制自己的艺术

当然，并不存在真正的规律，所有优秀作家都自带技能。但是，您的选择最好跟您的性情一致。如果您是一个有分寸的人，不要像查拉那样去翻跟头（达达主义），因为您驾驭不了。我记得自己读第一批南美洲小说时的感受。所有扑面而来的热气让我不但印象深刻而且有窒息感。我停下来，仿佛因这些充沛的颜色、气味和味道而中毒了一样。但是，在写作的时候，我感觉这不是我应该走的路。有一些东西并不适合我。有时候，我们喜欢一件别人身上穿的衣服，但自己穿上它的时候，不伦不类。那个时代属于由古巴人阿莱霍·卡彭铁尔宣扬的"魔幻现实主义"。雅克·斯蒂芬·艾利克斯带着他一如既往的激情一头猛扎进去。仿佛这是讲述那围绕着我们的特殊风景或者描写那统治我们的奇怪猛兽的唯一方式。我们的独裁者跟温和的欧洲总统没什么可比性，一届届的总统遵守着严格的民主规则。这些都非常真实，但是这种"过度感"不是我的性格。关于个性，我经常自我反思。我可以在一个什么都过满过度的环境中保持这种冷血，怎么做到的？最后，我明白了，那些发生在我周围的事情不应该影响我。重要的是，发生在我内心的事情。所有一切都告诉我，应该做减法而不是加法。我更偏向于欧洲人还是非洲人？这无关紧要。重要的是不要背叛我们的情感。我总是感觉南美文学给您的超过了您可以吃掉的。我们只要看着那个放满食物（五颜六色的水果）的长长的桌子就心满意足了。这与我周围喜欢发掘的人正好相反，我喜欢刹车。为了更有分寸地讲述事情，我喜欢减速行驶。

推迟性高潮是非常困难的，但是如果一旦做到了，快感就会无与伦比。

154

当前时刻

有时候，读者喜欢感觉到作者在他的身边，他们共享这一时刻。极少作家可以接受这样一种靠近。伏尔泰是其中之一。我坐在厨房的桌子前。我们在蒙特利尔，九月中旬，天气足够热，我可以光着脚去把垃圾桶放在人行道上。房子空空荡荡。我没有写作欲望，然而却坐在那里大写特写，一张又一张。一阵眩晕。在桌子上，我的手肘边，伏尔泰的《老实人》。我打开它，为了马上沉浸在这种看起来枯燥无味的语言的魅力中。我继续读，突然，我在房间中感觉到伏尔泰的气息。一个世纪最活跃的灵魂，十八世纪，这位不吝笔墨展示其丰富思想的作家，带着令人熟悉的戏谑的笑出现在我面前。我推开打字机，理所当然地欢迎这个使十三岁的我着迷的作者。那时，我在外婆家的壁橱里找到了《老实人》。那些厄运越是纷至沓来，这本书越让我觉得好笑。我贪婪地读着故事，感觉自己感知到了世界的本质。同时，我知道什么阴谋正在被策划，即使我还无法猜中具体事件。使我留在这个空间里的，正是这种狂喜。从后来读的书中，我并不是经常可以找到这种笑。笑就是灵魂。

独自一人在房间，即使听不到任何的声音，也不应该忽视室外的一片喧嚣。

155

出现在"O"中

　　那位老作家的女儿来了，给我带来了他的手稿。最后几页完全无法辨认。剩下的是单倍行距书写紧密的三千多页。这巨大数量的页数实在太让人震惊了，我甚至都不在意他写的内容是什么了。开了一瓶朗姆酒，我们坐在客厅。那天，我离开之后，救护车去了。马上把他收治了。女儿陪了他三天。他特别认真地配合治疗，他女儿告诉我，几天后还长了些体重。然后他要求回家。因为他的恢复状况让人满意，没有任何理由让他继续留在医院。女儿在他身边待了两天，打扫家，洗衣服，给他做饭，然后，她去西藏见一个朋友。在那里，她待了两个月，回来的时候，她去看他。她说道："房子跟我走的时候一样干净。没碰任何东西。一股强烈的洗涤剂的味道，就仿佛房间从来没人住过一样。我到处寻找父亲。心想也许他去旅行了。这是他消失的一种方式。只有等到回来的时候，他才让我知道他去过哪里。比如曾经有一次，他旅行到埃及，去看了金字塔。我给自己煮了杯咖啡，在厨房喝了。就在那时，我看到了这部手稿，就在那里，桌子上。我惶恐不安，因为我知道，父亲从来不跟他的手稿分开。""您没有申报他的失踪吗？""申报了，但是，因为我们并不住在一起，他也有这种不预先通知就离开的习惯，因此，他们让我规规矩矩地等他回来。"我们四目相对沉默无语，然后，我想给她添满杯子，她微笑着拒绝了。又过了一会儿，鉴于我们无话可说，她站起来打算离开。当我发现她把手稿落下的时候，她已经走到门口了。"不用，我希望您保管这份手稿直到我父亲回来。他回来的时候，知道手稿在您家，一定会非常高兴的。"除了留下手稿，我别无选择。况且，读一位神秘的作家写的如此大部头的手稿，让我极其好奇。我浏览这本书，处处发现数学公式，无休止的数字串，语言晦涩的独白，充满精确性和耀眼光彩的长段落，这时，我听到这个有点低沉的声音："您看，我做到了。"我无法判断声音来自哪里。那位年轻的女士出门时没有关好门，有人在我不知道的情况下进来房间了。我找了一会儿，然后继续手稿的阅读。同样的声音："我在这里。""这里，哪里？""这里。"我俯身凑近书页。什么都没看见。"看第二段，第四行，在空白处旁边最后一个字母O里，'激情'（passion）这个词里。"我发现了他，字母O像一座小岛，在那里，他挥动双手，上蹦下跳，动作很大，就像一个流落荒岛的人，看到外海有一条船经过似的。"您是怎么到那里的？"他在O里翻着跟头，满意地笑着。我正准备问另一个问题的时候，他突然消失了。"您在哪里？"回答我的，是一串笑声。这么含混不清的笑声是怎么从一个几乎肉眼不可见的生物中发出的呢？

在一段对话中，不应该只有思想表述，还应该有声音的节奏和身体的重量，这样，就不必在每段对白结束后都得标出"他说"或"她说"才能区分得清楚话是谁说的。

156
情　绪

　　面对最多也只能持续一个季度的当红丑闻，应该谨慎。人们无休止地讨论它。情绪显而易见，触手可及。这给人在如此肥得流油且有利可图的事件的基础上渲染一个故事的欲望。或者借此给自己正在创作的小说增加卖点的欲望。问题是，因为多次的旧事重提，丑闻会以消化所有谈论并淡出人们的视线而结束。当尘埃落定的时候，人们意识到，这个故事跟其他所有故事都相似，甚至这是它在公众面前成功的原因。我们来看个夹杂着政治丑闻和性丑闻的例子。克林顿和莱温斯基事件，这个事件火了相当一段时间。在一件出轨事件里，人们知道，情妇会比男士年轻很多。人们想知道更多细节。细节吝啬地挤牙膏般一点点出现，因为媒体希望事件持续。所有的目光转向妻子，她目前保持坚忍。旧情人们在报纸上争先发声。妻子越来越淡出公众视线，总统和他的狗越来越多地出现。人们清楚克林顿的本事，思忖他将如何平息此事。关于不忠的讨论在酒吧里猛烈爆发，但是男人们避免将讨论蔓延到家里。这一切持续，持续，持续。直到一场战争替代了它。当一个故事每天占据着头版大标题，具备了一本好小说所需要的一切素材的时候，我们还尝试讲述这个故事，那看起来就像个傻瓜了。我们只需要伸出双臂去采摘这棵持续空泛议论的大树上成熟的果实。这种每季都要被再次提起的故事的问题是，它们全部结构相同。故事的进行就像一场球赛，裁判员的角色扮演者是道德。如果说这些让很多人都很感兴趣，原因是他们感觉自己能够影响游戏。同样，在一年多的时间里，不忠有一张面孔：克林顿。小说的运行却是相反的，触及读者的内心。看到处在困境中的人物，读者变得脆弱。我们感觉，丑闻引发一些糟糕的胡编滥造，而好的小说影响人生。

　　罗伯特·费里欧："艺术，使我们比起艺术更爱生活。"相比第一次读到这句话的时候，我现在已经没有那么大的触动了。或许是因为我越来越不相信有一个界线可以分开艺术和生活了。

157

隐秘影响

不要以为一个在媒体上不被讨论的作家就不存在了。

1. 他继续活在审慎的读者那里，他们保持着对作家的忠诚，作家使他们在艰辛的日子里度过了一段快乐时光。

2. 他被那位当红作家引用，那位作家认为自己给了他大公无私的帮助，却并不知道，这个籍籍无名的作家会比他拥有更强的生命力。

3. 晚宴行将结束，房间里只剩下五到六个人的时候，人们窃窃私语他的名字。

4. 即使他属于那些永远无法引发热议的作家中的一员，他也可以潜入您的内心如此之深，最终变得永远不会被驱逐出去。

5. 我们以为这是一个公共区域，然而，却是一个他创作的句子，在像这样的某个早晨写就的，后人总是对这个句子烂熟于心，却忘记了作者的名字。

伴随着体育界围绕兴奋剂的所有丑闻，是不是将会有一天，人们要求质疑那些有争议的文学形象的合法性？有争议是因为，诗人们创造这些形象是借助酒精、烟草、鸦片和可卡因的。这样的话，我们是不是将要清除掉文学史上所有的作品？
让所有那些乘坐过"醉舟"的作家们交一大笔罚款？关闭文学
学校？争论已经正式开始了。

158

散　步

　　我睡得好吗？我精力充沛吗？一些早晨，我在床上就开始写作。另一些早晨，我需要散会儿步，从各个方面分析梦中出现的所有意象。我做梦很多，梦中的意象是那么光彩夺目，所以我经常混淆梦中发生的事和现实中发生的事。只是，在梦里，颜色更加鲜艳，一切都以失控的速度发展。出去走走也是为了散散心。这场散步是分隔白天和夜晚的边界。我走得很快。景物是那么无聊，完全可以不去看它，直到一条捷径小路向我们示意。在我看来，路总是直的。出去走走，碰到某个向我倾诉他的困扰的人。他认为我可以像朋友一样听他讲述，然而他面对的却是一个只想着一件事情的怪物：快点回到家，开始写作。这件即使在梦里也没有停止的事情。一直让我感兴趣的还有动物，尤其是狗。树木，汽车，哭泣或者微笑的孩子。必须注意不要过度塞满情感，因为，过多情感会使人产生无力感。路途中，找一条长凳，坐下，很长时间，闭着眼睛，直到感觉一阵凉爽的微风轻抚着脖颈。该回家了。

　　一本书的重量，是指它能够承受时间洗礼的能力。有些书，称起来比鸿毛还要轻，却跨越了很多年也没有增长一条皱纹，而其他书，期望过高，却跟随它们尝试描述的时代一起消亡了。

159

这个人，是谁？

　　无论何时请把您的记事本带在身边，尤其是记录下您看起来觉得无关紧要的细节。分析您的人物。尝试了解他们的怪癖。思考深深触动他们的是什么。让他们为之所动的是什么。否则，您有可能创作出木偶一样的人物。当人物不虚假造作的时候，读者很快就可以看得出来。为了确认他们的举动，有些作家从真实生活中提取原型。思考一些关于某个人物表现的问题。他在那里做什么？谁邀请了他？昨天晚上，当你们都很累的时候，他溜进了章节的结尾处。从此，他吸引了那么多的注意力在自己身上以至于他妨碍了故事的主线。不要着急把他撵走。我们无法掌控一切。这不是一个私人俱乐部，这是一部小说。

　　一本书拥有它独特的活力。如果尝试过度明确地阐述事情，我们有可能看到这种活力变得机械。

160

第　一

　　为什么作家们非常厌恶重复自己？画家可以做一些编上号的丝网印刷作品，收藏家认为第十九号作品是独一无二的。您说得对，书籍也有一些编号的版本。这总让我觉得好笑，因为在谈及书的时候，内容是最重要的。人们上百次复印同一个主题，不去费力改变角度和亮度。一个音乐家可以终其一生演奏同一支乐曲。同一支乐曲可以经受各种各样的演奏，而没有人会厌烦。但是，一旦一位作家重复，人们就会开始嘶吼。人们期待他每次出现的时候，都带着创新作品。但同时又没有丢失他独特的魅力，这种魅力让他区别于众人。人们希望他不一样的同时保持原样。总是如此，我们对他提出的要求，是我们不会对其他人提出的要求。就像在卢浮宫的画家，把自己的画架支在戈雅面前，坦坦荡荡，作家应该可以在左拉面前做同样的事情。人们做了，但是偷偷摸摸地，其实本该因此而自我吹嘘的。

　　我们无法表达多于百分之七十的情感，一旦超过这个限度，我们就变得非常难以被其他人辨认出来。应该保留百分之三十的公共区域，这片区域像看不见的指挥塔，可以指引我们去跟公众会合。

161

您说猫语吗?

在一个雨天,观察房子里一只猫的行为。不要让它从您的视线里消失。高兴的话,可以模仿它。它掠过椅子和您双腿的那种方式。半眯着的眼睛,让您不由地思考这个时候它在想些什么。它保持挺拔的身姿,四蹄走一条直线,就仿佛它正在守卫法老的陵墓一样。然后,不慌不忙,它从一个房间走向另一个房间,然后再回到起点。那只绿苍蝇好像让它有了短暂的兴趣,但是,它很快改变了主意,更愿意去尝试捕捉自己的影子。一个想法在它那里持续不了多长时间。这只猫有一种游弋的任性。这样,它使我们解闷。他无声无息地走来走去,然后,突然冲向桌布,竭尽全力拉住桌布。一段静止悬挂的时刻,脑袋朝下。一片安静。它向您投来乞求的目光,但是拒绝了您伸向它的手。最终,它跳到地上,以一种不可思议的优雅,演出了这串极其复杂的动作,连一个奥运会体操运动员都应该向往完成的动作。它安静地下场,转身走到门边,向您投来蔑视的一瞥。对于您不讲猫语这个事实,它仿佛很反感。这让我想起那个年轻的美国人,他向我讲述他的惊讶,他在国外旅行期间,碰到了一些居然不讲英语的人。这里并不是讨论一个殖民主义观点。他并不认为英语是属于他个人所有的。他认为他像所有人一样习得英语，因为好的东西是属于所有人的。对他来说，这是人类的语言——而其他语言是各国语。您不说猫语吗？您错了，因为这原本有可能使您成为一个更好的作家。

　　叙述者跟你很像，但是如果相信那是你，就错了：你是血和肉造就的，而他，是字和墨制成的。

162

第一次采访

女新闻专员（十次有九次是位女士）给您打电话，告诉您您有一个采访。她会再给您打过来说细节。从这时起，在您的头脑中，精神慌乱。她没有时间给您说是广播、报纸还是电视。您给母亲打电话，然而这是第一次她完全帮不上您。您想到了跟您最好的女性朋友，您在她面前批评过所有那些不能安分地等待读者阅读他们作品的作家，这些作家应该来把您说过的那些话塞进您的喉咙，就仿佛您是一只待填的鹅一样。他们都在报纸里、广播中和电视里。因此，您有点不好意思给这位不太好对付的女性朋友打电话（不过，她没您那么不好对付）。由于您不认识任何一个作家（或者说认识的程度还不足以谈论这么私密的话题），您还是给这位朋友打电话了。本能地，您故作镇定。"你知道吗，有个新闻专员给我打电话……""哪个新闻专员（声音变得尖锐）？""我的出版社的那个（平静的语气）。""给你说了什么？""那个可怜的女人，她以为我会接受一个采访（事不关己的语气）。"一声尖叫。"一个采访，我马上到。"显而易见，您的女性朋友已经不再是那个觉得任何人都不入她眼的朋友了。在读完您的小说之后（您不想让她读您的手稿，这件事情让她很恼火），她已经给您发过一些令人局促不安的话语了："你知道我有多爱杜拉斯的《琴声如诉》，你的书更好。我没法准确指出，但是杜拉斯缺少一些东西，正是你有的。"看，她来了。在路上，她有点恢复理智了。她没有像往常您看文学节目时那样坐在您的旁边，而是坐到您对面。"她有没有至少告诉你是广播、报纸或者电视？""没有。"一阵沉默。等待女新闻专员电话期间，我们分析那些可选项。"报纸更适合你。回答问题之前，你会有思考的时间。""是的，但是这是最危险的。如果我说一些蠢话，会被打印出来。在电视上愚蠢，很快就过去了，但是在报纸上就不一样了。""别这么说，你从来都不蠢。不管怎么样，我们来准备采访吧。""这让我更紧张了。"电话响了。你们僵住不动。很长一段时间。是您母亲，来电话问最新情况。"她不会一整天都这样吧。"又是电话。还是您母亲，她想知道您是不是需要一些建议，因为她有一个朋友，刚刚写过一本药用植物的书，他已经上过电视了。"不用，谢谢妈妈。"您的女性朋友噗嗤一笑。话题继续，这次是广播。广播，比电视更深入，同时并不像报纸那么浮夸。您可以随意像往常一样穿戴。哦对了，我们还忘记了，报纸上总配一张照片。这是另一个讨论话题，需要特别注意，晚点再讨论。"广播上需要的是语气。运气不错，你有一副好声音。""我更希望有想法。""想法，我跟你说过了，我们晚点讨论。"终于讨论到电视了。"这可不是小事情。看起来，这个进行得很快。""正是时间让我出丑。"他俩特别熟悉电视，但是这个方面的话，当自己身处其中的时候，这不是同一件事。"电视，是波。""为什么你说这些？这对我毫无帮助。是波，想说明什么？"他们互相看了一会儿。"说明在去之前，一无所知。

你可以发射正能量波，也可以发射负能量波。这跟你所说的毫无关联。"沉默。"停，这让我更慌了。"朋友微笑。"恰恰相反，你不应该慌乱，这无济于事。"电话。"如果还是我母亲……"是女新闻专员。"然后呢?""我们赢了，这很重要，你上电视，星期天晚上。我再打给你说细节。"您挂了电话。脸色苍白。朋友很担心。您开口了："是电视!"她高兴得跳起来。"她跟你说是哪个节目?"沉默。"她跟我说这很重要，是星期天晚上。"我们感觉一阵凉风吹过。"不是真的!……周日晚上，别跟我说是……"我们不再敢说别的了。

　　我们给自己的定位是这样或者那样。然而，世界总是变化的。您自以为是这种形象，其他人却常常觉得您是那种形象。如果我们拥有两种形象，那是得益于别人对我们的想象。

163

经常出现的问题（和答案）

　　这些问题：来自孩子、知识分子、家庭主妇、管道工、空姐、残疾人、严肃的人物、笑意盈盈的年轻秘书、衣冠楚楚的黑人、犹太人、乌克兰人、共产主义战士、法西斯主义者、修女、穷人社区里想尽办法做事的医生、在电信行业大发横财的有钱生意人（可以做一个普雷韦尔式的列举），还有很多其他的，这些问题，人们不会忘记向您提问的。开始的时候，人们觉得别出心裁。好吧，您会越来越没有耐心，当人们向您第五千次提出这个问题时。我，我的问题是，为什么会有这些问题？人们是真的想向您提出这些问题，并且想知道真正的答案吗？他们真的想知道这些吗（我为什么写作?）？或者，只是因为他们手边正好有个作家，他们不想被视为一个没有任何问题的人？这有可能发生在当主持人第五次问到是不是没人有问题了。一阵沉默。某人举起手。正是："您为什么写作?"

　　问：您为什么写作？
　　答：您呢，为什么您不写作？当然是因为您在做别的事情。好的，这正是我在做的事情。

问：您是什么时候开始写作的？

答：在学会阅读以前。人们在阅读和写作之间建立了过度的关联。并不是因为我尚不会阅读，我就不能炮制一些故事，我就得晚点才写作。

问：为什么您不用自己的母语写作？

答：这不会有任何改变，因为写作是使自己置身于一个新国度，在那里人们不说您的语言。

问：您的文学受谁的影响？

答：我读得最多的作家是博尔赫斯，但是他是对我影响最小的。

问：您的书中，您最喜欢的是哪本？

答：我没办法回答您，因为应该是他人来评价。

问：半夜醒来去写作的事情有没有发生在您身上？

答：很不幸，当人们读我的作品的时候看不到，其实我更多时候是穿着睡衣写作的。

让读者感觉和您有一种私密的关系，抱着这种目的去写作，但是同时，请保持一张纸厚度的距离。

164

橱窗里

当您的书摆到了书店，就仿佛是您上了选举战场一样。杀死文学的就是这段距离，您跟您最珍贵的东西之间不得不保持的距离。这并不是来自于您的骨血，但是也相差无几了。提及一本书的出版，有些人喜欢用分娩做比喻。酝酿写作一本书花费十年，这种事情时有发生。它出版了。您经过近几年经常造访的这家书店，您的书就在那里。但是不在橱窗里。只有那些明星，人们才会放在橱窗里。我们聊聊橱窗吧。我来讲讲我做了什么使我的小说在出版一个半月以后放入橱窗。在报纸和电视上，他们都纷纷谈论我的书，但是这并不足以使我的书被陈列在橱窗里。书名（《如何跟一个黑人做爱而不疲累》）还是有点让人畏惧。买了它的那些人并不公开宣扬。他们不声不响地阅读它，尤其是年轻女孩。口口相传这种方式对我没有什么帮助。我马上就明白了，书没有长脚。想要从书店最里面走到橱窗，需要一个雇员发现它。我投身混战。银行有五百美元，这是我的全部家产。拿出了三百五十美元，请一个朋友做了我的广告画。照片上，人们看到我坐在公园的一条长凳上，光着脚，头发乱蓬蓬的，膝头一台小打字机。给我做广告画的朋友，微笑着，把第一沓广告页拿给我。您为什么笑？您看起来不像一

个作家。这就是我想要的效果。我在拉丁区的咖啡馆、酒吧、
电影院、饭店、迪厅都张贴了我的广告画。那里，正是大部分
评论家、作家和书商出没的地方。在蒙特利尔，一个作家亲自
张贴自己的广告，那是第一次。自然地，他们看到了城市里出
现了一个新作家，他做好了一切准备。然后，我去各家书店走
一圈，让那些书商认识我。并借机偷偷地把我的书放一个更好
的位置。当然不能过于靠前，但是足以让顾客迅速发现我的书。
我知道，书商都很讨厌这种行为，但是我自己，讨厌人们看不
到我的书。一个月以后，在畅销排行榜上，我位列第四位。一
个朋友给我电话，说他在城市东边的一家小书店的橱窗里看到
我的书了。当然肯定有别的办法的。就在您的书出版的时刻，
您消失。连您的出版商都不知道您在哪里。媒体开始对这个神
秘作家事件感兴趣。一些评论家，最挑剔的那些，已经瞄准您
卓越的天赋。人们千方百计寻找藏在这个笔名后面的是谁。一
位希望重复罗曼·加里传奇的老作家。不时地，一个记者指出，
他偶然碰见了您，但是您拒绝跟他讲话，自己嘟囔着一些的话
语，听不清楚说什么。但如果您不是天赋异禀，我建议您还是
不要玩这个小游戏，因为有可能您会由不知名变成消失。

起初，我们都在不停地寻找发出自己的声音，直到发现自
己是在浪费时间，因为真正的文学素材不是作者，而是他在路
上遇到的第一个人。

165

香蕉皮

　　总是在采访结束的时候，人们会向您提出这个问题：您的写作计划是什么？您刚刚出版了一本书，但是提问者像野兽一样贪得无厌。顺便说一句，记者开始收拾他的工作物品了，这并不表示采访已经结束了。事实上，正是这种方式让您放松警惕，向您提出那个即将作为文章标题的问题。就是在这个时刻，您说出一些即将在您漫长的职业生涯里挥之不去的蠢话。透露一些特别隐私的事情，致使家庭破裂，或者使自己进入忘恩负义者的名单。比如：是谁帮助了您，使您变成您今天的样子？（带着热情的笑容提出这个问题）。"没谁。"您直率地回答，"我是自己变成这个样子的，而且，在我家，没人阅读。"为了抹去如此卑鄙的言行，您将需要十年的时间低声下气地做人。另一件事：要求对方同意对采访内容录音（为了留存资料），因为您将会惊奇地发现，人们居然可以让您说出一些几乎与您所说的话完全相反的东西，而不改变您话语中的任何词。只需要抹去采访中开玩笑的语气便可以使您给人留下摆权威架子、虚荣和自私的印象。在这里，我并不想说，记者以给年轻作家下套为乐，完全不是，他们是在千方百计地帮您从迷失的小路上走出来。采访这位年轻的当红作家的记者如此之多，而这位被访者还没有足够的生活经历使其口袋里拥有数百个奇闻逸事来应付采访。采访他的有日报、周报、月报、时尚杂志、广播、电视。在无线电波上，人们只能听到您，在报纸上，人们只能看到您，那么这块取悦众人的漂亮的香蕉皮，就是这突如其来的荣耀需要付出的代价。

当我们讨厌那本自己已经写了两年还一直在写的书的时候，怎么办？马上开始一本新的，但是，我打赌，一个月之后，又会回到那本原先在写的书上。

166

死亡销量不佳

　　并不是所有人对于死亡的感知都有同样的强烈程度。最简明扼要地说，它意味着一个独一无二的时刻，在这个时刻，一个个体从出席走向缺席。他去哪里？宗教在这里接班，提供各种可能性。天主教提供各种选择，让人想起根据顾客预算提供不同目的地的旅行社：地狱、炼狱或者天堂——甚至还有一个针对没来得及受洗就去世的人的专门定制（古圣所）。古圣所总是让我想到孩子们的天堂：一个没有成年人的巨大花园。但是事实上，除了那些信仰如此虔诚以至于可以允许自己丝毫不在意来世的事情的人，死亡经历与我们都息息相关。作家的工作正是开始于此，因为个人，以及民族，面对死亡的时候，反应是不同的。首先，基于一个民族的平均寿命。这是一个相当奇怪的概念，甚至可以说是讽刺的，好像它来自于那些有可能活得很久的人一样。可以这么说：这是和国际组织的数字计算的理念很配套的一个概念。一种上帝视角。在日常生活中，我从来没听说过对于这种概念的使用（"我四十五岁了，我只有十五年好活了，如果我相信联合国粮农组织的数据的话。"）。然后，个体最终会相信别人对他的评价。别人说他们很重要、很必要、不可或缺，他们就把这种评价翻译为：不死的。摇滚巨星（皮

尔斯和杰克逊）、人道主义明星（特蕾莎修女和皮埃尔神甫）、
享有特殊威信的总统（肯尼迪）、金发公主（黛安娜）：这些人，
我们希望他们永远和我们在一起。因此一个作家必须知道，当
他谈论皮尔斯的时候，他不能只是简单地说他死了。他没有死，
而是要说，我们不知道他变成什么样子了。读《圣经》的时
候，我看到了同样的现象，关于圣母马利亚、耶稣和一些厄力
那样的先知偶像。他们直接升天了。耶稣，我们从来不太知道
在他复活之后发生的事情。所有这些都是为了说明《圣经》的
抄写人非常明白，民主（在死亡面前人人平等）无法解决这个
如此复杂的问题。啊，我差点忘记玛丽莲·梦露——只要人们
不断发现她的新照片，她就将一直活着。而且我的小指头告诉
我，会一直有未发表的照片出现直到时间尽头。很多作家（我
们这个时代少一些）都探讨过这个极其传奇的主题：遗产（比
战争还要多，这是一个能够使面具纷纷掉落的主题）。想象一
下：您在一夜之间暴富。因此，另一个人，终其一生，像奴隶
一样，为您工作。然而，因为您不是一个人，这便产生一场关
于财产的角逐。毫不留情。因为有巨大的不公（私生子和被剥
夺继承权的人），在这里，我们看到如托尔斯泰一样伟大的作家
满足地舔舔嘴唇。重读这些用玩笑的方式展现拿破仑战争的场
景，在这里，托尔斯泰讲述了俄罗斯最大的一笔财产转手易主
的那个夜晚。这不是死亡，而是钱财，大生意。死亡给爱情注
入强大的浪漫主义的负载（《罗密欧与朱丽叶》）。这是一个敏感
的主题，需要小心谨慎地操作。读者不喜欢结局不好的故事，
除非作家很好地把握分寸（《岁月的泡沫》）。避免在标题中直接

使用它，因为词语还是会使人惊恐（托马斯·曼在《威尼斯之死》中使用了它，但是人们认为死在威尼斯是一场心满意足的死亡）。

如果您打算不惜一切代价谈论死亡，先设计妥当，让某个人物爬上开往战场的列车。不用担心，总是有读者喜欢这种情节类型。说是这么说，但是，这个世界上战争越来越多，真正的战争小说却越来越少。

167
真 实

　　人们希望知道关于他们所写的东西的真实反应，他们直截了当地向您提问，而且不分场合：咖啡馆里，大马路上或者在一个沙龙里。您诚恳地告诉我，您对我的书的看法？为什么当您拒绝对自己诚恳的时候，我需要对您诚恳？什么意思？您非常清楚您的书的价值，否则您应该不会就这样把您的命运交付在一个十足的陌生人手里。确实人们可能对于一件事情过于自满而无法对它进行评估。因此需要一个新鲜而客观的看法。激怒我的是，一些人为了得到您的看法而使用了几近威胁的语气。从"如果您有时间，扫一眼我的作品吧"到"我想知道我是应该继续还是马上停止"。有时候，这是一种花招，但是，我们并不是另一个人写作激情的来源。况且，真实反应不是一件不足挂齿的小事情。证据：我们无法对太亲近的人表达真实反应。或许跟一个陌生人表达可能更简单一些。我们希望他不要变成敌人，因为文学仇恨是根深蒂固的。

　　写作，是一种严格测量好比例的能量，因为，过多的能量会把您推向街头，过少的能量会使您不得不待在床上。您会注意到，江郎才尽的作家总是自以为不得不以写作为主题来写作。

168

旅　行

　　旅行是我生活的中心。我一直在阅读，因为阅读可以使我在青少年时期离开我房间里那张狭窄的床。因此，我去过所有地方，充满异域风情的地方和已逝的世纪。从童年时期开始，我喜欢跟随我的朋友，穿靴子的猫的足迹。或者在青少年时期，跟随三个火枪手。之后，我乘着情感的翅膀继续旅行。为了对人物经历的强烈情感感同身受，我潜入他们的内心。我很快发现，这同时也是一场充满别样冒险的远征。从最疯狂的热情陷入最黑暗的绝望，一颗满怀爱意的心走过的坎坷起伏的路途。但是，我写作同样是为了旅行。创作的旅行。那种潜入丛林而不知道什么动物在监视我们，什么危险在窥视我们的感觉。小心翼翼地前行：千方百计寻找林中空地，饮水处，然后，在最不经意的时刻，找到一条隐秘的道路，惊讶地发现已经有人在我们之前涉足这里了。然而这并不会使旅行变得更冒险或者没那么冒险。每一步，就像每一句话，我们担心一脚踩到陷阱里——法语语法充满圈套。在这场文字冒险的过程中，爱的情感，恨的情感，友情的情感，或者嫉妒的情感，多少次被忆起？一场没有终点的冒险，每次冒险中，旅行者都认为他走了一条在他之前从来没人涉足的路。就是这种单纯，把我们从这个叫做无聊的灰色怪兽的魔爪中拯救出来。然后，当我们写了一些有幸取悦一定数量的人的书之后，人们邀请您以作家的身份旅行。我仍然记得由公主出资第一次被邀请去比利时的旅行。什么都不用付钱？不用，先生，既不用付机票费，也不用付出租车费，也不用付酒店房间住宿费，也不用付餐费。那你们需要我做什么？几乎什么都不用做，只要告诉我们为什么您喜欢做你看起来那么喜欢做的事情。我的书去往各处，如果人们喜欢它们，那就到了我出现的时候了。

即使答案没有任何重要性，时不时地问问自己为什么写作，也不是毫无意义的。如果问题来自别人，意义是不同的。

169

未读的书

这个职业最灼痛的伤口之一，就是发现自己不是一个人。书店充溢着不是自己写的书籍。如果全是自己利用不同的笔名写的书该有多好。西默农的全集，再加上巴尔扎克的全集，左拉的全集和阿加莎·克里斯蒂的全集，都只不过是这个墨水海洋里的一滴水而已。读者的心如此博大，可以容纳整座图书馆。有些读者那么难以满足，他们涉猎的范围从最晦涩的诗人到所有人都在地铁里阅读的侦探小说家。有一些读者那么激进，一旦他们遇到超过两个人正在阅读同一个作家时，他们就抛弃这个作家。而且他们告知人们，这位相关作家在他们眼里已经变味了，不再像他最初几部作品那样纯粹了。最早热爱杜拉斯的那些人中，有些读者，从她《情人》的成功开始，视她为妓女。仿佛他们把她和一群贪图简短句子的男男女女捉奸在床似的。应该说正是杜拉斯自己建立了这个"摩西十诫"，十诫之一就是"不许行邪淫"。但是，还有另外一种更普遍类型的读者，他们盲目信从您，四到五本书，突然，他们就放弃您，只是因为另一本书的书名非常难以发音。到此，我们都能理解（同一个作家的五本书，数量已经很可观了，尤其在现在这个世界，每年文学回归季，可读作品非常之多且无比诱人），但是，一切变得

复杂起来，他们开始散布传言，说您的书比以前差远了所以他
们移情别人。这其中甚至有人从来没打开过您任何一本书。他
们从来都自以为是。如果您改变了风格，人们说您变了（这不
太好），如果您不改变，人们说您总是出版同一本书。所有这一
切都是由于这些曾经迷恋您作品的读者设法不太遗憾地离开您。
有一天，他们会回来，并宣称通过您刚出版的那部作品，您重
新找回了最初的才华。不要反驳他，因为您并不知道当初促使
他第一次阅读您的原因是什么。万事皆有因果。

　　如果想知道您不在场的时候，你的书会被怎么对待，回忆
一下您作为读者时的行为。

170

敌人兄弟

从最开始，就会有人反对您。不管您说什么做什么，他都不放过。在您人生的每个转折路口，都会遇到他。当您庆祝的时候，他会很伤心。他享受您的每次失败，永远别指望他会在您的发奋工作中支持任何事情。

一个新主题并不会成为某个人独有的，除非把它变成一个固定观念。

171

字母表是硬币

首部作品大获成功之后，职业生涯刚开始时，工作的最重要部分在于：回答记者的采访，这些记者并不一定读过他的作品；填写女性杂志的调查问卷，询问他在红酒、音乐和饭店方面的喜好；创作一些搞笑的包袱段子，段子的主题是由文学节的主持人提出的。作为回报，在生活中，因为他的名气，他几乎没有任何需要花钱的地方。他的书成为他个人和物质生活的媒介。

面对什么都被写过了的感觉，您被气馁的情绪所控制，您应该知道，并不是什么都被读过了，尤其是您正在创作的这本书。

172
本　能

　　事实上，没有人可以教您写作。这要求一种对于自己内心的深入剖析。内心，除了您，没有任何人可以到达。当读者开始失去耐心，一个好的故事讲述者可以感觉得到。不要滥用读者的耐心。您必须跟随您的既定节奏。保持感官警惕性。也要能敏锐地捕捉到需要转换角度的时刻。您处在雷区。要使小说推进而不是毁灭，信心和谨慎是必备才能。但是，如果想知道是不是前进在正确的方向，本能将是最好的指南针。我们一生都在讲故事，都在尝试吸引对面听故事的人，这些甚至可以追溯到幼年时期。所以，我们熟谙讲故事的规则。为什么在写作中却无法做到实践这些规则呢？这是因为我们有别的目的而不仅仅只是简单地讲故事。我们希望这个故事可以帮助我们在社会阶梯上向上爬，掩盖个人失败，卖弄我们的文化使自己与众不同（名声的问题）。过多的隐藏其中的计划使故事负重累累。我们哪怕只有一次可以做到简单地讲述一个故事，我打赌，瞬间就会找回这与生俱来的天赋，这种天赋曾经使母亲欣慰微笑，那时，我们在整整一天里编造了很多离奇的故事。我期待您可以找回的，就是这种混合了狡黠的天性。词语在指尖繁花盛开，有过这种感觉的作家太少了。我的例子可能看起来比较特别，因为我认为，就斟酌写作这件事来说，没有人比艾萨克·巴什维斯·辛格这个精雕细琢的故事讲述者做得更多，但同时，他的写作充满天赋。我每次读他的短篇小说时，如此的流畅，让我极度惊讶。我印象极为深刻的还有，他对于文化和时代得心应手地转换（《羽毛的皇冠》是我的最爱）。

在读一本好书还是写一本烂书之间，您总是可以选择的。

173

彼　岸

　　我没有料到会再见到作家的女儿，更何况已经有段时间了，我没有她父亲的任何消息。他在那个虚构的世界里适应得那么好，以至于他不再露面了。刚刚到达一个谁都不认识的地方，我们会千方百计尝试保持与那个刚离开的世界的联系。随着时间流逝，我们观察人们的活动，以便弄清楚这种新生活需要遵守的规则。应该快速选择自己的阵营：辅音还是元音？当然也可以选择站在音符的阵营。我想象着老作家应该是选择了长音符号，原因是这个小帽子"^"，使他拥有了拿破仑王朝的气息。但是在那里，没有这个狡黠的作家的任何消息，他应该正在选择元音还是辅音之间徘徊不定。我是怎么猜到的？我想象，我想象。她女儿来了。她从迈阿密回来了，晒成了古铜色。"我去那里找他了，因为我的父亲有时候会去佛罗里达看望他的老朋友们。他不在那里，但我借此机会去海边度过了一段时间。"我不知道为什么马上意识到，对她而言，他父亲的命运不如炎热的沙子和海浪更重要。我扔出一个鱼钩："您去好莱坞了吗？"她有点儿不屑。"啊，没有，那是老年人的目的地，我，我一直待在迈阿密装饰艺术区，萨加莫尔酒店。"我们都清楚，大部分魁北克人都住在好莱坞小城，通过她去住在那个装饰艺术区这个事实，可以看出，寻找父亲并不是她首要考虑的问题。我继续把她逼得走投无路："您一定知道您父亲不在佛罗里达吧？"沉默。"在您看来，他在哪里？"她假装对一只从屋顶上滑下来的蜘蛛感兴趣。她最终认同了，说："是的，我知道他在这里。就是他让我把他带到这里的。""为什么？"她用双手捂住脸："您不会相信我的……""听到现在，还有什么能让我更惊讶吗？""那么，就是您，我的父亲。"我们四目相对。"您说什么？""这个男人不是我父亲，而仅仅只是化为肉身的您的写作激情。""您呢，您又是谁？""就是我刚刚说的：我父亲。""什么才能让我相信您不是一个简单的隐喻？"她笑了："您见过有双乳的隐喻吗？""如果您真的是我的女儿，您本应该可以用另一种方式反驳的。"她不说话了。"无论如何，我们不会离开这个房子。"她把双乳像炮弹一样对准我的方向。好吧，它们如此诱惑人的内心，已经不是第一次了。它们想从我这里获得什么呢？好吧，我认为应该马上出海远航了，因为，如果在这沙沙作响的字母森林中，我放任自己跟这条美人鱼纠缠的话，人们一定再也找不到我了。

人们非常喜欢听给人好感的人物说下流话，喜欢看一个面目可憎的人物为了救一只狗而跳进涨水的河流里。

174

纯粹的快乐

　　我们应该，跳舞，而毫不在意那些盯着我们的人。至于写作，应该像跳绳一样，毫不犹豫地进入创作，写出句子。当您感觉除了您和写作之外别无他人的时候，一切就顺利了。我们找到使音乐和内心深处的天性一致的节奏。正是这些使读者可以接纳作品，即使主题不再有任何吸引力。阅读的快乐仍然在啊。以前跟现在一样，谁会真正在意一个北欧小王国的王子的小资产阶级忧愁呢？真正让我们兴趣盎然的，是诗人莎士比亚，而不是哈姆雷特，至于他腐朽的王国，我们就更是兴致索然了。莎士比亚那有感染力的青春。对生存的无尽渴望，甚至是在他创作悲剧的时候，尤其是那种血雨腥风的悲剧。三十二岁的时候，托尔斯泰在他的日记里写道："我开始写作，因为我太幸福了，这让我窒息。"我们已经无从知晓究竟是因为开始写作他才感觉幸福，还是因为很幸福他才开始写作。去吧，让这种快乐蔓延。它会变成巨浪把您扔到一座人迹未至的小岛。大海茫茫，一座只有几株果树的小岛上。玫瑰色的鱼。天空。大海。而您，需要重建生活。坦诚面对，而不是哀叹。拥抱大地，然后潜入青绿色的大海。享受这温暖的海水。赤手空拳去抓鱼。升起火，因为烤鱼将是您的晚餐。讲述这些，是因为我已经受够了那些在各个咖啡馆里溜达的拉长的嘴脸。我也吃不消那些年轻的作家，还没结束第一本书，就开始抱怨这个行业，就仿佛这（这个行业）曾经有过某种重要性似的。唯一重要的地点，就是这座您始终能够触碰到的小岛。（如果没有那些感觉完全迷失的时刻，这对我们是没有意义的。）那些失眠的夜晚，甚至在满天星斗下。但能量不会因此减弱，您将会惊奇地发现，在痛苦中，也有感觉幸福的可能。

如果一直保护自己的母亲，就不可能成为好作家。

175

代　际

　　与您同一代人的关系（或者与我同一代的人，一样的）向来难以言说。像一杯混合了温情、嫉妒、友情、纯粹仇恨、甜蜜和暴力的鸡尾酒。如果打击来自外部，大家也会重新抱团，这种事情也时有发生。国家，这是文学的老对手了。为了控制文学，国家在北美洲资助文学，而在南美洲，惩罚文学，而正因为这样，公开表明了企图把文学变成国家的同谋是失败的，事实上，国家嫉妒属于文学的这种不受任何质疑的权力。在南美国家，作家很快变成社会的政治良心。在北美，作家斗争的目的更多是为了向社会解释他们不是国家的同谋（仅仅只是因为投资给艺术的钱）。无论钱多钱少，以哪种名义，这并不是权力机构的金钱，而金钱恰恰来自公民，正是他们非常珍惜自己所拥有的反权力的权力。为了解释清楚这其中的细微差别，真是费尽心机。这基于一个事实：已经很长时间了，没有任何作家因为他所表达的思想而被投进监狱。看看周围发生的事情吧。和那些与您同时开始写作的人的关系从来就不是其乐融融的。您不停地自我审视是不是一直都活跃在一线。您从不阅读其他作家的作品，除非为了知道他目前的写作状况。我说这些是为了您不至于为了您这种矛盾的情感而过于惊讶。这既不是罪大恶极，也不是善良之至，就是这样而已。需要等待下一个流派的到来，才能使您看到队伍更加紧密。至于您的尊重，只能交付给上一代的作家（尤其是那些不再出版作品的作家）。一旦您觉得所有人都不错，就说明您已经江郎才尽了。应该多一点这种泛酸的感觉，可以刺激您呕吐在纸上，确保自己不至于被毒死。不要认为我在尝试说明文学领域不过就是丛林。并不仅仅只是这样，但是如果不注意的话，我们就有可能在书里呈现自己所有的优点，而在生活里全是缺点。让事情越来越复杂的是，我们首先尝试取悦同代人，——别急着否认，因为想要说明的是，毒药首先在自己身上全部溶解。想要解决问题，必须先提出问题。幸运的是，感情冲动超越了现实。友情和温情并非不可能存在于这个圈子。放任您的内心自由翱翔，在它还没有干枯之前。宽容而不天真。你们中间将会有两个人，面对面相逢，本以为是敌对的，却只是一枚硬币的两面。要守住领土，否则，就像塞利纳说的，将不再有我们这个职业了。努力工作，相互竞争，直到我们与下一个时代相遇。那些新鲜的队伍，将要来接班，确保文学的延续。你们中间的有些人会跨越这第一道时间界线，但是，对于其他很多人来说，他们的时代即将结束。突然地，他们将变得无法卒读。因此，为了在剩余的时间里继续活下去而存留一点能量，这很有意义。

　　如果您成功了，取走成功带来的财富，但请远离随之而来的纷扰。

176

下一个流派

　　人们谈论的关于书籍消亡的一切，您都可以相信，但是您一定不会是最后一个作家。当您走上历史舞台的时刻，下一个流派已经在酝酿中了。目前，下个流派的作家还是读者的身份。当然也并不是全部如此，因为，曾经有一天，我遇到一位女士，她儿子否决了她所有的阅读推荐，这件事让她很痛心。"先生，我竭尽了全力，可是，他只要一看到书就逃离。"她满眼泪水。当时，我特别希望告诉她别干涉儿子了。如果只是为了取悦别人而阅读，那必将是阅读的耻辱。最终，我对她说："如果他不喜欢阅读，尝试写作吧。他可能是位作家。"她离开了，并不太认同我说的。几年以后，我看到一位热泪盈眶的女士向我走来。她定定地看着我的眼睛，饱含喜悦的泪水。突然，她往我手中塞了一本薄薄的小书，泪流不止地对我说："您太有先见之明了，他是作家。这是我儿子的第一本书。从我们交谈之后，我由着他去。他开始阅读，然后他马上开始写作。"她离开了。好吧，并不是所有人都变成了作家，因为除了文学以外，生活中还有别的事情。但是，十年之内，他们将会从各地涌来，并且为了走上历史舞台而毫不客气地把您推开。和您相比，他们将会有别的忧虑，将会竭尽全力去承受。不要做任何让步。继续您前进的道路，直到两个时代混杂在一起。他们必须知道世界并不会因为他们的到来而终结。他们感觉安顿好了，舒服地处在自己的位置上，他们认为已经把这个时代变成了他们的时代，就在这时候，一位愤怒的年轻诗人①，双拳紧握，插在破兜里，像一颗彗星一样到来了，他迫使他们重新思考一切，而不仅仅要求"改变生活"。

只要您还没开始下一本书，这本书就没有写完。

---

① 指法国天才诗人兰波（1854—1891），"改变生活"是他的名句。

177

蒙受天恩

几年前，在我写作的小房间的门上，我贴了蒙田的这句话："如果没有快乐，我什么都不做"。然后我认为，这样的话语和我时常在字典里看到的蒙田的照片不搭。我想到的是一个在酝酿最博大精深文学的严肃男人。至少比肩维吉尔或者普鲁塔克。人们在他眼里看不到任何的仁慈。应该知道蒙田对于快乐的期待是什么。他如何感到非常快活？这就像想象博尔赫斯正在跳一支狂热的摇滚舞而不是加德尔慵懒的探戈舞。最终我想到，一个艺术家的公众形象有时是与他的私人生活不一样的，蒙田也是因一个叫做拉波哀西的男人而失去理智的男人。世界文学上最爆炸的友情表白之一。我们记得他最著名的呐喊："因为是他，因为是我。"我想起，博尔赫斯向布宜诺斯艾利斯所有斯堪的纳维亚文学专业的年轻女学生献过殷勤，还有所有跨越他是盲人这个障碍并跟他谈论他个人神话的女性。我想象这些醉心于中世纪北欧传说的年轻女士如歌唱般清亮的嗓音奏成的乐章——她们的心在接收整个世界脉搏的跳动。在阿根廷生活过的贡布罗维奇希望聚集他周围的小资产阶级年轻金发女郎，给她们讲关于萨特存在主义的课。这些老作家到老都保持了这种本能的情绪冲动，使他们得以与大众同呼吸共感受。我想，这正是他们的创作秘诀，我自已也是，需要一种欲望的仪式，这样才能避免文学把我带到过于远离海岸的地方，在世俗嘈杂声的影响范围之外。但是，并不是所有的嘈杂声都有价值。我记得开始尝试写作的那个时期，我远离媒体的喧嚣，因为这种喧嚣有可能使我离开创作源泉——寂静，而寂静就掩藏在布满词语的纸张里。我明白了，写作和把句子才华横溢地或者平庸地安置在纸上这个事实没有任何关联，如果希望跟从人生大河的另一边注视我们的读者相遇的话，需要做得更多一点，那些读者，就是被我们夸张地称为后代的那些人。这让人想起司汤达的一句话，看起来有点盛气凌人，却如此恰到好处地在后来得到了证明（我凭记忆记下）："我的读者还没出生。"即将到来的声音已经在《帕马修道院》中回响了，这本书刚刚适时地到达迫不及待开始阅读的读者的床头桌上。他还不知道，如此多的读者，在即将到来的世纪里，将同样如饥似渴地阅读这部作品。这种笃定（"我的读者还没出生"）对贫穷的司汤达帮助很大，他欣赏并观察了充斥在文学舞台聚光灯下的所有世俗作家的芭蕾表演。这种挫折一定更强力地推动他投入写作中，夜以继日。艺术会在肥沃的土壤中生根发芽。多少世纪以来，情况从未改变。今天，我，尝试捕捉新的情感颤动，新的节奏和未呈现的情感。在黎明时刻，穿着睡衣，在这张堆满小说、几部诗集和待改的手稿的床上，我花费了很长时间胡思乱想。其他人都去工作或者去上学了，我在这里待了相当长的时间，在安静的房子里。为了不要突然离开夜晚那种自然而然汩汩而出的幻梦世界，我甚至都没喝咖啡，出门，去小区里转转。太阳已经升起来了。我并不在走路的时候找寻灵感，也不为我正在创作的故事寻找特殊的呈现形式。仅仅只是为了找回可以追溯到特别遥远的童年那种征服的感觉，可以使我平等地与马和鸟对话，抵抗顽固的蚂蚁，或者使我不至于在一朵花让人战栗的美面前脸红，也不在飞翔的蜻蜓的优雅面前脸红。只有感觉自己濒临这种得心应手的状态时，我才回家写作。因此，我幻想，雨这个词，变成雨水，或者，蝴蝶这个词翩翩起舞，舞动在它被写下的那些纸页中，温柔地沙沙作响。

　　为了寻找灵感，我们抬起头望向天空，然而，生活就在我们周围，熙熙攘攘。

178

双重人格

我记得，有段时期，我找不到写作的激情了（事实上，我也没有那么认真地希望找到），我就自己臆造了第二个我。我到处跟随他（这并不难），在笔记本上记下他全部的所作所为。我惊叹于他的从容和絮絮叨叨。在那个让我越来越窒息的世界里，他看起来是那么如鱼得水。我看着他正在用我觉得乏味的笑话魅惑一些年轻姑娘，无论如何，这是我永远也不敢做的。玩笑越低俗不堪，她们就笑得越大声。有些时刻，他变得洞察入微，甚至是严谨认真的。我记录着。不仅仅是他说的话，特别是他的出现引发的种种。有时候，在他离开之后，我留下来，看到气氛松弛下来，笑声又重新恢复正常，交谈的火焰愈来愈弱。有些地方，我无法跟他去，这让我感到失望。尤其是当他去厕所小便的时候，或者还有，当他把那些年轻的姑娘带回我和他共用的小房间的时候（这让我想起那本书，在书里，三百多页的篇章，莫拉维亚一直和自己的生殖器交谈）。站在门后，我听着男女交欢的声音。这是我当时梦寐以求的生活。然而那时，在现实中，我必须真实地工作在另一种生活状态中：工作的目的是，交房租，买吃的东西和喝的东西（廉价葡萄酒），为了可以供养我做梦的身体。整晚整晚，我都在思考我的未来将会过怎样的生活。我不能就这样在工厂里继续下去，工厂会熔毁我所有的能量。直到有个晚上，筋疲力尽，什么都无法做，我拿出那些笔记本，重读我写下的东西，发现就在那里，有一本书。我的第一本书。

梦想有一个图书馆，里面只有作家们的第一部小说。我们永远无法估量第一本小说包含的能量，即使是失败的第一部小说。

179

人生的指示线

在某个漆黑的夜晚，我们感觉迷失了，不清楚自己所处的地方。我们摸索着寻找自己的路，每当开始丧失希望的时候，有人给指了条路。需要经过一段时间之后，才会知道这位向导并没有比我们更清楚。在人类探险的征程中，这种时不时出现救星的故事，好像串通好似的，总是不约而同地给我们创造一个似是而非的承诺，给我们许诺未来更好的人生，我觉得，这是最神奇的奥秘。这种轻率和盲从，在政治和经济领域源源不断，其他领域也不乏如此，但是，今天我选择从一个小说家的角度解读这一切。所以，在我看来，把我们推向这种期待指示的依赖状态的，既不是饥饿，也不是不公，而是恐惧。我觉得这就像一个寓言故事，就像在寓言里，漆黑的夜晚，人们经常在一片森林中寻找出路。一错又错，这再正常不过了。首先，人们建议相信土地，自己脚下这片土地。所以，我们被说服了，我们借道的这片土地，在某段确定的时间，是属于我们自己的。就仿佛我们是树木，根都深深地埋在土壤里。跟树木唯一不同的是，我们不是终此一生都必须待在同一个地方，至少对于我们中间的一部分人是这样。如果有旅行的经验，我们会惊讶于自己的融入能力。我们很快发现，我们有可以使自己适应最好和最坏的境况的办法。事实上，对于适应环境，只需要待在别处但没有任何回头的可能性就够了。没有人能确定，可以在他出生的地方结束自己的人生。我不是十分重视这种关于土地的概念，直到今天，这种概念的作用只有引发战争。当脚下的土地被夺走，我们感觉一种特别的混乱，这种混乱应该使我们认真地重新质疑我们所坚信的关于土地的概念。然而，这并不是唯一的幻觉。种族幻觉，如此空洞的意义，但是如果人们相信它，便会产生独特的意义。当同一种肤色的人们，最终我还是用了肤色这个词，因为没有更好的选择，大部分聚集在同一个空间的时候，最终会错误地建立一种身份认同。只有当我们面对一个另一种肤色的人时：种族概念才会存在。因此，我们拼凑上千种理论，一个比一个更晦涩难懂，唯一的目的是使另一种人相信我们高他一等。但是，从内心来说，连自己都不相信这些理论。还有，这种高人一等的思想并不足以总是让自己安心。如果希望使种族的争论消失殆尽，只要回到自己的宗族就够了。当这种老生常谈的焦虑再次出现的时候，通过比种族规则清晰一些的经济法则，我们可以在现实社会中找到自己的位置。种族之后，阶级问题来了。但是认真观察一个社会阶层的时候，我们清晰地发现，它的运行就像一个宗族的运行一样。在同样的地方消费同样东西的人们，住在同样的界限分明的空间里，共享同样的娱乐，经常滋养着同样的政治观点。他们做这些为了抱团取暖，因为他们认为这个兴趣共同体可以满足他们。寻找身份认同也因此成为一种尝试，目的是解决这种深入内心的惊慌失措。在面对这个仿佛要把我们吸入的

布满星星的广袤空间时，即使能够找到一块地方，以驻扎我们
的帐篷，我们也并不会因此而幸免这种混乱的侵袭。就是在这
里，宗教出现了，建立了人与人之间的联系。这也是宗教这个
词的意义——religare 意思是联系。我们一直试图不要中断这个
联系，它可以使我们在黑暗的树林里一直有自己的小队伍。因
此，为了在我们中间散播恐惧感，建议我们祈祷。如果大家一
直待在一起，就不会那么害怕，至少我们希望是这样。我们也
明白，应该只存在唯一一条路和唯一一种信仰。可是，当盲目
地相信只有唯一一种信仰这种观点的时候，灯火通明的道路就
变成了一条鲜血的大河。鲜血，鲜血，这就是这个无尽黑夜的
代价。为什么陆续出现的各种道路变成了鲜血的长河：历史，
宗教，种族，还是阶级？留下的，只有这条我们不知不觉已经
取道的路，毫不犹豫地，只有当生命遇到严重危险时，我们才
能发现自己已经走在这条道路上了。这种生存的本能是由令人
不可思议的能量编织而成的，这种能量拥有它特有的智慧，人
类的理性思想无法聚集这种能量。这种能量从身体到身体传播，
或者说，从心到心，根据不同的情况，而且它可以逃离意识形
态的影响。在从身体到身体的传播之前，或者有时候从心到心
之前，这种能量从不分辨种族，也不区分对面这个人所属的阶
级。这种能量无法被理智地控制。它不遵守任何秩序，随心所
欲地伺机而动。新科技使世间万事加速发展，至此，我们才可
以想象这时候在一个距离我们仅仅咔嚓一声远近的星球上正在
发生的事情。过去我们总是要求路上设好标识便于夜晚出行的
习惯，需要被打包塞进柜子里了？因为，现在呈现在我们眼前

的是上千万条路，通向所有的方向。直到我们明白，恐惧不会来自找不到路，而是来自于不仅仅只有一条路这个事实。令人兴奋的是，我们甚至没有去寻找它。我们用自己的本能找到了它。简单的生活书写人生。

经济在日常生活中拥有那么重要的地位，甚至在政治生活中也一样重要，但是为什么在文学中却几乎没有什么地位？

180

单独会面

　　已经有段时间没见我外甥了。我又看到了他，在门廊里，穿着睡衣。他抛给我一个悲伤的微笑，眼睛并没有离开报纸。我在太子港一周了，在这之前，我已经去过小戈阿沃看了看地震带来的损失。我坐在他身边，两个人一直沉默，很长时间。上次我们见面的时候，他正在准备写他的第一本小说。今天，他刚刚完成了第一稿。期间，我们相互通信，但是关于他的焦虑，他一直避而不谈。我尊重他的沉默。无论如何，是他的书，而不是我的。还有，他正在一个从不妥协的老师的严格监控下写作：他自己。众所周知，没有比自己更严苛的批评家了。我指的是那些肚子里有东西的人。其他人，他们觉得自己创作的所有东西都无可挑剔。他们的第一稿就必然无与伦比。我们聊了我母亲，她的身体时好时坏。她来门廊的次数越来越少了，最清醒的时候，她在旧柜子里翻箱倒柜，自己都不知道在找什么，以此度日。我姐姐过得还不错。姐夫的汽车，还是老样子，不断地出故障。日子仍在继续，在太子港，就仿佛什么都不曾发生过，就仿佛这个城市并没有经历，就在不久之前，那场可怕的地震。外甥的小说讲述一个爱情故事，发生在地震的时候。

　　"您写作的时候，有过犹豫吗?"没头没脑地，他问我。

"开始一本书以后，我想的只是完成它。"

"您写作的时候，有时候会自娱自乐吗？"

"有时候……我很快明白，写作时的喜好乐趣并无法保障书的品质。我的快乐不一定可以非常巧合地和读者的快乐同时发生。"

"您什么时候知道一本书结束了？"

"我们从来都不知道，它永远不会结束……每部新作品都是在试图使上一部作品更深入也更明确，或者甚至是在修正上一本书。"

"所以，第一本书很重要？"眼睛盯着自己的手，他说。

"它是火车头，牵引着之后的一切……"

"那如果第一本书失败了呢？"

"去写其他的，如果我们真是作家的话……"

"就这么简单？"

"好吧，自尊心受到的伤害，还有夜深人静时辗转反侧的焦虑，这些都是每个人都无法回避的，但是，只要不过度，我们还是可以与这些不适共处的……"

我闻到咖啡的味道。母亲一定是刚醒来。我要去她房间找她。

对于您已经知道的，还有您将来有一天必然会知道的事情，我不知道还能跟您说点什么。

181

炫目的隐喻

在太子港的时候，我总是来这里转转。一片荒芜的海滩。青少年时期，当我需要思考，或者只是想简单地呼吸，我经常来这里。阳光，大海。还有死亡。或许，这是唯一让我真正感觉在我地盘的地方，虽然仍旧感觉自己并不属于任何地方。以前，我来这里是为了思考，现在是为了找回一张变得模糊的面孔，我二十岁时候的朋友的面孔。还有一种已经忘却的味道，追溯到童年时期的人心果的味道。友谊，童年。我可以走几个小时，直到我得到完全的抚慰。大海一望无际。我看着云，希望在阳光明媚的中午下场小雨。静止不动的生活。我看到一个非常模糊的影子轮廓向我这边走来。是一团灰尘吗？一个女人？不是她！

"我知道在这片海滩上可以找到你。"她轻描淡写地对我说。

"您怎么知道我会来这里？"

"您，还有其他作家，你们喜欢到处留下自己的踪迹。只需要阅读你们的作品，就知道你们会在哪里。"

我不再看她。没有其他人，只有我们。她看着我，一直保持微笑。

"我必须承认，就在那一天您看到了。"

“我那天本应该看到什么？”

她哈哈大笑起来。

“我是一个隐喻。”

就这样，这个词被抛向这青绿色的大海上，“隐喻”突然拥有了真正广阔的空间。地点对词语有影响，还是相反？我梦想有间山上的棚屋，可以在海边阅读《奥德赛》。

“您是什么的隐喻？”

“您抓住我，就会知道了。”她欢快地说，并向大海跑去。

她跑着，向着小戈阿沃岛的方向，速度飞快，并不时回头看看我跟到哪儿了。我飞奔，跟着她。粼光闪闪的身体随着海浪起伏。她和海浪的运动默契融合，那么和谐的魅力，使我陶醉，几乎丧失意识。我本想追上她，完全地沉醉在这种魅力中。但是我及时停下了。继续下去，我不知道等待我的是什么。我转身游回海滩，心里非常清楚我的余生都将为这个举动而后悔。我没有那个穿睡衣的老作家的勇气，去追随一个在字母 O 当中的如此纤弱的隐喻。我弄不明白是什么使我就这样跑向大海。开始向前游直到筋疲力尽。就在即将溺水的时刻，我感觉有人抓住了我的胳膊。就这样持续了一段昏睡的时间。一段很难估算的时间。是一分钟，一小时，还是一生？

为了写一个简洁精炼的故事，请您用最快的速度写出三百五十页初稿，然后，花费您所有时间把它减少至一百二十页。

182

墨水生涯

我一个人，在一个被墨水环绕的小岛上。几棵果树散布在附近或者远处。正是这相同的墨水，流淌在我读过的和写过的书里。因此，我人生的一大部分时间，将浸泡在这些墨水中，它们让我想起咖啡。它的味道刺激着我的鼻子，发痒，直到打出个喷嚏，给我的思想带来新鲜空气。它的颜色与夜晚融为一体。我非常清楚，我写作的时候，其他人正在浴血奋战，出生入死。这些我什么都做不到，但至少可以把鲜血换成墨水。然而，阅读和写作的生活，这有意义吗？我不知道。我起先一头扎进去的，正是这口充满暗色液体的深井，至今已经很久了。被单下最早的阅读，在小戈阿沃。和那些照亮我青少年时期的诗人电石火光的相遇，在太子港。使句子相互剧烈摩擦，用这种方式找寻自己的音乐，这样度过的那些夜晚——就像那种在森林中钻木取火的古老技术。第一本薄薄的小故事，诞生在枕头下，早晨的时候，它就像柯勒律治的玫瑰。然后，进入逃亡和写作的漫长隧道。那些焦虑的清晨。我的状况不是独一无二的，因为，所有作家都有一片墨水的海洋要穿越，有自己的音乐要寻找。

如果想一直是作家，必须要有一些时刻，忘记做作家这件事。